Scherz Krimi
Spannung mit Niveau

D1927401

Von Agatha Christie sind erschienen:

Das Agatha Christie Lesebuch
Alibi
Alter schützt vor Scharfsinn nicht
Auch Pünktlichkeit kann töten
Auf doppelter Spur
Der ballspielende Hund
Bertrams Hotel
Der blaue Expreß
Blausäure
Das Böse unter der Sonne oder
Rätsel um Arlena
Die Büchse der Pandora
Der Dienstagabend-Klub
Ein diplomatischer Zwischenfall
Dreizehn bei Tisch
Elefanten vergessen nicht
Die ersten Arbeiten des Herkules
Das Eulenhaus
Das fahle Pferd
Fata Morgana
Das fehlende Glied in der Kette
Ein gefährlicher Gegner
Das Geheimnis der Goldmine
Das Geheimnis der Schnallenschuhe
Das Geheimnis von Sittaford
Die großen Vier
Das Haus an der Düne
Hercule Poirots größte Trümpfe
Hercule Poirot schläft nie
Hercule Poirots Weihnachten
Karibische Affäre
Die Katze im Taubenschlag
Die Kleptomanin
Das krumme Haus
Kurz vor Mitternacht
Lauter reizende alte Damen
Der letzte Joker
Die letzten Arbeiten des Herkules
Der Mann im braunen Anzug
Die Mausefalle und andere Fallen
Die Memoiren des Grafen
Mit offenen Karten
Mörderblumen
Mördergarn
Die Mörder-Maschen
Mord auf dem Golfplatz
Mord im Orientexpreß
Mord im Pfarrhaus
Mord im Spiegel
oder Dummheit ist gefährlich
Mord in Mesopotamien
Mord nach Maß
Ein Mord wird angekündigt
Die Morde des Herrn ABC
Morphium
Nikotin
Poirot rechnet ab
Rächende Geister
Rotkäppchen und der böse Wolf
Ruhe unsanft
Die Schattenhand
Das Schicksal in Person
Schneewittchen-Party
Ein Schritt ins Leere
16 Uhr 50 ab Paddington
Der seltsame Mr. Quin
Sie kamen nach Bagdad
Das Sterben in Wychwood
Der Tod auf dem Nil
Tod in den Wolken
Der Tod wartet
Der Todeswirbel
Tödlicher Irrtum
oder Feuerprobe der Unschuld
Die Tote in der Bibliothek
Der Unfall und andere Fälle
Der unheimliche Weg
Das unvollendete Bildnis
Die vergeßliche Mörderin
Vier Frauen und ein Mord
Vorhang
Der Wachsblumenstrauß
Wiedersehen mit Mrs. Oliver
Zehn kleine Negerlein
Zeugin der Anklage

Agatha Christie

Auch Pünktlichkeit kann töten

Scherz

Bern – München – Wien

Einzig berechtigte Übertragung aus dem Englischen
von Maria Meinert und Peter Naujack
Titel des Originals: »Poirot's Early Cases« and »Murder in the Mews«
Schutzumschlag von Heinz Looser
Foto: Thomas Cugini

9. Auflage 1991, ISBN 3-502-50798-8
Copyright © 1923, 1932 by Agatha Christie
Gesamtdeutsche Rechte beim Scherz Verlag Bern und München
Gesamtherstellung: Ebner Ulm

Auch Pünktlichkeit kann töten

Die Wohnung war modern. Die Einrichtung der Zimmer war ebenfalls modern. Die Armsessel waren quadratisch, die hohen Stühle eckig. Ein moderner Schreibtisch war rechtwinklig vor das Fenster gestellt, und an ihm saß ein kleiner ältlicher Mann. Sein Kopf war in diesem Zimmer praktisch das einzige, das nicht eckig war. Er war eierförmig. M. Hercule Poirot las gerade einen Brief.

Bahnstation: Whimperley
Telegrammanschrift:
Hamborough St. John

Hamborough Close
Hamborough St. Mary
Westshire

24. September 1936

M. HERCULE POIROT

Dear Sir,
es hat sich ein Fall entwickelt, zu dessen Behandlung Feinfühligkeit und Diskretion erforderlich sind. Von Ihnen habe ich verschiedentlich Gutes gehört, und so habe ich mich entschlossen, Ihnen den Fall zu übertragen. Ich habe Grund zu der Annahme, daß ich das Opfer von Betrügereien bin, aber aus familiären Gründen möchte ich nicht die Polizei hinzuziehen. Ich ergreife zwar selbst bestimmte Maßnahmen, um mit der Angelegenheit fertig zu werden, aber Sie müssen sich bereithalten, bei Empfang eines Telegramms sofort hierherzukommen. Ich wäre Ihnen dankbar, wenn Sie diesen Brief nicht beantworteten.

Hochachtungsvoll!
Gervase Chevenix-Gore

Die Augenbrauen des Monsieur Poirot kletterten langsam in die Höhe, bis sie fast in seinem Kopfhaar verschwanden.
»Und wer«, fragte er die Leere, »ist dieser Gervase Chevenix-Gore?«
Er ging zu einem Bücherregal und nahm ein großes dickes Buch heraus.
Was er suchte, fand er sehr schnell.
CHEVENIX-GORE, Sir Gervase Francis Xavier, 10. Baron s.

1694; ehemals Captain 17. Lancers; *geb.* 18. Mai 1878; *ält. Sohn* v. Sir Guy Chevenix-Gore, 9. Baron, und Lady Claudia Bretherton, 2. Tocht. d. 8. Earl of Wallingford. 1912 *Eheschl.* m. Vanda Elizabeth, ält. Tocht. v. Colonel Frederick Arbuthnot. *Ausb.* Eton, diente im europ. Krieg 1914–18. *Vorlieben:* Reisen, Großwildjagd. *Anschrift:* Hamborough St. Mary, Westshire, und 218 Lowndes Square, SW 1. *Clubs:* Cavalry, Travellers'.

Leicht enttäuscht schüttelte Poirot den Kopf. Für einen Augenblick blieb er noch in Gedanken versunken; dann ging er zu seinem Schreibtisch, zog eine Schublade auf und holte einen kleinen Stoß Einladungskarten heraus.

Sein Gesicht erhellte sich.

»*A la bonne heure!* Genau das richtige! Er wird sicher da sein.«

Eine Herzogin begrüßte Monsieur Hercule Poirot in angenehmen Tönen.

»Also konnten Sie es doch noch einrichten, hierher zu kommen, Monsieur Poirot! Das finde ich wirklich großartig!«

»Das Vergnügen ist ganz meinerseits, Madame«, murmelte Poirot und verbeugte sich.

Er entkam verschiedenen wichtigen und großartigen Leuten – einem berühmten Diplomaten, einer gleichermaßen berühmten Schauspielerin sowie einem bekannten adligen Jäger – und fand schließlich jenen Mann, den er hier gesucht hatte: den unvermeidlich »ferner anwesenden« Gast Mr. Satterthwaite.

Mr. Satterthwaite plauderte munter drauflos.

»Die liebe Herzogin – ich genieße ihre Empfänge immer sehr ... Eine derartige Persönlichkeit, wenn Sie verstehen, was ich damit sagen will. Vor einigen Jahren war ich auf Korsika sehr oft mit ihr zusammen ...«

Mr. Satterthwaites Unterhaltung war in unangebrachter Weise durch die ständige Erwähnung jener seiner Bekannten belastet, die einen Titel besaßen. Es ist möglich, daß er gelegentlich auch die Gesellschaft eines Mr. Jones, Brown oder Robinson genoß; wenn dies zutraf, verschwieg er allerdings diese Tatsache. Mr. Satterthwaite als bloßen Snob und sonst nichts zu beschreiben, wäre jedoch ihm gegenüber eine Ungerechtigkeit gewesen. Er war vielmehr ein aufmerksamer Beobachter der menschlichen

Natur, und wenn es wahr ist, daß der Kiebitz am meisten vom Spiel versteht, mußte Mr. Satterthwaite eine ganze Menge können.

»Wissen Sie, mein lieber Freund, es muß schon Jahre her sein, daß ich Sie sah. Ich empfinde es auch heute noch als großen Vorzug, Sie damals, in dem Fall *Crow's Nest*, so unmittelbar bei Ihrer Arbeit beobachtet zu haben. Seitdem habe ich das Gefühl, zu den Eingeweihten zu zählen, wie man so sagt. Übrigens habe ich Lady Mary erst in der vergangenen Woche gesehen. Ein bezauberndes Wesen – wie aus Milch und Blut!«

Nachdem er einen Augenblick bei den gegenwärtigen Skandalen verweilte – den Unbedachtheiten der Tochter eines Earl und dem beklagenswerten Betragen eines Viscount –, gelang es Poirot, den Namen Gervase Chevenix-Gore zu erwähnen.

Mr. Satterthwaite reagierte sofort.

»Ah ja, das ist wirklich eine Persönlichkeit, wenn Sie so wollen! Der letzte der Baronets – das ist sein Spitzname.«

»Verzeihung, aber ich verstehe nicht ganz.«

Mr. Satterthwaite begab sich nachsichtig auf das niedrigere Begriffsvermögen eines Ausländers hinunter.

»Das ist ein Spaß, verstehen Sie – nur ein Spaß! In Wirklichkeit ist er natürlich nicht der letzte Baronet in England – er repräsentiert jedoch das Ende einer Ära. Der freche schlechte Baronet – der verrückte und leichtsinnige Baronet: Sie waren in den Romanen des vergangenen Jahrhunderts besonders beliebt – diese Leute, die wegen unmöglicher Dinge wetteten und ihre Wetten dann auch noch gewannen.«

Und er fuhr fort, das, was er meinte, noch eingehender zu beschreiben. In jüngeren Jahren war Gervase Chevenix-Gore mit einem Segelschiff um die Welt gefahren. Er hatte ferner an einer Expedition zum Pol teilgenommen. Einen Rennpferde züchtenden Peer hatte er zum Duell gefordert. Wegen einer Wette war er mit seiner Lieblingsstute die Treppe eines herzoglichen Hauses hinauf geritten. Einmal war er aus seiner Loge auf die Bühne gesprungen und hatte eine bekannte Schauspielerin mitten aus der Vorstellung entführt.

Die Anekdoten über ihn waren zahllos.

»Die Familie ist alt«, fuhr Mr. Satterthwaite fort. »Sir Guy de Chevenix nahm am ersten Kreuzzug teil. Und jetzt stirbt dieser Zweig aus. Der alte Gervase ist der letzte Chevenix-Gore.«

»Und das Vermögen – ist es zusammengeschmolzen?«
»Aber nicht die Spur! Gervase ist sagenhaft reich. Wertvoller Hausbesitz, Kohlengruben gehören ihm, und außerdem besitzt er noch Anteile an irgendeinem Bergwerk in Peru oder sonstwo in Südamerika, die noch aus seiner Jugendzeit stammen und ihm bisher ein Vermögen eingebracht haben. Ein erstaunlicher Mann. Bei allem, was er unternahm, hatte er Glück.«
»Aber jetzt ist er natürlich schon älter?«
»Ja, der arme alte Gervase.« Mr. Satterthwaite seufzte und schüttelte den Kopf. »Die meisten Leute würden ihn wahrscheinlich als völlig verrückt bezeichnen. In gewisser Weise stimmt es. Er ist tatsächlich verrückt – nicht in dem Sinne, daß er in eine Anstalt gehörte oder an Wahnvorstellungen litte, sondern verrückt in dem Sinne, daß er anomal ist. Zeit seines Lebens war er ein Mann von großer charakterlicher Originalität.«
»Und im Laufe der Jahre wird Originalität zu Exzentrizität?« erkundigte sich Poirot.
»Sehr wahr. Genau das passierte dem armen alten Gervase.«
»Hat er vielleicht eine übersteigerte Vorstellung von seiner eigenen Bedeutung?«
»Vollständig. Ich könnte mir vorstellen, daß die Welt nach Ansicht Gervases in zwei Hälften geteilt ist: in die Familie Chevenix-Gore und die übrige Menschheit!«
»Ein übertriebener Familiensinn!«
»Ja. Die Chevenix-Gores sind verteufelt arrogant - eine Rasse für sich sind sie. Da er der letzte seiner Familie ist, hat Gervase besonders verrückte Vorstellungen. Er fühlt sich – also wenn man ihn hört, glaubt man es fast selbst –, äh, wie der Allmächtige!«
Langsam und nachdenklich nickte Poirot.
»Ja, genauso habe ich es mir gedacht. Ich habe nämlich einen Brief von ihm bekommen. Es war ein etwas ungewöhnlicher Brief. Er fragte nicht an – er verlangte etwas!«
»Ein allerhöchster Befehl also«, sagte Satterthwaite leise kichernd.
»Genau das! Es scheint diesem Sir Gervase gar nicht in den Sinn zu kommen, daß ich, Hercule Poirot, ein Mann von Bedeutung, mit endlosen Problemen beschäftigt bin! Daß es äußerst unwahrscheinlich ist, daß ich alles andere einfach stehen

und liegen lassen würde und angerannt käme, wie ein gehorsamer Hund – wie ein bloßes Nichts, das dankbar ist, einen Auftrag zu erhalten!«
Mr. Satterthwaite biß sich auf die Lippen, um ein Lächeln zu unterdrücken. Vielleicht war ihm klar geworden, daß in Fragen des Egoismus zwischen Hercule Poirot und Gervase Chevenix-Gore gar kein so großer Unterschied bestand.
»Aber«, murmelte er, »wenn der Grund zu seiner Aufforderung nun sehr dringend war ...?«
»Das war er eben nicht!« Diese Feststellung unterstrichen Poirots Hände mit einer weit ausholenden Gebärde. »Ich erhielt lediglich die Mitteilung, mich zu seiner Verfügung zu halten – allein für den Fall, daß er mich benötigte! *Enfin, je vous demande!*«
Wieder machten die Hände eine äußerst beredte Bewegung und drückten – besser als Worte – Monsieur Hercule Poirots äußerstes Mißfallen aus.
»Demnach«, sagte Mr. Satterthwaite, »haben Sie also abgelehnt?«
»Ich hatte noch keine Gelegenheit dazu«, sagte Poirot langsam.
»Aber Sie werden ablehnen?«
Ein ganz neuer Ausdruck huschte über das Gesicht des kleinen Mannes. Seine Stirn legte sich vor Verwirrung in lauter Falten.
»Wie soll ich es ausdrücken«, sagte er. »Ablehnen – ja, das war meine erste Regung. Aber ich weiß nicht ... Man hat manchmal so ein Gefühl. Ganz leicht steigt einem eine Witterung in die Nase ...«
Diese letzte Überlegung nahm Mr. Satterthwaite ohne den geringsten Ausdruck des Vergnügens zur Kenntnis.
»Ach?« sagte er. »Das ist interessant ...«
»Ich habe das Gefühl«, fuhr Hercule Poirot fort, »daß ein Mensch, wie Sie ihn eben beschrieben haben, möglicherweise sehr wertvoll ist ...«
»Wertvoll?« fragte Mr. Satterthwaite. Für einen Augenblick war er überrascht. Ausgerechnet dieses Wort hätte er mit Gervase Chevenix-Gore niemals in Verbindung gebracht. Aber er war ein empfindsamer Mensch und von schneller Beobachtungsgabe. Langsam sagte er: »Ich glaube – ich verstehe, was Sie meinen.«

»Solch ein Mensch steckt in einem Panzer – in einem undurchdringlichen Panzer! Die Rüstung der Kreuzfahrer war im Vergleich dazu lächerlich – gegenüber diesem Panzer aus Arroganz, Stolz und Selbstüberschätzung. In gewisser Weise ist dieser Panzer ein Schutz, von dem die Pfeile – die alltäglichen Pfeile des Lebens – einfach abprallen. Aber eine Gefahr besteht dabei: Manchmal merkt ein Mann, der in einem solchen Panzer steckt, vielleicht gar nicht, daß er überhaupt angegriffen wird! Sehr spät erst merkt er es, hört er es – und noch später spürt er es!«

Er verstummte, und dann fragte er völlig verändert: »Woraus besteht eigentlich die Familie dieses Sir Gervase?«

»Da ist einmal Vanda, seine Frau. Eine geborene Arbuthnot – früher ein ausgesprochen umgängliches Mädchen. Auch heute noch eine umgängliche Frau. Und Gervase sehr zugetan. Soviel ich weiß, neigt sie sehr zum Okkultismus. Trägt Amulette und solche Sachen und hält sich für die Inkarnation einer ägyptischen Königin ... Dann ist da noch Ruth – ihre Adoptivtochter. Eigene Kinder haben sie nämlich nicht. Ein sehr reizvolles Mädchen und ganz modern. Das ist die ganze Familie. Ausgenommen natürlich Hugo Trent. Hugo ist Gervases Neffe. Pamela Chevenix-Gore heiratete Reggie Trent, und Hugo war das einzige Kind dieser Ehe. Jetzt ist er Vollwaise. Den Titel kann er natürlich nicht erben, aber ich könnte mir vorstellen, daß der größte Teil des Vermögens an ihn fallen wird. Übrigens ein gutaussehender Bursche, nur ein bißchen melancholisch.«

Poirot nickte nachdenklich. Dann fragte er: »Für Sir Gervase ist es wohl sehr betrüblich, ja, daß er keinen Sohn hat, der seinen Namen erbt?«

»Ich könnte mir vorstellen, daß es ihn ziemlich getroffen hat.«

»Und der Familienname – das ist wohl eine stille Leidenschaft von ihm?«

»Ja.«

Mr. Satterthwaite schwieg eine Weile. Er war ausgesprochen neugierig geworden. Schließlich wagte er sich einen Schritt vor.

»Haben Sie einen ganz bestimmten Grund, nach *Hamborough Close* zu fahren?«

Langsam schüttelte Poirot den Kopf.

»Nein«, sagte er, »soweit ich es übersehen kann, besteht dazu nicht der geringste Grund. Aber trotzdem habe ich das Gefühl, daß ich hinfahre.«

Hercule Poirot saß in der Ecke eines Abteils erster Klasse, während der Zug durch die englische Landschaft raste. Nachdenklich holte er ein säuberlich zusammengefaltetes Telegramm aus der Tasche, das er auseinanderfaltete und noch einmal las.

NEHMEN SIE ZUG VIER UHR DREISSIG ST. PANCRAS STOP BENACHRICHTIGEN SIE ZUGSCHAFFNER DAMIT EILZUG IN WHIMPERLEY HÄLT

CHEVENIX-GORE

Er faltete das Telegramm wieder zusammen und schob es in die Tasche.
Der Zugschaffner war sehr dienstbeflissen gewesen. Der Herr führe nach *Hamborough Close*? O ja, für Sir Gervases Gäste würde der Zug immer in Whimperley angehalten. »Wahrscheinlich ein besonderes Vorrecht, Sir.«
Dann war der Schaffner noch zweimal im Abteil erschienen: einmal, um dem Reisenden zu versichern, daß alles getan würde, damit er allein im Abteil bliebe, und das zweitemal, um bekanntzugeben, daß der Zug zehn Minuten Verspätung hätte.
Planmäßig sollte der Zug um 19.50 Uhr ankommen; als Hercule Poirot auf dem kleinen ländlichen Bahnhof aus dem Wagen stieg und dem Schaffner die erwartete Münze in die Hand drückte, war es jedoch genau zwei Minuten nach acht.
Die Lokomotive stieß einen Pfiff aus, und der Northern Express fuhr wieder an. Ein hochgewachsener Chauffeur in dunkelgrüner Uniform näherte sich Poirot.
»Mr. Poirot? Nach *Hamborough Close?*«
Er griff nach der hübschen Reisetasche des Kriminalisten und begleitete Poirot zum Ausgang. Vor dem Bahnhof stand ein großer Rolls-Royce. Der Chauffeur hielt Poirot den Schlag auf, so daß er einsteigen konnte, und legte ihm eine riesige Pelzdecke über die Beine. Dann fuhren sie los.
Nach etwa zehnminütiger Fahrt über Land, durch scharfe Kurven und über Landstraßen bog der Wagen durch ein breites Tor, das von riesigen steinernen Jagdhunden flankiert war.

Sie fuhren durch den Park und vor dem Haus vor. Als sie hielten, wurde die Haustür geöffnet, und ein Butler von imposanter Gestalt trat auf die Treppe hinaus.
»Mr. Poirot? Wenn Sie mir bitte folgen wollen.«
Er führte den Kriminalisten durch die Halle und öffnete dann an der rechten Seite eine Tür.
»Mr. Hercule Poirot«, meldete er.
In dem Zimmer befand sich eine Reihe von Leuten in Abendkleidung, und als Poirot das Zimmer betrat, nahmen seine schnellen Augen sofort wahr, daß man ihn nicht erwartet hatte. Die Blicke der Anwesenden ruhten in unverhüllter Überraschung auf ihm.
Dann kam eine hochgewachsene Frau, deren dunkles Haar von weißen Strähnen durchzogen war, unentschlossen auf ihn zu.
Poirot beugte sich über ihre Hand.
»Ich bitte um Entschuldigung, Madame«, sagte er. »Ich fürchte, mein Zug hatte Verspätung.«
»Aber ich bitte Sie«, sagte Lady Chevenix-Gore unsicher. Ihre Augen starrten ihn immer noch leicht verwirrt an. »Aber ich bitte Sie, Mr. – äh – ich habe leider Ihren . . .«
»Hercule Poirot.«
Irgendwie hörte er, daß hinter ihm irgend jemand plötzlich tief einatmete. Im gleichen Augenblick merkte er, daß sein Gastgeber sich nicht in diesem Zimmer befinden konnte. Höflich murmelte er: »Sie wußten, daß ich kam, Madame?«
»Ich – äh, ja . . .« Ihre ganze Art war keineswegs überzeugend. »Ich glaube – ich meine, ich habe es wahrscheinlich gewußt, aber ich bin so schrecklich unpraktisch, Monsieur Poirot. Ich vergesse immer alles.« Ihr Tonfall verriet ein melancholisches Vergnügen an dieser Tatsache. »Man sagt mir etwas. Scheinbar nehme ich es in mich auf – aber dann ist es doch nur zum einen Ohr hinein und zum anderen wieder hinaus gegangen! Einfach weg ist es! Als wäre nie etwas gewesen.«
Und dann blickte sie sich in der Art, als erfüllte sie eine schon lange überfällige Pflicht, unsicher um und murmelte: »Sicherlich kennen Sie die übrigen schon.«
Obgleich dies offenkundig nicht der Fall war, wollte Lady Chevenix-Gore sich mit dieser abgedroschenen Redensart ganz deutlich die Mühe des Vorstellens und die Anstrengung ersparen, sich an die richtigen Namen der verschiedenen Anwesen-

den erinnern zu müssen.
Um den Schwierigkeiten dieses besonderen Falles zu entsprechen, fügte sie noch unter Anspannung aller Energien hinzu: »Meine Tochter Ruth.«
Das Mädchen, das vor ihm stand, war ebenso hochgewachsen und dunkel, davon abgesehen jedoch ein ganz anderer Typ. Anstelle der verschwommenen, unbestimmbaren Gesichtszüge der Lady Chevenix-Gore hatte sie eine feingeformte, leicht gebogene Nase und eine klare, sehr betonte Kinnpartie. Das schwarze Haar war zurückgekämmt und endete in einem Gewirr kleiner dichter Locken. Die Farbe ihres Gesichts war gesund und strahlend, obgleich sie kaum geschminkt war. In den Augen Hercule Poirots gehörte sie zu den bezauberndsten Mädchen, die er jemals gesehen hatte.
Außerdem fiel ihm auf, daß sie nicht nur schön, sondern auch gescheit war sowie ein gewisses Maß an Stolz und Temperament besaß. Wenn sie sprach, klang ihre Stimme leicht gedehnt, und er hatte den Eindruck, daß es ganz bewußt geschah.
»Wie aufregend«, sagte sie, »Monsieur Poirot als Gast hier zu haben! Der Alte hat sich damit wahrscheinlich eine Überraschung für uns ausgedacht.«
»Sie wußten also nicht, daß ich kam, Mademoiselle?« fiel er ein.
»Keine Ahnung hatte ich. Aber mein Autogrammheft kann ich erst nachher herunterholen.«
Der Klang eines Gongs drang aus der Halle herüber; dann öffnete der Butler die Tür und meldete: »Es ist serviert.«
Und noch ehe er das letzte Wort ausgesprochen hatte, passierte etwas sehr Merkwürdiges. Die priesterliche Erscheinung des Bediensteten wurde, wenn auch nur für einen kurzen Augenblick, zu einem höchst erstaunten menschlichen Wesen ...
Diese flüchtige Verwandlung erfolgte so schnell und die Maske des guterzogenen Dieners war wieder so plötzlich zurückgekehrt, daß nur derjenige, der den Diener zufällig angesehen hatte, die Veränderung bemerkt haben konnte. Poirot allerdings hatte ihn angeblickt. Und es machte ihn stutzig.
Zögernd blieb der Butler im Türrahmen stehen. Obgleich sein Gesicht wieder von korrekter Ausdruckslosigkeit war, verriet seine ganze Gestalt eine gewisse Spannung.

Unsicher sagte Lady Chevenix-Gore: »Ach Gott – das ist aber höchst sonderbar. Wirklich – ich weiß gar nicht, was ich tun soll.«
Ruth sagte zu Poirot: »Diese ungewöhnliche Bestürzung ist der Tatsache zu verdanken, daß sich mein Vater seit mindestens zwanzig Jahren zum erstenmal verspätet hat.«
»Das ist höchst sonderbar ...« Lady Chevenix-Gore sprach mit klagender Stimme. »Gervase ist noch nie ...«
Ein älterer Mann mit aufrechter soldatischer Haltung trat zu ihr. Er lachte heiter.
»Der gute alte Gervase! Endlich kommt auch er einmal zu spät! Aber das könnt ihr mir glauben: Damit werden wir ihn noch aufziehen. Wahrscheinlich ein verschwundener Kragenknopf, glaubst du nicht? Oder ist Gervase gegen unsere gewöhnlichen Schwächen gefeit?«
Mit leiser, irritierter Stimme sagte Lady Chevenix-Gore: »Aber Gervase kommt doch nie zu spät!«
Beinahe lächerlich war die Bestürzung, die diese Bemerkung ausgelöst hatte. Und dennoch war sie nach Hercule Poirots Ansicht keineswegs lächerlich ... Hinter der Bestürzung spürte er eine gewisse Unruhe – vielleicht sogar gewisse Befürchtungen. Und auch er fand es seltsam, daß Gervase Chevenix-Gore nicht erschien, um seinen Gast – den er auf so geheimnisvolle Weise zu sich bestellt hatte – zu begrüßen.
Mittlerweile war klar geworden, daß niemand genau wußte, was dabei zu tun war. Eine beispiellose Situation war entstanden, und keiner wußte, wie er ihr begegnen sollte.
Schließlich ergriff Lady Chevenix-Gore die Initiative – wenn man es überhaupt als Initiative bezeichnen kann. Es war jedenfalls nicht zu übersehen, daß ihr ganzes Verhalten entschlußlos war.
»Snell«, sagte sie, »ist der Herr ...?«
Sie beendete den Satz nicht, sondern blickte den Butler lediglich erwartungsvoll an.
Snell, der offenbar die Art kannte, in der seine Herrin Erkundigungen einzog, reagierte prompt auf diese unausgesprochene Frage.
»Sir Gervase kam um fünf vor acht herunter, M'lady, und ging direkt in das Arbeitszimmer.«
»Ach so ...« Ihr Mund blieb geöffnet, ihre Augen schienen in die Ferne zu blicken. »Glauben Sie – ich meine – ob er den

Gong wohl gehört hat?«
»Daran ist meiner Ansicht nach kein Zweifel, M'lady, da der Gong sich unmittelbar vor der Tür des Arbeitszimmers befindet. Natürlich wußte ich nicht, daß Sir Gervase sich noch im Arbeitszimmer aufhielt, weil ich sonst auch dort gemeldet hätte, daß serviert sei. Soll ich es vielleicht nachholen, M'lady?«
Mit deutlicher Erleichterung griff Lady Chevenix-Gore diesen Vorschlag auf. »Oh, vielen Dank, Snell. Ja, bitte tun Sie das – sofort.«
Und als der Butler das Zimmer verließ, sagte sie: »Snell ist ein Juwel. Ich wüßte wirklich nicht, was ich ohne ihn anfangen sollte.«
Irgend jemand murmelte eine mitfühlende Zustimmung; aber niemand sprach. Hercule Poirot, der das Zimmer voller Menschen mit plötzlich geschärfter Aufmerksamkeit beobachtete, hatte den Eindruck, daß jeder einzelne sich in einem gespannten Zustand befand. Seine Augen musterten flüchtig jeden der Anwesenden und ordneten sie ein. Zwei ältere Männer – der soldatische, der gerade eben etwas gesagt hatte, und ein hagerer grauhaariger Mann mit verkniffenem Mund. Zwei jüngere Männer, die im Typ sehr verschieden waren: der eine mit Schnurrbart und leichter Arroganz, seiner Ansicht nach wahrscheinlich Sir Gervases Neffe, sowie etwas melancholisch. Der andere mit glatt zurückgekämmtem Haar und ziemlich gut aussehend; kein Zweifel, daß er einer niedrigeren gesellschaftlichen Schicht angehörte. Außerdem befanden sich noch eine kleine Frau mittleren Alters mit Kneifer und intelligenten Augen sowie ein Mädchen mit feuerroten Haaren im Zimmer.
Snell öffnete die Tür. Sein Benehmen war vollkommen, aber wieder zeigte das äußere Bild des unpersönlichen Butlers Spuren jenes verstörten menschlichen Wesens, das darunter steckte.
»Verzeihung, M'lady, aber die Tür des Arbeitszimmers ist abgeschlossen.«
»Abgeschlossen?«
Es war die Stimme eines Mannes: jung, lebhaft und mit einem leichten Anflug von Erregung. Der junge gutaussehende Mann mit dem zurückgekämmten Haar hatte diese Frage gestellt. Mit wenigen Schritten näherte er sich der Tür und sagte: »Soll ich lieber nachsehen ...?«

Aber sehr ruhig übernahm Poirot jetzt das Kommando. Er tat es so selbstverständlich, daß keiner es als merkwürdig empfand, daß dieser gerade eingetroffene Fremde sich anmaßte, in dieser Situation die erforderlichen Anordnungen zu treffen.
»Kommen Sie«, sagte er. »Begleiten Sie mich zum Arbeitszimmer.«
Und zu Snell gewandt sagte er: »Zeigen Sie uns bitte den Weg.«
Snell gehorchte. Poirot folgte ihm auf dem Fuß, und wie eine Schafherde kamen die übrigen hinterher.
Snell führte Poirot durch die große Halle, an dem weitgeschwungenen Bogen der Treppe, an einer riesigen Standuhr und schließlich an einer Nische vorbei, in der sich der Gong befand, sowie durch einen schmalen Gang, der vor einer Tür endete.
Hier schob Poirot den Butler beiseite und drückte vorsichtig auf die Türklinke. Sie ließ sich zwar bewegen, aber die Tür öffnete sich nicht. Höflich klopfte Poirot mit den Knöcheln gegen die Türfüllung. Dann wurde sein Klopfen immer lauter. Plötzlich hörte er damit auf, ließ sich auf das Knie nieder und preßte sein Auge an das Schlüsselloch.
Langsam erhob er sich und sah sich um. Sein Gesicht war ernst.
»Meine Herren«, sagte er. »Wir müssen diese Tür sofort aufbrechen.«
Unter seiner Anleitung warfen sich die beiden jungen Männer, die beide groß und kräftig gebaut waren, gegen die Tür. Es war keine leichte Aufgabe. Die Türen von *Hamborough Close* waren solide gearbeitet.
Schließlich gab das Schloß jedoch nach; krachend und splitternd drehte sich die Tür in ihren Angeln.
Und dann blieben alle, dicht gedrängt vor der Tür stehend und in das Zimmer hineinblickend, wie erstarrt stehen. Die Lampen brannten. An der linken Wand stand ein großer Schreibtisch, ein massives Möbelstück aus schwerem Mahagoni. Nicht am, sondern mit der einen Seite zum Schreibtisch gewandt, so daß der Rücken zur Tür zeigte, saß ein großer Mann schlaff im Schreibtischstuhl. Kopf und Oberkörper waren über die rechte Lehne geneigt, während die rechte Hand und der rechte Arm schlaff hinunterhingen. Unmittelbar unter der Hand lag eine kleine Pistole auf dem Teppich ...

Irgendwelche Überlegungen waren nicht nötig. Das Bild war deutlich genug. Sir Gervase Chevenix-Gore hatte sich erschossen.

Sekundenlang verharrte die im Türrahmen stehende Gruppe regungslos und starrte auf das Bild. Dann ging Poirot näher. Im gleichen Augenblick sagte Hugo Trent aufgeregt: »Mein Gott, der Alte hat sich erschossen!«
Und Lady Chevenix-Gore stieß ein langes zitterndes Stöhnen aus.
»Oh, Gervase – Gervase!«
Ohne sich umzudrehen, sagte Poirot scharf: »Bringen Sie Lady Chevenix-Gore weg. Sie kann hier doch nichts tun.«
Der ältere soldatische Mann gehorchte. »Komm, Vanda«, sagte er. »Komm, Liebling. Du wirst hier nicht gebraucht. Es ist schon vorüber. Ruth, komm mit und kümmere dich um deine Mutter.«
Aber Ruth Chevenix-Gore hatte sich in das Zimmer gedrängt und stand dicht neben Poirot, als dieser sich über die Gestalt beugte, die so entsetzlich in dem Schreibtischstuhl hing – die herkulische Gestalt eines Mannes mit dem Bart eines Wikingers.
Mit leiser gespannter Stimme, die merkwürdig verhalten und erstickt klang, sagte sie: »Glauben Sie bestimmt, daß er – tot ist?«
Poirot blickte zu ihr hoch.
Das Gesicht des Mädchens spiegelte irgendeine Gefühlsregung wider – eine sehr beherrschte und unterdrückte Gefühlsregung, die er nicht ganz begriff. Es war nicht Kummer, sondern eher eine Art fast ängstlicher Erregung.
Die kleine Frau mit dem Kneifer murmelte: »Ihre Mutter, Kind – vielleicht sollten Sie lieber ...«
Mit heller hysterischer Stimme rief das Mädchen mit dem roten Haar plötzlich: »Dann war es also doch kein Auto und kein Sektkorken! Dann haben wir den Schuß gehört ...«
Poirot drehte sich um und blickte die andern an.
»Irgend jemand sollte der Polizei Bescheid sagen ...«
Unbeherrscht schrie Ruth Chevenix-Gore auf: »Nein!«
Der ältere Mann mit dem hageren Gesicht sagte: »Ich fürchte, das wird sich nicht umgehen lassen. Wollen Sie das vielleicht übernehmen, Burrows? Hugo ...«

»Sie sind Mr. Hugo Trent?« sagte Poirot zu dem hochgewachsenen jungen Mann mit dem Schnurrbart. »Ich fände es angebracht, wenn alle — bis auf Sie und mich — das Zimmer jetzt verließen.«
Wieder wurde seine Autorität von niemandem angezweifelt. Der hagere Mann drängte die anderen hinaus. Poirot und Hugo Trent blieben allein zurück.
Trent starrte Poirot an und sagte: »Hören Sie mal – wer sind Sie eigentlich? Ich meine, ich habe nicht die leiseste Ahnung. Was tun Sie hier?«
Poirot zog eine Visitenkartentasche hervor und entnahm ihr eine Karte.
Hugo Trent starrte sie an und sagte: »Privatdetektiv – was? Gehört habe ich natürlich schon von Ihnen ... Aber ich begreife immer noch nicht, was Sie ausgerechnet hier zu suchen haben?«
»Sie wußten also nicht, daß Ihr Onkel – er war doch Ihr Onkel, nicht wahr?«
Sekundenlang blickten Hugos Augen auf den Toten hinunter. »Der Alte? Ja – natürlich war er mein Onkel.«
»Sie wußten aber nicht, daß er mich hierher bestellt hatte?«
Hugo schüttelte den Kopf. Langsam sagte er: »Nicht die geringste Ahnung hatte ich.«
In seiner Stimme schwang etwas mit, das ziemlich schwer zu bestimmen war. Sein Gesicht wirkte hölzern und einfältig – es hatte einen Ausdruck, der nach Poirots Ansicht in Zeiten der Anspannung eine ausgezeichnete Maske bildete.
Ruhig sagte Poirot: »Wir befinden uns hier in Westshire, nicht wahr? Dann kenne ich den Chief Constable, Major Riddle, sehr gut.«
»Riddle wohnt ungefähr eine halbe Meile entfernt«, sagte Hugo. »Wahrscheinlich wird er persönlich herkommen.«
»Das«, sagte Poirot, »wäre sehr schön.«
Vorsichtig begann er das Zimmer zu durchsuchen. Er zog den Fenstervorhang zur Seite, betrachtete die bis zum Fußboden reichenden Fenster und drückte mit der Hand leicht dagegen. Sie waren geschlossen.
An der Wand hinter dem Schreibtisch hing ein runder Spiegel. Das Glas war zersplittert. Poirot bückte sich und hob einen kleinen Gegenstand auf.
»Was ist das?« fragte Hugo Trent.

»Das Geschoß.«
»Es durchschlug seinen Kopf und traf dann den Spiegel?«
»Es scheint so.« Poirot legte das Geschoß sehr sorgfältig an dieselbe Stelle zurück, an der er es gefunden hatte. Dann trat er an den Schreibtisch. Einige Papiere waren säuberlich aufgestapelt. Auf der Löschunterlage lag ein einzelner Bogen, auf dem mit großer zittriger Handschrift in Druckbuchstaben das Wort SORRY – Verzeihung – stand.
»Das muß er selbst geschrieben haben«, sagte Hugo, »kurz bevor – kurz bevor er es tat.«
Poirot nickte nachdenklich.
Wieder blickte er den zersplitterten Spiegel und dann den Toten an. Seine Stirn krauste sich, als wäre er irritiert. Er ging zur Tür hinüber, die mit ihrem herausgerissenen Schloß schief in den Angeln hing. Daß der Schlüssel nicht steckte, wußte er, denn sonst hätte er nicht durch das Schlüsselloch sehen können. Aber auch auf dem Fußboden lag er nicht. Poirot beugte sich über den Toten und tastete ihn vorsichtig ab.
»Ja«, sagte er. »Der Schlüssel steckt in seiner Tasche.«
Hugo holte sein Zigarettenetui heraus und zündete sich eine Zigarette an. Seine Stimme klang ziemlich heiser.
»Die Angelegenheit scheint völlig klar zu sein«, sagte er. »Mein Onkel hat sich hier eingeschlossen, die Mitteilung auf einen Bogen Papier gekritzelt und sich dann erschossen.«
Poirot nickte grübelnd.
»Ich verstehe nur nicht, warum er Sie hat kommen lassen. Worum ging es denn?«
»Das ist ziemlich schwer zu erklären. Während wir auf die Beamten warten, damit sie den Fall übernehmen, könnten Sie, Mr. Trent, mir vielleicht genau erzählen, wer die Leute sind, die ich heute abend bei meiner Ankunft kennenlernte.«
»Wer sie sind?« Hugo schien mit seinen Gedanken ganz woanders zu sein. »Ach so, ja, natürlich. Verzeihung. Wollen wir uns nicht hinsetzen?« Er deutete auf ein kleines Sofa, das in jener Ecke des Zimmers stand, die am weitesten von dem Toten entfernt war. Dann sprach er leicht verkrampft weiter. »Da wäre einmal Vanda – meine Tante, wie Sie wissen. Und Ruth, meine Cousine. Aber die beiden kennen Sie bereits. Das zweite Mädchen ist Susan Cardwell. Sie ist gerade auf Besuch hier. Und Colonel Bury. Er ist ein alter Freund der Familie. Und Mr. Forbes, ebenfalls ein alter Freund, daneben aber auch

der Familienanwalt und sonst noch einiges. Die beiden waren in Vanda verliebt, als sie noch jung waren, und auf eine nette anhängliche Weise machen sie ihr auch heute noch den Hof. An sich lächerlich, aber doch sehr rührend. Dann ist da noch Godfrey Burrows, der Sekretär des Alten – ich meine: meines Onkels –, und schließlich Miss Lingard, die ihm geholfen hat, die Geschichte der Chevenix-Gores zu schreiben. Sie sucht für Schriftsteller immer die historischen Sachen heraus. Und das wär's dann wohl, glaube ich.«
Poirot nickte. Dann sagte er: »Soviel ich verstanden habe, haben Sie also den Schuß, der Ihren Onkel tötete, tatsächlich genau gehört?«
»Ja, das haben wir. Wir dachten, es wäre ein Sektkorken – wenigstens dachte ich es. Susan und Miss Lingard glaubten, draußen wäre ein Wagen vorbeigekommen und hätte eine Fehlzündung gehabt – die Straße ist ziemlich nahe, wissen Sie!«
»Und wann war das?«
»Ach, etwa um zehn nach acht. Snell hatte gerade zum erstenmal gegongt.«
»Und wo waren Sie, als Sie den Schuß hörten?«
»In der Halle. Wir – wir lachten noch darüber und stritten uns, woher der Knall kam. Ich sagte, er käme aus dem Eßzimmer, Susan sagte, er käme aus der Richtung des Wohnzimmers, und Miss Lingard sagte, es klänge, als käme es von oben, und Snell sagte, es käme draußen von der Straße, nur daß der Knall oben durch die Fenster hereingekommen wäre. Und Susan sagte noch: ›Hat jemand noch eine andere Theorie?‹ Und ich lachte und sagte, Mord käme überall vor! Wenn man es sich jetzt überlegt, klingt es doch ziemlich gemein.«
In seinem Gesicht zuckte es nervös.
»Ist Ihnen denn nicht der Gedanke gekommen, Sir Gervase könnte sich erschossen haben?«
»Nein – natürlich nicht!«
»Sie haben demnach keine Ahnung, warum er sich erschossen haben könnte?«
Langsam sagte Hugo: »Ach Gott – so kann man es nun auch wieder nicht ausdrücken ...«
»Sie haben also eine gewisse Ahnung?«
»Ja – schon – es ist so schwer zu erklären. Natürlich habe ich nicht damit gerechnet, daß er Selbstmord verüben würde, aber

so fürchterlich überrascht es mich nun auch nicht. Wenn Sie es genau wissen wollen, Monsieur Poirot: Mein Onkel war völlig übergeschnappt. Das war jedem klar.«
»Und das genügt Ihnen als Erklärung?«
»Bringen sich denn nicht auch Leute um, die nur leicht blöd sind?«
»Das ist eine Erklärung von bewundernswerter Schlichtheit.«
Hugo blickte ihn verdutzt an.
Poirot stand wieder auf und wanderte ziellos durch das Zimmer. Es war behaglich eingerichtet, zumeist im wuchtigen Stil der viktorianischen Zeit: massive Bücherschränke, gewaltige Lehnsessel und ein paar echte Chippendalestühle. Herumstehen tat nicht viel; einige Bronzen auf dem Kaminsims lenkten jedoch Poirots Aufmerksamkeit auf sich und erregten offenbar seine Bewunderung. Nacheinander nahm er sie in die Hand und betrachtete sie prüfend, ehe er sie wieder sorgfältig an ihren Platz stellte. Von jener Bronze, die am weitesten links stand, löste er mit dem Fingernagel irgend etwas ab.
»Was ist das?« fragte Hugo ohne allzu viel Interesse.
»Nichts von Bedeutung. Ein winziger Splitter Spiegelglas.«
»Komisch«, sagte Hugo, »daß der Spiegel durch den Schuß zersplittert ist. Ein zersplitterter Spiegel bedeutet Unglück. Armer alter Gervase ... Wahrscheinlich hat sein Glück ein bißchen zu lange gedauert.«
»War Ihr Onkel denn ein glücklicher Mensch?«
Hugo lachte kurz auf.
»Schließlich war sein Glück schon sprichwörtlich! Was er auch anfaßte, verwandelte sich in Gold! Wenn er auf einen Außenseiter wettete, galoppierte der den Sieg nach Hause. Steckte er Geld in ein zweifelhaftes Bergwerk, stießen die Leute sofort auf neue Erzlager. Aus den aussichtslosesten Situationen ist er immer wieder ganz knapp herausgekommen. Mehr als einmal ist sein Leben durch eine Art von Wunder gerettet worden. Auf seine Weise war er wirklich ein ziemlich netter alter Knabe, verstehen Sie. Und bestimmt hat er mehr erlebt als die meisten seiner Generation.«
In leichtem Ton murmelte Poirot: »Sie hingen an Ihrem Onkel, Mr. Trent?«
Diese Frage schien Hugo Trent etwas zu verwirren. »Ich – äh – o ja, doch, natürlich«, sagte er ziemlich unsicher. »Wissen Sie – manchmal war er schon ein bißchen schwierig. Furchtbar

anstrengend war es, mit ihm zusammenzusein. Glücklicherweise brauchte ich ihn nicht allzu häufig zu besuchen.«
»Er hingegen mochte Sie sehr gern?«
»So deutlich ist es mir nicht aufgefallen! Wenn Sie es genau wissen wollen: Er nahm mir meine Existenz übel, wie man so sagt.«
»Wie kommen Sie darauf, Mr. Trent?«
»Ach Gott – wissen Sie: Er hatte doch selbst keinen Sohn, und das bekümmerte ihn ziemlich. In puncto Familie und solchen Sachen war er übergeschnappt. Ich glaube, es ging ihm ziemlich an den Nerv, daß die Chevenix-Gores mit seinem Tod aufhören würden zu bestehen. Immerhin gibt es die Familie schon seit der normannischen Eroberung, verstehen Sie? Der Alte war der letzte. Von seinem Standpunkt aus war das wahrscheinlich ziemlich übel.«
»Sie selbst sind jedoch nicht dieser Ansicht?«
Hugo zuckte die Schultern. »Derartige Dinge sind meiner Meinung nach heute doch ziemlich überholt.«
»Was wird mit dem Vermögen geschehen?«
»Das kann ich Ihnen nicht genau sagen. Vielleicht bekomme ich es. Oder er hat es Ruth hinterlassen. Wahrscheinlich behält Vanda es, solange sie lebt.«
»Ihr Onkel hat seine Ansichten also nicht unmißverständlich mitgeteilt?«
»Gott – er hatte so seine Lieblingsidee.«
»Und welche war das?«
»Er wollte, daß Ruth und ich heiraten sollten.«
»Was doch zweifellos auch sehr passend gewesen wäre!«
»Ungeheuer passend. Aber Ruth – nun ja, Ruth hat dem Leben gegenüber sehr entschiedene Ansichten. Vergessen Sie nicht, daß sie eine ungewöhnlich reizvolle junge Frau ist – und es auch genau weiß. Sie hat es nicht eilig, zu heiraten und unter die Haube zu kommen.«
Poirot beugte sich vor.
»Aber Sie selbst wären damit einverstanden gewesen, Mr. Trent?«
In gelangweiltem Tonfall erwiderte Hugo: »Meiner Ansicht nach ist es heutzutage doch ziemlich egal, wen man heiratet. Es ist doch so einfach, sich wieder scheiden zu lassen. Wenn man sich nicht mehr einig ist, gibt es doch nichts Einfacheres, als den Knoten durchzuhauen und von vorn anzufangen.«

Die Tür öffnete sich, und Forbes kam mit einem großgewachsenen, sehr elegant aussehenden Herrn herein. Dieser Herr nickte Trent zu.
»Abend, Hugo, die Geschichte tut mir unsagbar leid. Sehr schwer für euch alle.«
Hercule Poirot kam näher.
»Wie geht es Ihnen, Major Riddle? Erinnern Sie sich an mich?«
»Ja – natürlich!« Der Chief Constable gab ihm die Hand. »Ausgerechnet Sie sind also auch hier?«
Ein nachdenklicher Ton lag in seiner Stimme. Neugierig blickte er Hercule Poirot an.

»Also?« sagte Major Riddle.
Zwanzig Minuten waren inzwischen vergangen. Das fragende »Also?« des Chief Constable galt dem Polizeiarzt, einem schlanken älteren Mann mit ergrautem Haar.
Der Arzt zuckte die Schultern.
»Er ist seit mehr als einer halben Stunde tot – aber nicht länger als seit einer Stunde. Technische Einzelheiten interessieren Sie weniger – ich weiß und werde sie Ihnen daher ersparen. Das Geschoß durchschlug den Kopf; die Pistole war nur wenige Zentimeter von der rechten Schläfe entfernt. Das Geschoß ging unmittelbar durch das Gehirn und trat auf der anderen Seite wieder heraus.«
»Mit Selbstmord demnach völlig vereinbar?«
»Völlig. Der Körper sackte dann im Stuhl zusammen, und der Revolver entfiel der Hand.«
»Haben Sie das Geschoß gefunden?«
»Ja.« Der Arzt hielt es hoch.
»Gut«, sagte Major Riddle. »Wir werden es später mit der Pistole vergleichen. Ich bin froh, daß es ein klarer Fall ist, der keine Schwierigkeiten mit sich bringt.«
Höflich fragte Hercule Poirot: »Sind Sie so überzeugt, daß es keine Schwierigkeiten geben wird, Doktor?«
Bedächtig erwiderte der Arzt: »Meiner Ansicht nach könnte man eine Sache als etwas merkwürdig bezeichnen. Als er sich erschoß, muß er sich leicht nach rechts geneigt haben. Sonst hätte das Geschoß nämlich nicht den Spiegel getroffen, sondern wäre ein Stück darunter in die Wand eingeschlagen.«
»Eine unbequeme Stellung zum Selbstmord«, sagte Poirot.

Der Arzt zuckte die Schultern.
»Mein Gott – bequem – wenn man Schluß machen will ...«
Er ließ den Satz unvollendet.
»Kann der Leichnam dann weggebracht werden?« sagte Major Riddle.
»Meinetwegen ja. Ich bin hier soweit fertig.«
»Und was ist mit Ihnen, Inspektor?« Major Riddle wandte sich an einen großen Mann mit ausdruckslosem Gesicht, der Zivil trug.
»Okay, Sir. Wir haben, was wir brauchen – bis auf die Fingerabdrücke des Toten auf der Pistole.«
»Das können Sie anschließend erledigen.«
Die sterblichen Überreste von Gervase Chevenix-Gore wurden weggetragen. Der Chief Constable und Poirot blieben allein zurück.
»Na ja«, sagte Riddle, »dann scheint also alles klar und geklärt zu sein. Tür verschlossen, Fenster zugesperrt, Türschlüssel in der Tasche des Toten. Alles, wie es im Buche steht – mit einer einzigen Ausnahme.«
»Und die wäre, mein Freund?« fragte Poirot.
»Sie!« sagte Riddle schlicht. »Was haben ausgerechnet Sie hier zu suchen?«
Statt einer Antwort reichte Poirot ihm den Brief, den er vor einer Woche von dem Toten erhalten hatte, sowie das Telegramm, das ihn schließlich hierhergebracht hatte.
»Donnerwetter«, sagte der Chief Constable. »Interessant. Dieser Sache müssen wir auf den Grund gehen. Meiner Ansicht nach könnte das eine direkte Bedeutung für seinen Selbstmord haben.«
»Ich bin derselben Ansicht.«
»Wir müssen sofort überprüfen, wer sich alles im Hause befindet.«
»Die Namen kann ich Ihnen nennen. Ich habe vorhin Mr. Trent darüber befragt.«
Er wiederholte die Aufzählung der Namen.
»Vielleicht wissen Sie irgend etwas über diese Leute, Major Riddle?«
»Natürlich weiß ich verschiedenes. Lady Chevenix-Gore ist auf ihre Art genauso verschroben wie der alte Sir Gervase. Sie waren sich sehr zugetan – und beide ziemlich verrückt. Sie ist das unentschlossenste Geschöpf, das jemals lebte, aber gele-

gentlich von einer unheimlichen Gerissenheit, die bei den überraschendsten Anlässen den Nagel haargenau auf den Kopf trifft. Die Leute lachen sehr viel über sie. Meiner Ansicht nach weiß sie es selbst, macht sich jedoch nichts daraus. Sinn für Humor hat sie jedenfalls überhaupt keinen.«

»Soweit ich orientiert bin, ist Miss Chevenix-Gore ihre Adoptivtochter?«

»Ja.«

»Eine sehr hübsche junge Dame.«

»Ein verteufelt attraktives Mädchen ist sie. Hat die meisten jungen Leute dieser Gegend schon um ihren Verstand gebracht. Ist immer vorneweg, dreht sich dann plötzlich um und lacht sie aus. Hat einen ausgezeichneten Sitz zu Pferde und eine wunderbare Hand.«

»Das dürfte im Augenblick nicht allzu sehr interessieren.«

»Äh – nein, vielleicht nicht ... Und von den anderen kenne ich natürlich den alten Bury. Die meiste Zeit ist er hier. Wie eine zahme Katze streicht er dauernd im Hause herum. Für Lady Chevenix-Gore ist er so eine Art Adjutant. Er ist ein alter Freund von ihr. Ihr ganzes Leben lang kennen die beiden sich schon. Ich glaube, er und Sir Gervase interessierten sich gemeinsam für irgendeine Firma, bei der Bury Direktor war.«

»Wissen Sie etwas über Forbes?«

»Ich glaube, ich bin ihm früher schon einmal begegnet.«

»Miss Lingard?«

»Noch nie etwas von ihr gehört.«

»Miss Susan Cardwell?«

»Ein einigermaßen hübsch aussehendes Mädchen mit roten Haaren? In den letzten Tagen habe ich sie einige Male mit Ruth Chevenix-Gore zusammen gesehen.«

»Mr. Burrows?«

»Ja, den kenne ich allerdings – Chevenix-Gores Sekretär. Unter uns: Allzuviel halte ich nicht von ihm. Er sieht gut aus und weiß es leider. Nicht ganz aus der obersten Schublade.«

»Ist er schon lange bei Sir Gervase?«

»Seit ungefähr zwei Jahren, wie ich annehme.«

»Und sonst ist niemand ...?«

Poirot unterbrach sich.

Ein großer Mann mit blondem Haar und im Straßenanzug kam hereingestürzt. Er war außer Atem und machte einen verstörten Eindruck.

»Guten Abend, Major Riddle. Gerüchteweise erfuhr ich, daß Sir Gervase sich erschossen hätte, und bin sofort hergekommen. Snell erzählte mir, daß es stimmt. Das ist unvorstellbar! Ich kann es nicht fassen!«
»Trotzdem stimmt es, Lake. Darf ich bekannt machen: Das ist Captain Lake, Sir Gervases Vermögensverwalter. Monsieur Poirot, von dem Sie vielleicht schon gehört haben.«
Lakes Gesicht strahlte ein wenig auf, als wäre er erfreut und ungläubig zugleich.
»Monsieur Hercule Poirot? Ich freue mich schrecklich, Sie kennenzulernen. Wenigstens ...« Er verstummte; das flüchtige charmante Lächeln verschwand – er sah verwirrt und fassungslos aus. »Ist etwas – stimmt irgend etwas nicht mit dem Selbstmord, Sir?«
»Warum sollte etwas nicht stimmen, wie Sie es nennen?« fragte der Chief Constable scharf.
»Ich meine nur, weil Monsieur Poirot hier ist. Und weil alles so unvorstellbar zu sein scheint!«
»Nein, nein«, sagte Poirot schnell. »Wegen des Todes von Sir Gervase bin ich nicht hier. Ich war bereits im Hause – als Gast.«
»Ach so! Merkwürdig, daß er mir gegenüber mit keinem Wort erwähnte, daß Sie kämen, als ich heute nachmittag mit ihm einige Abrechnungen durchsah.«
Ruhig sagte Poirot: »Sie haben zweimal das Wort ›unvorstellbar‹ gebraucht, Captain Lake. Kommt es denn für Sie derart überraschend, daß Sir Gervase Selbstmord verübt hat?«
»Das kann ich allerdings behaupten! Es ist zwar kein Geheimnis, daß er völlig übergeschnappt war. Aber trotzdem kann ich mir einfach nicht vorstellen, daß er glaubte, die Welt könne ohne ihn auskommen.«
»Ja«, sagte Poirot. »Das ist allerdings ein Gesichtspunkt.« Und anerkennend blickte er dem jungen Mann in das offene und intelligente Gesicht.
Major Riddle räusperte sich.
»Da Sie nun schon einmal hier sind, Captain Lake, nehmen Sie vielleicht Platz und beantworten mir ein paar Fragen.«
»Gewiß, Sir.«
Lake zog sich einen Stuhl heran und setzte sich den beiden gegenüber.
»Wann haben Sie Sir Gervase zum letztenmal gesehen?«

»Heute nachmittag, kurz vor drei Uhr. Einige Abrechnungen mußten geklärt werden, und außerdem ging es um einen neuen Pächter für einen der Höfe.«
»Wie lange waren Sie bei ihm?«
»Vielleicht eine halbe Stunde.«
»Überlegen Sie genau und sagen Sie, ob Ihnen an Sir Gervases Verhalten irgend etwas Ungewöhnliches aufgefallen ist.«
Der junge Mann dachte nach.
»Nein, das glaube ich eigentlich nicht. Vielleicht war er ein bißchen aufgeregt – aber das war bei ihm keineswegs ungewöhnlich.«
»Er war also nicht irgendwie deprimiert?«
»O nein! Er schien vielmehr guter Laune zu sein. Seit er an der Geschichte seiner Familie arbeitete, war dies für ihn ein großartiger Spaß.«
»Wie lange hatte er sich schon damit beschäftigt?«
»Angefangen hat er damit vor etwa sechs Monaten.«
»Und damals kam auch Miss Lingard hierher?«
»Nein. Sie kam erst vor etwa zwei Monaten, als er entdeckt hatte, daß er die erforderlichen Nachforschungen allein nicht erledigen konnte.«
»Und Sie glauben, es machte ihm viel Spaß?«
»O ja – sehr sogar! Er kam gar nicht auf die Idee, daß es auf dieser Welt neben seiner Familie noch etwas Wesentliches gäbe.«
In der Stimme des jungen Mannes schwang vorübergehend eine leichte Verbitterung mit.
»Soweit Sie informiert sind, hatte Sir Gervase also keinen Grund zu irgendwelchen Sorgen?«
Es folgte eine kleine – ganz kleine – Pause, bevor Captain Lake antwortete.
»Nein.«
Poirot warf plötzlich eine Frage dazwischen.
»Sir Gervase machte sich Ihrer Ansicht nach auch keine Sorgen irgendwelcher Art über seine Tochter?«
»Über seine Tochter?«
»Genau das sagte ich.«
»Nicht daß ich wüßte«, sagte der junge Mann förmlich.
Poirot schwieg daraufhin. Statt dessen sagte Major Riddle:
»Dann danke ich Ihnen, Lake. Vielleicht bleiben Sie noch eine Weile erreichbar, falls ich Sie etwas fragen möchte.«

»Gewiß, Sir.« Er erhob sich. »Kann ich sonst noch etwas tun?«
»Ja – vielleicht schicken Sie den Butler her. Und vielleicht können Sie sich erkundigen, wie es Lady Chevenix-Gore geht und ob ich mich in absehbarer Zeit kurz mit ihr unterhalten kann, oder ob sie dazu noch zu aufgeregt ist.«
Der junge Mann nickte und verließ mit schnellem, entschlossenem Schritt das Zimmer.
»Ein reizender Mann«, sagte Hercule Poirot.
»Ja, ein netter Kerl – und tüchtig. Er ist überall beliebt.«

»Nehmen Sie Platz, Snell«, sagte Major Riddle in freundlichem Ton. »Ich habe Sie eine ganze Menge zu fragen, und wahrscheinlich war das alles für Sie ein ziemlicher Schock.«
»Das war es, weiß Gott, Sir. Vielen Dank, Sir.« Snell setzte sich so unauffällig hin, daß es praktisch genauso war, als wäre er stehengeblieben.
»Sie sind jetzt doch schon ziemlich lange hier, nicht wahr?«
»Seit sechzehn Jahren, Sir. Seit Sir Gervase – äh – zur Ruhe kam, wie man so sagt.«
»Richtig. Ihr Herr ist seinerzeit sehr viel herumgereist.«
»Ja, Sir. Er nahm an einer Polarexpedition teil und hat viele interessante Gegenden aufgesucht.«
»Übrigens, Snell – können Sie mir sagen, wann Sie Ihren Herrn heute abend zum letztenmal gesehen haben?«
»Ich war gerade im Speisezimmer, Sir, und vergewisserte mich, daß die Tafel richtig gedeckt war. Die Tür zur Halle stand offen, und ich sah, wie Sir Gervase die Treppe herunterkam, die Halle durchquerte und durch den Gang in sein Arbeitszimmer ging.«
»Um welche Zeit war das?«
»Kurz vor acht Uhr. Möglicherweise ist es fünf Minuten vor acht gewesen.«
»Und bei dieser Gelegenheit haben Sie ihn zum letztenmal gesehen?«
»Ja, Sir.«
»Haben Sie einen Schuß gehört?«
»Ja, Sir – das habe ich! Aber natürlich war es mir zu dem Zeitpunkt noch nicht klar! Wie sollte es auch?«
»Für was haben Sie ihn denn gehalten?«
»Ich glaubte, es wäre ein Wagen, Sir. Die Straße läuft gleich hinter der Parkmauer entlang. Oder es hätte ein Schuß im

Wald sein können – möglicherweise ein Wilderer. Ich hätte nie geglaubt ...«
Major Riddle unterbrach ihn.
»Um welche Zeit war das?«
»Es war genau um acht Minuten nach acht, Sir.«
»Wie kommt es, daß Sie den Zeitpunkt auf die Minute genau angeben können?« fragte der Chief Constable scharf.
»Das ist sehr einfach, Sir. Ich hatte gerade zum erstenmal gegongt.«
»Zum erstenmal?«
»Ja, Sir. Entsprechend den Befehlen Sir Gervases mußte genau sieben Minuten vor dem Gong, der zum Abendessen rief, zum erstenmal gegongt werden. Er war nämlich sehr darauf bedacht, Sir, daß jeder sich im Wohnzimmer bereit hielt, wenn zum zweitenmal gegongt wurde. Sobald ich das getan hatte, betrat ich das Wohnzimmer, meldete, daß serviert sei, und die Herrschaften begaben sich in das Speisezimmer.«
»Langsam beginne ich zu begreifen«, sagte Hercule Poirot, »warum Sie so überrascht aussahen, als Sie heute abend meldeten, es sei serviert. Gewöhnlich hielt sich auch Sir Gervase zu diesem Zeitpunkt im Wohnzimmer auf?«
»Ich habe es noch nie erlebt, daß er nicht dort gewesen wäre, Sir. Für mich war es ein ziemlicher Schock. Ich traute kaum ...«
Wieder unterbrach Major Riddle ihn mit einer Frage. »Waren die übrigen Herrschaften gewöhnlich auch dort?«
Snell hüstelte.
»Wer sich zum Abendessen verspätete, Sir, wurde nie mehr eingeladen.«
»Aha – also eine sehr drastische Maßnahme!«
»Sir Gervase beschäftigte einen Küchenchef, Sir, der früher beim Kaiser von Moravia gearbeitet hatte. Und er pflegte zu sagen, Sir, daß das Abendessen genauso wichtig sei wie ein religiöses Ritual.«
»Und die Familie?«
»Lady Chevenix-Gore war immer sehr bemüht, ihm Aufregungen zu ersparen, Sir, und sogar Miss Ruth wagte nicht, zum Abendessen zu spät zu kommen.«
»Interessant«, murmelte Hercule Poirot.
»Ich verstehe«, sagte Riddle. »Da also das Abendessen um Viertel nach acht begann, wurde zum erstenmal um acht Minuten nach acht gegongt?«

»So ist es, Sir – aber das war nicht die Regel. Üblicherweise begann das Abendessen vielmehr um acht. Sir Gervase hatte jedoch angeordnet, daß das Abendessen heute eine Viertelstunde später beginnen sollte, da er noch einen Herrn erwartete, der mit dem Spätzug kam.« Während Snell sprach, deutete er mit einer leichten Verbeugung auf Poirot.
»Machte Ihr Herr vielleicht einen erregten oder besorgten Eindruck, als er sich in sein Arbeitszimmer begab?«
»Das kann ich nicht sagen, Sir. Ich war nicht nahe genug, um seinen Gesichtsausdruck beurteilen zu können. Ich bemerkte ihn lediglich – mehr nicht.«
»War er allein, als er in sein Arbeitszimmer ging?«
»Ja, Sir.«
»Hat anschließend noch jemand das Arbeitszimmer betreten?«
»Das kann ich nicht sagen, Sir. Anschließend begab ich mich nämlich in die Anrichte, und dort blieb ich, bis ich um acht Minuten nach acht zum erstenmal gongte.«
»Dort waren Sie also auch, als Sie den Schuß hörten?«
»Ja, Sir.«
Höflich warf Poirot eine Frage dazwischen.
»Ich kann mir vorstellen, daß der Schuß auch von anderen gehört wurde?«
»Das ist richtig, Sir. Mr. Hugo und Miss Cardwell hörten ihn ebenfalls. Und Miss Lingard.«
»Diese drei hielten sich auch in der Halle auf?«
»Miss Lingard kam aus dem Wohnzimmer, während Miss Cardwell und Mr. Hugo gerade die Treppe herunterkamen.«
»Kam es zu einer Unterhaltung über diese Angelegenheit?« fragte Poirot.
»Mr. Hugo erkundigte sich nur, ob es zum Abendessen Champagner gäbe, Sir. Ich erwiderte, daß Sherry, Rheinwein und Burgunder serviert würden.«
»Er hielt es also für einen Sektkorken?«
»Jawohl, Sir.«
»Aber niemand nahm den Knall ernst?«
»O nein, Sir. Die Herrschaften begaben sich anschließend – miteinander sprechend und lachend – in das Wohnzimmer.«
»Wo waren die anderen Bewohner des Hauses zu diesem Zeitpunkt?«
»Das kann ich nicht sagen, Sir.«
»Wissen Sie irgend etwas über diese Pistole?« sagte Major

Riddle. Dabei hielt er die Waffe hoch.
»Doch, Sir. Sie gehört Sir Gervase. Er bewahrte sie immer in der Schublade des Schreibtisches dort drüben auf.«
»War sie gewöhnlich geladen?«
»Das entzieht sich meiner Kenntnis, Sir.«
Major Riddle legte die Pistole weg und räusperte sich.
»Ich möchte Ihnen jetzt eine ziemlich wichtige Frage stellen, Snell. Und ich hoffe, daß Sie sie möglichst wahrheitsgemäß beantworten. Können Sie sich irgendeinen Grund vorstellen, der Ihren Herrn veranlaßte, Selbstmord zu verüben?«
»Nein, Sir. Ich kenne keinen.«
»Sir Gervase war in letzter Zeit nicht irgendwie merkwürdig in seinem Verhalten? Nicht deprimiert? Oder besorgt?«
Snell hüstelte entschuldigend.
»Sie entschuldigen, Sir, wenn ich es sage – aber in den Augen Fremder wirkte Sir Gervase möglicherweise immer etwas seltsam. Er war ein höchst origineller Gentleman, Sir.«
»Ja, ja, das ist mir genau bekannt.«
»Außenstehende, Sir, verstanden Sir Gervase nicht immer.«
Snell legte soviel Bedeutung in diesen Satz, als wäre er mit großen Buchstaben geschrieben.
»Ich weiß – ich weiß. Demnach gab es also nichts, was beispielsweise Sie als ungewöhnlich bezeichnet hätten?«
Der Butler zögerte.
»Ich glaube, Sir, daß Sir Gervase über irgend etwas besorgt war«, sagte er schließlich.
»Besorgt und deprimiert?«
»Deprimiert würde ich es nicht nennen, Sir. Aber besorgt – ja.«
»Haben Sie irgendeine Ahnung, was der Grund zu dieser Besorgnis gewesen sein könnte?«
»Nein, Sir.«
»Hing sie zum Beispiel mit irgendeiner besonderen Person zusammen?«
»Das entzieht sich wirklich meiner Kenntnis, Sir. Jedenfalls ist es auch nur ein Eindruck, den ich hatte.«
Wieder schaltete Poirot sich ein.
»Sein Selbstmord kam für Sie überraschend?«
»Völlig überraschend, Sir. Für mich war es ein fürchterlicher Schock. So etwas wäre mir nicht einmal im Traum eingefallen.«

Poirot nickte nachdenklich.
Riddle warf ihm einen Blick zu und sagte dann: »Na, schön, Snell, das ist – glaube ich – alles, was ich Sie fragen wollte. Sie sind also überzeugt, daß Sie uns sonst nichts Wichtiges mitteilen können – keinen ungewöhnlichen Vorfall zum Beispiel, der sich in den letzten Tagen zutrug?«
Der Butler, der sich erhob, schüttelte den Kopf.
»Nichts, Sir, wirklich gar nichts.«
»Sie können dann gehen.«
»Danke, Sir.«
Als Snell sich der Tür näherte, blieb er plötzlich stehen und trat zur Seite. Lady Chevenix-Gore schwebte in das Zimmer. Sie trug ein orientalisch wirkendes Gewand aus dunkelroter und orangefarbener Seide, das sich lose um ihren Körper legte. Ihr Gesicht war ruhig, ihre Art gesammelt und still.
»Lady Chevenix-Gore!« Major Riddle sprang auf.
»Man teilte mir mit«, sagte sie, »daß Sie mich gern sprechen wollten. Deshalb bin ich hierher gekommen.«
»Sollen wir dazu vielleicht lieber in einen anderen Raum gehen? Der Anblick dieses Zimmers ist für Sie sicherlich schmerzlich.«
Lady Chevenix-Gore schüttelte den Kopf und setzte sich auf einen der Chippendale-Stühle. »Ach nein – was ist daran denn schon wichtig«, murmelte sie.
»Es ist sehr reizend von Ihnen, Lady Chevenix-Gore, Ihre Empfindungen völlig beiseite zu lassen. Ich weiß, wie entsetzlich dieser Schock für Sie gewesen sein muß . . .«
Sie unterbrach ihn.
»Zuerst war es wirklich ein großer Schock«, gab sie zu. Sie sprach in leichtem Konversationston. »Aber so etwas wie Tod gibt es in Wirklichkeit gar nicht – verstehen Sie? Es gibt nur einen Wechsel.« Und sie fügte hinzu: »Genaugenommen steht Gervase im Augenblick dicht neben Ihrer linken Schulter. Ich erkenne ihn ganz deutlich.«
Major Riddles linke Schulter zuckte leicht. Beinahe argwöhnisch sah er Lady Chevenix-Gore an.
Sie lächelte ihn an. Es war ein unbestimmtes, glückliches Lächeln.
»Natürlich glauben Sie mir nicht! Das tun nur wenige Leute. Für mich ist die geistige Welt jedoch genauso real wie diese. Aber nun fragen Sie mich bitte, was Sie wollen, und glauben

Sie nicht, daß Sie mich damit quälten. Ich bin wirklich überhaupt nicht unglücklich. Alles ist Schicksal, verstehen Sie? Man kann seinem Karma nicht entkommen. Alles paßt genau zusammen – der Spiegel – alles.«

»Der Spiegel, Madame?« fragte Poirot.

Mit einer unsicheren Kopfbewegung deutete sie hinüber.

»Ja. Er ist zersplittert – sehen Sie? Ein Symbol! Kennen Sie Tennysons Gedicht? Als Mädchen habe ich es immer wieder gelesen – obgleich ich natürlich seine esoterische Seite damals noch nicht erkannte. *Der Spiegel zersprang querdurch. ›Der Fluch ist über mich gekommen!‹ rief die Lady of Shalott.* Genau dasselbe erlebte Gervase. Der Fluch ist plötzlich über ihn gekommen. Wissen Sie – meiner Ansicht nach liegt über den meisten sehr alten Familien ein Fluch ... Der Spiegel zersprang. Er wußte, daß er verdammt war! Der Fluch war über ihn gekommen!«

»Aber Madame – nicht ein Fluch hat den Spiegel zerspringen lassen. Ein Geschoß war es!«

Immer noch in derselben heiteren unentschlossenen Art sagte Lady Chevenix-Gore: »Das läuft doch auf dasselbe hinaus ... Es war Schicksal.«

»Aber Ihr Mann hat sich selbst erschossen.«

Lady Chevenix-Gore lächelte nachsichtig.

»Das hätte er natürlich nicht tun sollen. Aber Gervase war schon immer ungeduldig. Er konnte nie abwarten. Seine Stunde war gekommen – und da ging er ihr ein Stück entgegen. In Wirklichkeit ist alles ganz einfach.«

Major Riddle, der sich vor Erbitterung räusperte, sagte in scharfem Ton: »Dann hat es Sie also überhaupt nicht überrascht, daß Ihr Mann sich das Leben nahm? Hatten Sie damit gerechnet, daß etwas Derartiges passierte?«

»Aber nein!« Ihre Augen waren weit geöffnet. »Man kann nicht immer in die Zukunft schauen. Gervase war natürlich ein sehr seltsamer Mensch, ein sehr ungewöhnlicher Mensch. Er war so ganz anders als alle übrigen. Er war die Wiedergeburt eines großen Mannes. Das habe ich schon seit einiger Zeit gewußt. Und ich nehme an, daß er selbst es auch gewußt hat. Es fiel ihm sehr schwer, sich den lächerlichen kleinen Anforderungen der alltäglichen Welt anzupassen.« Und über Major Riddles Schulter hinwegblickend, fügte sie hinzu: »Jetzt lächelt er. Und überlegt, wie dumm wir alle doch sind. Das sind wir auch. Wie Kinder so dumm. Wir tun, als wäre das Leben Wirklichkeit und sehr wichtig ... Dabei ist es nur eine der großen Illusionen.«

In dem Gefühl, auf verlorenem Posten zu stehen, fragte Major Riddle verzweifelt: »Sie können uns also gar keinen Hinweis geben, aus welchem Grunde Ihr Mann sich das Leben genommen haben könnte?«

Sie zuckte ihre schmalen Schultern.

»Mächte bewegen uns – sie bewegen uns ... Man kann es nicht begreifen. Sie selbst bewegen sich immer nur auf der materiellen Ebene.«

Poirot hüstelte.

»Da wir gerade von der materiellen Ebene sprechen: Haben Sie, Madame, eine Ahnung, in welcher Weise Ihr Mann über sein Vermögen verfügt hat?«

»Vermögen?« Sie starrte ihn an. »Ich kümmere mich nie um Gelddinge.«

Ihre Stimme klang hochmütig.

Poirot wechselte das Thema.

»Um welche Zeit sind Sie heute abend zum Essen heruntergekommen?«

»Um welche Zeit? Was ist denn schon Zeit? Unendlich – das ist die Antwort. Zeit ist unendlich.«

»Aber Ihr Mann, Madame«, sagte Poirot leise, »nahm die Zeit sehr genau – besonders, wie man mir sagte, die Zeit des Abendessens.«

»Lieber Gervase.« Sie lächelte nachsichtig. »In diesem Punkt war er sehr dumm. Aber es machte ihn glücklich. Deshalb haben wir uns auch nie verspätet.«

»Waren Sie im Wohnzimmer, Madame, als zum erstenmal gegongt wurde?«

»Nein. Ich war auf meinem Zimmer.«

»Erinnern Sie sich vielleicht, wer sich im Wohnzimmer befand, als Sie herunter kamen?«

»Fast alle, glaube ich«, sagte Lady Chevenix-Gore unsicher. »Ist denn das so wichtig?«

»Möglicherweise nicht«, gab Poirot zu. »Aber noch etwas anderes. Hat Ihr Mann Ihnen irgendwann mitgeteilt, daß er glaubte, betrogen zu werden?«

Diese Frage schien Lady Chevenix-Gore nicht allzu sehr zu interessieren.

»Betrogen? Nein, das glaube ich nicht.«
»Beraubt, betrogen – ein Opfer irgendwelcher Vorgänge ...?«
»Nein – nein – das glaube ich nicht ... Gervase wäre sehr ärgerlich geworden, wenn irgend jemand versucht hätte, so etwas zu tun.«
»Jedenfalls hat er Ihnen gegenüber nichts Derartiges erwähnt?«
»Nein – nein.« Lady Chevenix-Gore schüttelte den Kopf, immer noch ohne wirkliches Interesse. »Ich müßte mich doch erinnern ...«
»Wann haben Sie Ihren Mann zum letztenmal lebend gesehen?«
»Vor dem Abendessen, auf dem Weg nach unten, schaute er wie gewöhnlich bei mir herein. Meine Zofe war dabei. Er sagte nur, er ginge schon nach unten.«
»Worüber hat er in den letzten Wochen am häufigsten gesprochen?«
»Ach, über die Familiengeschichte. Er kam so gut damit voran. Und er hatte diese seltsame Frau, Miss Lingard, gefunden, die für ihn unbezahlbar war. Sie suchte für ihn im Britischen Museum immer die Unterlagen heraus – und derartige Dinge. Sie hatte vorher schon Lord Mulcaster bei seinem Buch geholfen. Und sie war taktvoll – ich meine: Sie suchte nicht die falschen Dinge heraus. Schließlich hat jeder Mensch Vorfahren, an die er nicht gern erinnert werden möchte. In diesem Punkt war Gervase sehr empfindlich. Mir hat sie übrigens auch geholfen. Eine Menge Informationen über Hatschepsut hat sie mir besorgt. Ich bin nämlich die Wiedergeburt Hatschepsuts, wissen Sie.«
Diese Neuigkeit gab Lady Chevenix-Gore mit ruhiger Stimme bekannt.
»Und vorher war ich Priesterin in Atlantis«, fuhr sie fort.
Major Riddle wurde in seinem Sessel etwas unruhig.
»Äh — äh — sehr interessant«, sagte er. »Ja, Lady Chevenix-Gore, ich glaube, das ist alles. Es war sehr freundlich von Ihnen.«
Lady Chevenix-Gore erhob sich und raffte das orientalische Gewand zusammen.
»Gute Nacht«, sagte sie. Und dann, die Augen auf einen Punkt gerichtet, der sich hinter Major Riddle befand: »Gute Nacht, Gervase – Lieber. Ich wünschte, du könntest mitkom-

men; aber ich weiß, daß du hierbleiben mußt.« Und als Erklärung fügte sie hinzu: »Mindestens vierundzwanzig Stunden mußt du dort bleiben, wo du hinübergegangen bist. Es wird also noch etwas dauern, bis du dich frei bewegen und Verbindung aufnehmen kannst.«

Dann verließ sie das Zimmer.

Major Riddle wischte sich die Stirn ab.

»Puh«, murmelte er. »Sie ist doch erheblich verrückter, als ich annahm. Ob sie diesen ganzen Unsinn wirklich glaubt?«

Poirot schüttelte nachdenklich den Kopf.

»Es ist möglich, daß es ihr hilft«, sagte er. »In diesem Moment hat sie es bitter nötig, sich eine Welt der Illusionen zu schaffen, so daß sie der krassen Wirklichkeit – dem Tod ihres Mannes – entfliehen kann.«

»Auf mich macht sie den Eindruck einer Wahnsinnigen«, sagte Major Riddle. »Ein gewaltiges Durcheinander von Unsinnigkeiten und kein einziges vernünftiges Wort.«

»O nein, mein Freund. Interessant ist vielmehr, wie Mr. Hugo Trent mir gegenüber beiläufig erwähnte, daß in dem ganzen Schwall gelegentlich eine gerissene Schlauheit zum Vorschein kommt. Das zeigte sich beispielsweise in ihrer Bemerkung über den Takt von Miss Lingard, die keine unerwünschten Vorfahren ausgräbt. Glauben Sie mir – Lady Chevenix-Gore ist alles andere als dumm.«

Er stand auf und wanderte im Zimmer hin und her.

»Es gibt in dieser Angelegenheit Dinge, die mir gar nicht gefallen. Nein – sie gefallen mir überhaupt nicht.«

Neugierig blickte Riddle ihn an.

»Sie meinen das Motiv für den Selbstmord?«

»Selbstmord – Selbstmord! Das ist völlig falsch. Hören Sie auf mich. Psychologisch ist es falsch. Für was hielt Chevenix-Gore sich selbst? Für einen Koloß, eine unendlich wichtige Persönlichkeit, für den Mittelpunkt des Universums! Bringt ein solcher Mann sich um? Bestimmt nicht. Viel wahrscheinlicher ist, daß er eher einen anderen vernichtet – irgendeine elende krabbelnde Ameise von menschlichem Wesen, die gewagt hat, ihn zu belästigen . . . Ein derartiges Vorgehen hätte er vielleicht für notwendig gehalten – für gerechtfertigt! Aber Selbstvernichtung? Die Zerstörung eines derartigen Ich?«

»Das klingt alles sehr schön, Poirot. Aber die Beweise sind doch klar genug. Tür abgeschlossen, Schlüssel in seiner eige-

nen Tasche. Fenster geschlossen und zugesperrt. Ich weiß, daß in Büchern so etwas vorkommt – im wirklichen Leben bin ich ihnen jedoch noch nie begegnet. Sonst noch etwas?«
»O ja – da ist noch etwas.« Poirot setzte sich in den Schreibtischstuhl. »Hier sitze ich, ich – Chevenix-Gore. Ich sitze an meinem Schreibtisch. Ich bin entschlossen, mich umzubringen, weil – weil, sagen wir, ich eine Entdeckung gemacht habe, die für den Familiennamen eine ungeheuerliche Schande bedeutet. Sehr überzeugend klingt es zwar nicht, aber es muß genügen. *Eh bien,* was tue ich also? Ich kritzele auf einen Bogen Papier das Wort SORRY. Gut, das ist möglich. Dann ziehe ich die Schublade des Schreibtisches auf, hole die Pistole heraus, die ich dort aufbewahre, lade sie, falls sie nicht geladen ist, und dann – erschieße ich mich dann etwa? O nein! Zuerst drehe ich meinen Stuhl zur Seite – so, und jetzt beuge ich mich ein bißchen nach rechts – so – und dann – und dann erst halte ich die Pistole an meine Schläfe und drücke ab!«
Poirot sprang auf, fuhr herum und sagte: »Ich frage Sie: Tut ein vernünftiger Mensch so etwas? Wenn beispielsweise dort drüben an der Wand ein Bild hinge, dann – ja, dann gäbe es für dieses Verhalten vielleicht eine Erklärung. Irgendein Porträt, dessen Anblick ein sterbender Mann als letztes mit hinübernehmen möchte! Aber ein Vorhang – *ah non,* das ergibt keinen Sinn.«
»Vielleicht hatte er den Wunsch, aus dem Fenster zu blicken. Ein letzter Blick auf seinen Besitz.«
»Mein lieber Freund, das wollen Sie doch wohl nicht im Ernst behaupten. Genaugenommen wissen Sie doch selbst, daß es Unsinn ist. Um acht Minuten nach acht war es draußen bereits dunkel, und außerdem waren die Vorhänge zugezogen. Nein, es muß irgendeine andere Erklärung geben ...«
»Soviel ich sehe, gibt es nur eine einzige: Gervase Chevenix-Gore war verrückt.«
Unzufrieden schüttelte Poirot den Kopf.
Major Riddle erhob sich.
»Kommen Sie«, sagte er. »Befragen wir erst einmal die restlichen Anwesenden. Vielleicht kommen wir damit einen Schritt weiter.«

Nach den Schwierigkeiten, Lady Chevenix-Gore zu einer direkten Aussage zu bewegen, war die Unterhaltung mit einem

gescheiten Anwalt wie Forbes eine ausgesprochene Erholung für Major Riddle.
Mr. Forbes war in seinen Angaben äußerst vorsichtig und beherrscht; seine Antworten bezogen sich jedoch unmittelbar auf die Fragen.
Er gab zu, daß Sir Gervases Selbstmord für ihn einen großen Schock bedeutet hätte. Er hätte Sir Gervase niemals zugetraut, zu jenen Menschen zu gehören, die sich selbst das Leben nähmen. Von einem Grund für eine derartige Tat war ihm nicht das geringste bekannt.
»Sir Gervase war nicht nur mein Klient, sondern gleichzeitig ein sehr alter Freund. Seit meiner Jugendzeit kannte ich ihn. Und ich möchte behaupten, daß er das Leben immer genossen hat.«
»Unter den gegebenen Umständen, Mr. Forbes, muß ich Sie bitten, ganz offen zu sein. Wissen Sie etwas von einer geheimen Sorge oder einem Kummer in Sir Gervases Leben?«
»Nein. Er hatte kleinere Sorgen, wie jeder sie hat, aber ernsterer Art waren sie nicht.«
»Auch keine Krankheit? Keine Unstimmigkeiten zwischen ihm und seiner Frau?«
»Nein. Sir Gervase und seine Frau hingen sehr aneinander.«
Vorsichtig sagte Major Riddle: »Lady Chevenix-Gore macht den Eindruck, etwas seltsame Ansichten zu haben.«
Mr. Forbes lächelte – ein nachsichtiges, männliches Lächeln. »Damen«, sagte er, »muß man gewisse Launen zugestehen.«
»Sie erledigten die juristischen Probleme für Sir Gervase?« fuhr der Chief Constable fort.
»Ja. Meine Firma Forbes, Ogilvie and Spence ist für die Familie Chevenix-Gore seit mehr als hundert Jahren tätig.«
»Gab es in der Familie Chevenix-Gore jemals irgendwelche – Skandale?«
Die Augenbrauen des Mr. Forbes waren hochgezogen. »Ihre Frage ist mir, ehrlich gesagt, nicht ganz verständlich.«
»Monsieur Poirot, würden Sie Mr. Forbes bitte jenen Brief zu lesen geben, den Sie mir bereits zeigten.«
Wortlos erhob Poirot sich und überreichte Mr. Forbes den Brief mit einer leichten Verbeugung.
Mr. Forbes las ihn, und seine Augenbrauen wanderten noch mehr in die Höhe.
»Ein höchst bemerkenswerter Brief«, sagte er. »Jetzt begreife

ich auch Ihre Frage. Nein – soweit ich orientiert bin, gab es nichts, was das Aufsetzen eines derartigen Briefes rechtfertigte.«

»Sir Gervase hat über diese Angelegenheit nicht mit Ihnen gesprochen?«

»Nicht ein Wort. Ich muß sagen, ich finde es sehr merkwürdig, daß er es nicht getan hat.«

»Er war es gewohnt, Ihnen zu vertrauen?«

»Ich glaube, er vertraute meinem Urteil.«

»Und Sie können sich nicht vorstellen, auf was dieser Brief sich bezieht?«

»Ich möchte keine übereilten Vermutungen anstellen.«

Major Riddle gab sich mit dem Sinn dieser Antwort zufrieden.

»Vielleicht, Mr. Forbes, können Sie uns jedoch sagen, in welcher Weise Sir Gervase über sein Vermögen verfügt hat?«

»Gewiß. Ich sehe keinen Anlaß, es nicht zu tun. Seiner Frau vermachte Sir Gervase ein jährliches Einkommen von sechstausend Pfund zu Lasten des Grundbesitzes sowie die Wahl zwischen *Dower House* und der Stadtwohnung am Lowndes Square; je nachdem, welchen Wohnsitz sie vorzieht. Dann gibt es natürlich noch eine Reihe von Legaten und Vermächtnissen, die jedoch keineswegs aus dem Rahmen des Üblichen fallen. Den Grundbesitz und das Vermögen vermachte er seiner Adoptivtochter Ruth unter der Bedingung, daß im Falle einer Heirat ihr Mann den Namen Chevenix-Gore annehmen muß.«

»Seinem Neffen, Mr. Hugo Trent, ist nichts vermacht worden?«

»Doch – eine Erbschaft von fünftausend Pfund.«

»Soweit ich orientiert bin, war Sir Gervase ein reicher Mann?«

»Er war äußerst wohlhabend. Abgesehen vom Grundbesitz besaß er ein sehr erhebliches Privatvermögen. Natürlich waren seine Verhältnisse nicht mehr ganz so wie früher. Praktisch alle investierten Einkommen sind in Mitleidenschaft gezogen worden. Außerdem hat Sir Gervase eine ganze Menge Geld bei einer bestimmten Gesellschaft eingebüßt – bei der Paragon Synthetic Rubber Company. Colonel Bury hatte ihn überredet, erhebliche Summen in diese Firma zu stecken.«

»Also kein sehr guter Rat?«

Mr. Forbes seufzte.

»Wenn pensionierte Soldaten sich mit finanziellen Dingen beschäftigen, ziehen sie immer den kürzeren. Ich habe festgestellt, daß sie in ihrer Leichtgläubigkeit noch sehr viel weiter gehen als etwa Witwen – und das will schon eine Menge heißen.«

»Diese unglücklichen Investitionen hatten jedoch für Sir Gervases Vermögen keine ernsten Folgen?«

»O nein – das nicht. Er war immer noch ein reicher Mann.«

»Wann wurde sein Testament aufgesetzt?«

»Vor zwei Jahren.«

»Diese Abmachung«, murmelte Poirot, »war gegenüber Mr. Hugo Trent, Sir Gervases Neffen, vielleicht ein bißchen ungerecht? Schließlich ist er Sir Gervases nächster Blutsverwandter!«

Mr. Forbes zuckte die Schultern.

»Dabei muß man die Familiengeschichte in gewisser Weise berücksichtigen.«

»Was zum Beispiel?«

Mr. Forbes schien wenig Lust zu haben, darüber zu sprechen.

»Sie dürfen nicht glauben«, sagte Major Riddle, »daß wir über Gebühr daran interessiert sind, alte Skandale oder ähnliche Dinge wieder aufleben zu lassen. Aber dieser Brief Sir Gervases an Monsieur Poirot muß aufgeklärt werden.«

»Skandalöse Dinge brauchen wir nicht zu bemühen, um Sir Gervases Haltung gegenüber seinem Neffen zu erklären«, sagte Mr. Forbes schnell. »Es handelt sich vielmehr nur darum, daß Sir Gervase seine Stellung als Familienoberhaupt sehr ernst nahm. Er hatte einen jüngeren Bruder und eine jüngere Schwester. Der Bruder, Anthony Chevenix-Gore, fiel im Krieg. Pamela, seine Schwester, heiratete, und Sir Gervase mißbilligte die Ehe – will sagen: Er war der Meinung gewesen, sie hätte vor der Eheschließung seine Zustimmung und Genehmigung einholen müssen. Seiner Ansicht nach war die Familie Captain Trents nicht ausreichend prominent, um eine Verbindung mit der Familie Chevenix-Gore einzugehen. Seine Schwester hingegen amüsierte sich nur über seine Ansicht. Die Folge war, daß Sir Gervase sehr dazu neigte, seinen Neffen nicht ausstehen zu können. Ich glaube, daß das auch seinen Entschluß beeinflußte, ein Kind zu adoptieren.«

»Es bestand keine Aussicht, daß er jemals eigene Kinder haben würde?«

»Nein. Ungefähr ein Jahr nach der Hochzeit kam ein Kind tot zur Welt. Die Ärzte erklärten, daß Lady Chevenix-Gore nie mehr ein Kind bekommen würde. Ungefähr zwei Jahre danach adoptierte er dann Ruth.«

»Und wie hieß Mademoiselle Ruth früher? Wie kam es, daß gerade sie adoptiert wurde?«

»Sie war, glaube ich, das Kind einer entfernten Verwandten.«

»Das hatte ich vermutet«, sagte Poirot. Er sah die Wand an, die mit Familienporträts behängt war. »Man sieht gleich, daß sie aus derselben Familie stammt – die Nase, und die Kinnlinie. Auf den Bildern wiederholen sie sich ständig.«

»Und das Temperament hat sie ebenfalls geerbt«, sagte Mr. Forbes trocken.

»Das kann ich mir vorstellen. Wie ist sie eigentlich mit ihrem Adoptivvater ausgekommen?«

»Etwa so, wie Sie annehmen. Mehr als einmal ist es zu einem erbitterten Zusammenstoß gekommen, weil jeder seinen eigenen Willen hatte. Aber trotz dieser Streitereien glaube ich doch, daß im Grunde zwischen ihnen eine gewisse Harmonie bestand.«

»Trotzdem verursachte sie ihm erheblichen Kummer?«

»Unaufhörlichen Kummer. Ich kann Ihnen jedoch versichern, daß dies für ihn kein Grund war, sich das Leben zu nehmen.«

»Das sicher nicht«, gab Poirot zu. »Man jagt sich nicht eine Kugel in den Kopf, weil man eine dickköpfige Tochter hat! Und Mademoiselle Ruth ist also die Erbin! Hat Sir Gervase nie daran gedacht, sein Testament abzuändern?«

»Ehem!« Mr. Forbes hüstelte, um sein leichtes Unbehagen zu verbergen. »Um genau zu sein: Bei meiner Ankunft – also vor zwei Tagen – erhielt ich von Sir Gervase die Anweisung, ein neues Testament aufzusetzen.«

»Was soll das?« Major Riddle rückte seinen Sessel ein wenig näher. »Bisher haben Sie uns gegenüber nichts davon erwähnt!«

»Bisher haben Sie mich auch nur nach den Einzelheiten des bestehenden Testaments von Sir Gervase gefragt«, sagte Mr. Forbes schnell. »Ich habe Ihnen die Information gegeben, die Sie haben wollten. Das neue Testament war noch nicht einmal ganz aufgesetzt – geschweige denn unterschrieben.«

»Was sah das neue Testament vor? Vielleicht ergibt sich daraus ein Hinweis auf Sir Gervases Geistesverfassung.«

»In der Hauptsache blieb alles beim alten. Miss Chevenix-Gore sollte das Erbe jedoch nur unter der Bedingung antreten,

daß sie Mr. Hugo Trent ehelichte.«
»Aha«, sagte Poirot. »Das ist allerdings ein sehr entscheidender Unterschied!«
»Ich billigte diese Klausel nicht«, sagte Mr. Forbes. »Und ich fühlte mich zu dem Hinweis verpflichtet, daß immerhin die Möglichkeit bestünde, sie erfolgreich anzufechten. Von den Gerichten werden Vermächtnisse mit bestimmten Auflagen keineswegs gebilligt. Sir Gervase war jedoch fest entschlossen.«
»Und wenn Miss Chevenix-Gore – oder zufälligerweise Mr. Trent – sich geweigert hätte, die Klausel zu erfüllen?«
»Falls Mr. Trent nicht bereit war, Miss Chevenix-Gore zu ehelichen, sollte das Erbe ihr bedingungslos zufallen. Für den Fall jedoch, daß er bereit war und sie sich weigerte, sollte das Erbe an ihn fallen.«
»Eine merkwürdige Angelegenheit«, sagte Major Riddle.
Poirot beugte sich vor. Er klopfte dem Anwalt auf das Knie.
»Was steckt dahinter? Was hatte Sir Gervase vor Augen, als er diese Bestimmung einsetzte? Irgend etwas Bestimmtes muß geschehen sein ... Meiner Meinung nach hat er dabei an einen anderen Mann gedacht – an einen Mann, der ihm nicht genehm war. Ich glaube, Mr. Forbes, daß Sie eigentlich wissen müßten, wer dieser Mann war?«
»Darüber besitze ich wirklich keine Informationen, Mr. Poirot.«
»Und vermuten tun Sie es auch nicht?«
»Ich vermute nie etwas«, sagte Mr. Forbes, und man spürte seine Empörung.
Er nahm seinen Kneifer ab, putzte die Gläser mit einem seidenen Taschentuch und fragte: »Haben Sie sonst noch etwas, was Sie wissen möchten?«
»Im Augenblick nicht«, sagte Poirot. »Soweit es mich betrifft, wäre das alles.«
Mr. Forbes machte den Eindruck, als wäre es seiner Ansicht nach nicht allzuviel, und richtete seine Aufmerksamkeit auf den Chief Constable.
»Vielen Dank, Mr. Forbes. Ich glaube, das ist alles. Und wenn es möglich ist, würde ich mich jetzt gern mit Miss Chevenix-Gore unterhalten.«
»Gewiß. Ich glaube allerdings, daß sie oben bei Lady Chevenix-Gore ist.«

»Richtig. Vielleicht spreche ich dann lieber erst mit – wie heißt er denn noch? Burrows? Und anschließend mit dieser familiengeschichtlichen Frau.«
»Beide halten sich in der Bibliothek auf. Ich werde ihnen Bescheid sagen.«

»Ein schweres Stück Arbeit«, sagte Major Riddle, als der Anwalt den Raum verließ. »Einem dieser altmodischen und dickköpfigen Juristen Informationen zu entlocken, strengt ganz schön an. Diese ganze Geschichte scheint sich im übrigen um das Mädchen zu drehen.«
»Ja – anscheinend.«
»Aha, da kommt schon Burrows.«
Godfrey Burrows war von bereitwilliger Freundlichkeit, sich nützlich zu machen. Sein Lächeln war auf diskrete Weise von Schwermut überschattet und zeigte nur eine Spur zuviel von seinen Zähnen. Es wirkte weniger spontan als vielmehr etwas mechanisch. »Mr. Burrows, wir hätten Ihnen gern einige Fragen gestellt.«
»Selbstverständlich, Major Riddle. Fragen Sie, was Sie wissen wollen.«
»Zuerst vor allem, und um es ganz einfach auszudrücken: Können Sie sich irgendeinen Grund für Sir Gervases Selbstmord vorstellen?«
»Nicht einen einzigen. Für mich war es ein wahnsinniger Schock.«
»Sie haben den Schuß gehört?«
»Nein. Soweit ich bisher herausbekommen habe, muß ich gerade in der Bibliothek gewesen sein. Ich kam schon ziemlich zeitig nach unten und ging sofort in die Bibliothek, weil ich noch etwas nachschlagen wollte. Das Arbeitszimmer liegt im anderen Teil des Hauses, so daß ich nichts hören konnte.«
»War noch jemand gleichzeitig mit Ihnen in der Bibliothek?« fragte Poirot.
»Nein – niemand.«
»Haben Sie eine Ahnung, wo die übrigen Anwesenden sich um diese Zeit aufhielten?«
»Ich kann mir vorstellen, daß die meisten oben waren und sich umzogen.«
»Wann sind Sie in das Wohnzimmer gekommen?«
»Unmittelbar vor Monsieur Poirots Eintreffen. Die anderen

waren bereits versammelt – mit Ausnahme von Sir Gervase natürlich.«

»Kam es Ihnen merkwürdig vor, daß er noch nicht erschienen war?«

»Doch – das tat es. In der Regel war er schon vor dem ersten Gong bereits im Wohnzimmer.«

»Sind Ihnen in letzter Zeit irgendwelche Veränderungen in Sir Gervases Auftreten aufgefallen? War er besorgt? Oder bekümmert? Oder vielleicht deprimiert?«

Godfrey Burrows überlegte.

»Nein – ich glaube nicht. Ein bißchen – ja, ›versponnen‹ könnte man es vielleicht nennen.«

»Aber über irgendeine bestimmte Angelegenheit schien er sich keine Sorgen zu machen?«

»Nein.«

»Und wie war es mit – finanziellen Sorgen irgendwelcher Art?«

»Beunruhigen taten ihn nur die Vorkommnisse bei einer ganz bestimmten Firma – um genau zu sein: bei der Paragon Synthetic Rubber Company.«

»Was hat er im einzelnen darüber geäußert?«

Wieder erschien plötzlich Godfrey Burrows' mechanisches Lächeln, und wieder wirkte es einigermaßen unwirklich.

»Mein Gott – genaugenommen sagte er ungefähr folgendes: ›Old Bury ist entweder ein Idiot oder ein Schuft. Eher wahrscheinlich ein Idiot. Aber um Vandas willen kann ich ihm nicht an den Kragen.‹«

»Und weshalb sagte er das – um Vandas willen?« fragte Poirot.

»Sie müssen das verstehen: Lady Chevenix-Gore hat Colonel Bury sehr gern, und er verehrt sie. Wie ein Hund folgt er ihr überallhin.«

»Und Sir Gervase war überhaupt nicht – eifersüchtig?«

»Eifersüchtig?« Burrows stutzte und lachte dann los. »Sir Gervase und eifersüchtig? Er hätte gar nicht gewußt, was er damit hätte anfangen sollen! Und es wäre ihm auch nie in den Kopf gegangen, daß irgend jemand einen anderen lieb haben könnte als ihn. So etwas war völlig unmöglich – verstehen Sie?«

Höflich sagte Poirot: »Ich glaube, Sie mögen Sir Gervase nicht allzu sehr?«

Burrows wurde rot.
»O doch – das schon. Aber heutzutage kommt einem das alles doch ein bißchen lächerlich vor.«
»Was alles?« fragte Poirot.
»Wie soll ich es ausdrücken – zum Beispiel dieses feudale Gehabe. Diese Verehrung der Vorfahren und diese persönliche Arroganz. Sir Gervase war in vieler Hinsicht ein fähiger Mann und hatte ein interessantes Leben geführt; aber er selbst wäre noch viel interessanter gewesen, hätte er sich nicht immer so hinter sich und seinem Egoismus versteckt.«
»Stimmte seine Tochter in diesem Punkt mit Ihnen überein?«
Wieder wurde Burrows rot – diesmal puterrot.
»Soweit ich mir ein Urteil erlauben darf, gehört Miss Chevenix-Gore ganz zu den modernen Menschen! Über ihren Vater habe ich mich mit ihr natürlich niemals unterhalten.«
»Aber moderne Menschen unterhalten sich doch in Wirklichkeit sehr ausführlich über ihre Väter!« sagte Poirot. »Es entspricht doch dem Geist der Moderne, die eigenen Eltern zu kritisieren!«
Burrows zuckte die Schultern.
»Und sonst gab es nichts ...?« fragte Major Riddle. »Keine sonstigen finanziellen Sorgen? Hat Sir Gervase Ihnen gegenüber nie erwähnt, daß er betrogen worden war?«
»Betrogen?« Burrows schien verblüfft zu sein. »Nein.«
»Und Sie selbst kamen gut mit ihm aus?«
»Selbstverständlich. Warum auch nicht?«
»Ich frage Sie das in allem Ernst, Mr. Burrows.«
Der junge Mann machte ein verdrossenes Gesicht.
»Wir kamen großartig miteinander aus.«
»Wußten Sie, daß Sir Gervase einen Brief an Monsieur Poirot geschrieben und ihn aufgefordert hatte, hierher zu kommen?«
»Nein.«
»Schrieb Sir Gervase seine Briefe üblicherweise immer selbst?«
»Nein – fast immer hat er sie mir diktiert.«
»Aber nicht in diesem besonderen Fall?«
»Nein.«
»Was mag ihn wohl dazu veranlaßt haben?«
»Das kann ich nicht sagen.«
»Sie können keinen Grund nennen, warum er diesen Brief selbst geschrieben hat?«

»Nein, das kann ich nicht.«
»Aha!« sagte Major Riddle und fügte sanft hinzu: »Ziemlich merkwürdig. Wann haben Sie Sir Gervase zum letztenmal gesehen?«
»Kurz bevor ich mich zum Abendessen umzog. Ich brachte ihm einige Briefe zur Unterschrift.«
»Wie war er zu dem Zeitpunkt?«
»Völlig normal. Ich glaube sogar, daß er wegen irgendeiner Sache sehr zufrieden war.«
Poirot rutschte in seinem Sessel hin und her.
»Ach?« sagte er. »Das also war Ihr Eindruck? Daß er wegen irgendeiner Sache zufrieden war? Und trotzdem erschoß er sich gar nicht so viel später. Merkwürdig ist das!«
Godfrey Burrows zuckte die Schultern.
»Ich habe nur von meinen Eindrücken gesprochen.«
»Ja, sicher – und sie sind auch sehr wertvoll. Schließlich gehören Sie vermutlich zu den letzten, die Sir Gervase noch lebend gesehen haben.«
»Als letzter hat Snell ihn gesehen.«
»Gesehen – ja. Aber nicht mit ihm gesprochen.«
Burrows erwiderte nichts.
»Um welche Zeit«, fragte Major Riddle, »gingen Sie nach oben, um sich umzuziehen?«
»Etwa um fünf nach sieben.«
»Was machte Sir Gervase?«
»Er war noch in seinem Arbeitszimmer.«
»Wie lange brauchte er gewöhnlich zum Umziehen?«
»Gewöhnlich brauchte er dazu eine Dreiviertelstunde.«
»Wenn das Abendessen um Viertel nach acht begann, wird er demnach spätestens wohl um halb acht hinaufgegangen sein?«
»Das ist anzunehmen.«
»Sie selbst gingen schon vorher nach oben?«
»Ja. Ich wollte mich umziehen, um anschließend noch in die Bibliothek zu gehen und einige erforderliche Hinweise nachzuschlagen.«
Poirot nickte gedankenvoll.
»Ich glaube, das ist im Augenblick alles«, sagte Major Riddle. »Würden Sie dann bitte Miss – wie heißt sie doch noch – diese Miss herschicken?«
Die kleine Miss Lingard kam fast unmittelbar danach in das Zimmer getrippelt. Sie trug mehrere Ketten, die ein wenig

klirrten, als sie sich hinsetzte, und blickte die beiden Männer abwechselnd fragend an.
»Das ist alles sehr – äh – betrüblich, Miss Lingard«, begann Major Riddle.
»Wirklich sehr betrüblich«, sagte Miss Lingard schicklicherweise.
»Wann sind Sie eigentlich hierher gekommen?«
»Vor etwa zwei Monaten. Sir Gervase hatte an einen Freund geschrieben, der im Britischen Museum tätig ist – Colonel Fotheringay war es –, und Colonel Fotheringay empfahl mich. Ich habe schon eine ganze Menge historischer Nachforschungen durchgeführt.«
»War es für Sie schwierig, für Sir Gervase zu arbeiten?«
»Eigentlich nicht. Natürlich mußte man ihm einiges zugute halten. Aber das muß man, wie ich festgestellt habe, bei den meisten Männern.«
Mit dem unbehaglichen Gefühl, daß Miss Lingard in diesem Augenblick auch ihm wahrscheinlich einiges zugute hielt, fuhr Major Riddle fort: »Ihre Arbeit bestand darin, Sir Gervase bei dem Buch, an dem er schrieb, behilflich zu sein?«
»Ja.«
»Was gehörte alles dazu?«
Für einen Moment sah Miss Lingard richtig menschlich aus. Ihre Augen zwinkerten leicht, als sie erwiderte: »Wenn ich ganz genau sein will, gehörte es zu meinen Aufgaben, das Buch zu schreiben. Ich besorgte sämtliche Informationen, machte Notizen und ordnete das Material. Und später überarbeitete ich dann das, was Sir Gervase geschrieben hatte.«
»Dazu war auf Ihrer Seite sicherlich eine Menge Takt erforderlich, Mademoiselle«, sagte Poirot.
»Takt und Festigkeit. Man braucht beides«, sagte Miss Lingard.
»Sir Gervase nahm Ihnen Ihre – Festigkeit nicht übel?«
»Nein – überhaupt nicht. Natürlich redete ich ihm ein, daß er seine Zeit nicht mit allen Einzelheiten zu vergeuden brauchte.«
»Ah ja – ich verstehe.«
»Es war wirklich ganz einfach«, sagte Miss Lingard. »Mit Sir Gervase kam man ausgezeichnet zurecht, wenn man es verstand, ihn richtig zu nehmen.«
»Jetzt, Miss Lingard, hätte ich gern erfahren, ob Ihnen etwas bekannt ist, das ein Licht auf diese Tragödie werfen könnte.«

Miss Lingard schüttelte den Kopf.
»Ich fürchte, dabei kann ich Ihnen nicht helfen. Sie müssen verstehen, daß ich nicht zu jenen gehörte, denen er derartige Dinge anvertraute. Praktisch war ich für ihn eine Fremde. Jedenfalls glaube ich, daß er viel zu stolz war, um mit irgend jemandem über familiäre Sorgen zu sprechen.«
»Sie glauben jedoch, daß familiäre Sorgen ihn veranlaßten, sich das Leben zu nehmen?«
Miss Lingard machte einen ziemlich überraschten Eindruck.
»Aber natürlich! Gibt es denn eine andere Möglichkeit?«
»Sie sind überzeugt, daß familiäre Sorgen ihn bedrückten?«
»Ich weiß, daß ihn irgend etwas schrecklich bedrückte.«
»Ach, das wissen Sie?«
»Aber natürlich.«
»Sagen Sie, Mademoiselle – hat er mit Ihnen darüber gesprochen?«
»Nicht unmittelbar.«
»Was sagte er denn?«
»Lassen Sie mich einen Moment überlegen. Zum Beispiel merkte ich, daß er manchmal anscheinend gar nicht begriff, was ich ihm erzählte ...«
»Einen Moment. *Pardon*. Wann war das?«
»Heute nachmittag. Gewöhnlich arbeiteten wir von drei bis fünf.«
»Erzählen Sie bitte weiter.«
»Wie ich schon sagte, fiel es Sir Gervase anscheinend schwer, sich zu konzentrieren – er erwähnte es sogar selbst und fügte noch hinzu, daß verschiedene ernste Angelegenheiten ihn stark beschäftigten. Und er sagte – warten Sie – er sagte ungefähr folgendes (genau kann ich seine Worte natürlich nicht wiedergeben): ›Es ist entsetzlich, Miss Lingard, wenn eine Familie, die zu den stolzesten des Landes gehörte, plötzlich mit Schande bedeckt wird.‹«
»Und was sagten Sie daraufhin?«
»Ach, irgend etwas Besänftigendes. Ich sagte, glaube ich, daß in jeder Generation Schwächlinge aufträten – daß das die Schattenseite der Größe wäre –, daß ihr Versagen bei der Nachwelt jedoch meistens in Vergessenheit geriete.«
»Und hatte das den besänftigenden Erfolg, den Sie erhofften?«
»Mehr oder weniger. Wir wandten uns dann wieder Sir Roger

Chevenix-Gore zu. In einem zeitgenössischen Manuskript hatte ich eine interessante Stelle gefunden, in der er erwähnt wird. Aber Sir Gervases Aufmerksamkeit beschäftigte sich wieder mit anderen Dingen. Schließlich sagte er, er wolle für dieses Mal mit der Arbeit aufhören. Er sagte, er hätte einen Schock bekommen.«

»Einen Schock?«

»Das sagte er. Natürlich stellte ich keine Fragen. Ich sagte nur: ›Das tut mir leid, Sir Gervase.‹ Und dann bat er mich, Snell zu sagen, daß Monsieur Poirot käme und das Abendessen deshalb erst um acht Uhr fünfzehn begänne. Und daß der Wagen zu dem Zug um zehn vor acht geschickt werden solle.«

»Bat er Sie gewöhnlich darum, derartige Vorkehrungen zu treffen?«

»Ich – nein – das gehörte eigentlich zu Mr. Burrows' Aufgaben. Ich hatte lediglich mit dem Buch zu tun. Als Sekretärin – was man auch immer darunter verstehen mag – war ich nicht engagiert.«

»Glauben Sie«, fragte Poirot, »daß Sir Gervase einen triftigen Grund hatte, Sie – und nicht Mr. Burrows – in diesem Fall zu bitten, das Erforderliche zu veranlassen?«

Miss Lingard überlegte.

»Möglich wäre es schon ... Heute nachmittag habe ich mich allerdings um diese Frage nicht gekümmert. Ich glaubte nur, es wäre so am einfachsten. Und dabei fällt mir ein, daß er mich sogar bat, niemandem zu sagen, daß Monsieur Poirot käme. Es sollte eine Überraschung sein, sagte er.«

»Aha! Das hat er also gesagt? Sehr merkwürdig, sehr interessant. Und haben Sie es vielleicht irgend jemandem weitergesagt?«

»Aber nein, Monsieur Poirot! Ich sagte Snell wegen des Abendessens Bescheid und daß er den Chauffeur zum Zug um zehn vor acht schicken solle, da ein Herr erwartet würde.«

»Hat Sir Gervase sonst noch irgend etwas gesagt, was in dieser Situation von Bedeutung sein könnte?«

Miss Lingard dachte nach.

»Nein – das glaube ich nicht – er war allerdings auch sehr nervös. Und ich erinnere mich, daß er sagte, als ich das Zimmer gerade verließ: ›Obgleich es eigentlich gar keinen Sinn hat, daß er noch kommt – dazu ist es zu spät!‹«

»Und Sie haben keine Ahnung, was er meinte?« – »N–nein.«

Nur ein ganz leiser Anflug von Unentschlossenheit bei der Verneinung. Mit gefurchter Stirn wiederholte Poirot: »Zu spät! Das hat er also gesagt, nicht wahr? Zu spät!«
Major Riddle sagte: »Sie können uns keinen Hinweis auf die Art jener Umstände geben, die Sir Gervase Sorgen machten, Miss Lingard?«
Bedächtig sagte Miss Lingard: »Ich könnte mir vorstellen, daß es in irgendeiner Weise mit Mr. Hugo Trent zu tun hatte.«
»Mit Hugo Trent? Wie kommen Sie darauf?«
»Eindeutig kann ich es zwar nicht sagen, aber gestern nachmittag beschäftigten wir uns gerade mit Sir Hugo de Chevenix – der in den Rosenkriegen, wie ich fürchte, keine allzu gute Figur gemacht hat –, und da sagte Sir Gervase: Meine Schwester wollte ihrem Sohn unbedingt den in der Familie vorkommenden Namen Hugo geben! Dabei hat dieser Name in unserer Familie nie einen guten Klang gehabt. Sie hätte wissen müssen, daß aus einem Hugo nie allzuviel wird.«
»Was Sie uns erzählen, ist sehr bedeutungsvoll«, sagte Poirot. »Ja, es bringt mich auf eine völlig neue Idee.«
»Deutlicher äußerte Sir Gervase sich nicht?« fragte Major Riddle.
Miss Lingard schüttelte den Kopf.
»Nein. Und mir stand es natürlich nicht zu, daraufhin irgend etwas zu sagen. Sir Gervase führte im Grunde ein Selbstgespräch. Mich meinte er gar nicht.«
»Allerdings.«
»Mademoiselle«, sagte Poirot, »Sie, eine Fremde, sind seit zwei Monaten im Hause. Meiner Ansicht nach wäre es sehr wertvoll, wenn Sie uns ganz offen Ihre Eindrücke von der Familie und den Hausbewohnern mitteilen würden.«
Miss Lingard nahm ihren Kneifer ab und kniff die Augen nachdenklich zu.
»Ach Gott – zuerst dachte ich, ich wäre mitten in ein Irrenhaus geraten! Lady Chevenix-Gore sah ständig Dinge, die gar nicht existierten, und Sir Gervase führte sich wie ein – wie ein Tyrann auf und dramatisierte alles auf höchst ungewöhnliche Weise – ich war wirklich der Meinung, daß ich in meinem ganzen Leben noch keinem merkwürdigeren Menschen begegnet war. Miss Chevenix-Gore hingegen war völlig normal, und später stellte ich dann auch fest, daß Lady Chevenix-Gore in Wirklichkeit eine äußerst freundliche nette Frau war. Kein

Mensch hätte freundlicher und netter zu mir sein können als sie. Sir Gervase – ich bin beinahe überzeugt, daß er tatsächlich verrückt war. Seine Egomanie – nennt man es nicht so? – wurde von Tag zu Tag unerträglicher.«

»Und die anderen?«

»Ich kann mir vorstellen, daß Mr. Burrows es nicht leicht hatte. Ich glaube, daß er froh war, durch unsere Arbeit an dem Buch eine kleine Verschnaufpause zu bekommen. Colonel Bury war immer sehr charmant. Er hing sehr an Lady Chevenix-Gore, und mit Sir Gervase kam er ausgezeichnet zurecht. Mr. Trent, Mr. Forbes und Miss Cardwell sind erst seit einigen Tagen hier, so daß ich über sie natürlich nicht viel weiß.«

»Vielen Dank, Mademoiselle. Und was ist mit Captain Lake, dem Vermögensverwalter?«

»Oh – er ist wirklich reizend. Jeder mag ihn.«

»Einschließlich Sir Gervase?«

»Aber ja. Einmal hörte ich, wie er sagte, Lake sei der beste Verwalter, den er bisher gehabt habe. Natürlich gab es zwischen Sir Gervase und Captain Lake auch Schwierigkeiten – aber alles in allem kam er doch sehr gut zurecht. Auch wenn es nicht einfach war.«

Poirot nickte nachdenklich. Dann murmelte er: »Da war noch irgend etwas – irgend etwas – das ich Sie fragen wollte – irgendeine Kleinigkeit . . . Was war es denn nur?«

Geduldig blickte Miss Lingard ihn an.

Verstört schüttelte Poirot den Kopf. »Ja – und dabei liegt es mir förmlich auf der Zunge!«

Major Riddle wartete eine Weile; als Poirot jedoch weiterhin nur verwirrt die Stirn runzelte, führte er die Vernehmung fort.

»Wann haben Sie Sir Gervase zum letztenmal gesehen?«

»Beim Tee – hier im Zimmer.«

»Und wie war er dabei? Normal?«

»So normal wie immer.«

»Fiel Ihnen auf, daß zwischen den Anwesenden eine gewisse Spannung herrschte?«

»Nein. Soweit ich mich erinnere, war jeder anscheinend wie immer.«

»Wohin begab sich Sir Gervase nach dem Tee?«

»Wie gewöhnlich ging er mit Mr. Burrows in sein Arbeitszimmer.«

»Und später haben Sie ihn nicht mehr gesehen?«
»Nein. Ich ging in das kleine Frühstückszimmer, in dem ich arbeitete, und tippte nach den Notizen, die ich mit Sir Gervase durchgesehen hatte, ein Kapitel des Buches. Das dauerte bis sieben Uhr. Anschließend ging ich nach oben, um mich auszuruhen und mich zum Abendessen umzuziehen.«
»Soweit ich orientiert bin, haben Sie den Schuß gehört?«
»Ja. Ich war in diesem Zimmer. Ich hörte ein Geräusch, das wie ein Schuß klang, und ging in die Halle. Mr. Trent stand draußen, und Miss Cardwell auch. Mr. Trent fragte Snell, ob es zum Essen denn Champagner gäbe, und machte dabei noch Witze. Leider sind wir gar nicht auf den Gedanken gekommen, den Knall ernst zu nehmen. Wir waren überzeugt, daß es die Fehlzündung eines Autos gewesen war.«
Poirot meinte: »Haben Sie gehört, wie Mr. Trent sagte, Mord käme überall vor?«
»Ich glaube schon, daß er so etwas gesagt hat – wenn auch natürlich nur im Spaß.«
»Was geschah dann?«
»Wir sind dann hierher gegangen.«
»Können Sie sich noch erinnern, in welcher Reihenfolge die anderen zum Abendessen herunter kamen?«
»Miss Chevenix-Gore kam, glaube ich, zuerst, und dann Mr. Forbes. Anschließend Colonel Bury und Lady Chevenix-Gore gemeinsam und Mr. Burrows unmittelbar nach ihnen. Das muß ungefähr die Reihenfolge gewesen sein, obgleich ich mir nicht so ganz sicher bin, weil mehr oder weniger alle auf einmal hereinkamen!«
»Veranlaßt durch das erste Gongen?«
»Ja. Jeder beeilte sich, wenn gegongt wurde, denn abends achtete Sir Gervase immer besonders auf Pünktlichkeit.«
»Um welche Zeit kam er selbst gewöhnlich herunter?«
»Er selbst war fast immer schon vor dem ersten Gong in seinem Arbeitszimmer.«
»Überraschte es Sie, daß er bei dieser Gelegenheit nicht unten war?«
»Sehr sogar.«
»Jetzt habe ich es!« rief Poirot.
Als die beiden anderen ihn fragend ansahen, fuhr er fort: »Jetzt ist mir wieder eingefallen, was ich fragen wollte. Heute abend, Mademoiselle, als Snell gemeldet hatte, daß die Tür

zum Arbeitszimmer abgeschlossen wäre, und wir alle daraufhin nachschauten, bückten Sie sich und hoben irgend etwas auf.«
»Habe ich etwas aufgehoben?« Miss Lingard schien sehr überrascht zu sein.
»Ja – als wir in den Gang zum Arbeitszimmer einbogen. Irgend etwas Kleines und Glänzendes.«
»Wie merkwürdig – ich kann mich wirklich nicht erinnern. Warten Sie – doch, es stimmt. Ganz instinktiv hatte ich es aufgehoben. Einen Moment – ich muß es hier haben.«
Sie klappte ihre schwarze Seidenhandtasche auf und schüttete den Inhalt auf den Tisch.
Interessiert betrachteten Poirot und Major Riddle das Sammelsurium. Es bestand aus zwei Taschentüchern, einer Puderdose, einem kleinen Schlüsselbund, einem Brillenetui und einem weiteren Gegenstand, nach dem Poirot sofort griff.
»Ein Geschoß – bei Gott!« sagte Major Riddle.
Das Ding war tatsächlich wie ein Geschoß geformt, erwies sich dann jedoch als kleiner Bleistift.
»Das habe ich aufgehoben«, sagte Miss Lingard. »Ich hatte es ganz vergessen.«
»Wissen Sie, wem es gehört, Miss Lingard?«
»Aber ja – Colonel Bury. Er hat sich den Bleistift aus einem Geschoß anfertigen lassen, von dem er im Burenkrieg verwundet wurde.«
»Und wissen Sie auch, wann es sich noch in seinem Besitz befand?«
»Doch. Heute nachmittag beim Bridge. Als ich nämlich zum Tee kam, fiel mir auf, daß er damit seine Eintragungen machte.«
»Wer spielte Bridge?«
»Colonel Bury, Lady Chevenix-Gore, Mr. Trent und Miss Cardwell.«
»Ich glaube«, sagte Poirot, »daß wir es hier behalten und es dem Colonel selbst zurückgeben.«
»Ach, das wäre nett! Ich bin nämlich so vergeßlich, und vielleicht denke ich dann nicht mehr daran.«
»Vielleicht, Mademoiselle, wären Sie so gut und bäten Colonel Bury, hierher zu kommen.«
»Selbstverständlich. Ich werde ihm sofort Bescheid sagen.«
Sie verschwand eilends. Poirot stand auf und begann, ziellos

im Zimmer herumzuwandern.
»Wir fangen an«, sagte er, »den Nachmittag zu rekonstruieren. Das ist sehr interessant. Um halb drei sieht Sir Gervase mit Captain Lake einige Abrechnungen durch. *Er ist leicht aufgeregt.* Um drei diskutiert er mit der Lingard das Buch, das er gerade schreibt. *Er macht einen ziemlich bedrückten Eindruck.* Diese Bedrücktheit bringt Miss Lingard auf Grund einer zufälligen Bemerkung mit Hugo Trent in Verbindung. Beim Tee *ist sein Verhalten normal.* Nach dem Tee ist er, wie Godfrey Burrows berichtet, *äußerst zufrieden.* Um fünf Minuten vor acht kommt er herunter, geht in sein Arbeitszimmer, kritzelt SORRY auf einen Bogen und erschießt sich!«
Langsam sagte Riddle: »Ich verstehe, was Sie meinen. Das alles ist nicht folgerichtig.«
»Merkwürdige Stimmungsschwankungen bei Sir Gervase Chevenix-Gore! Er ist aufgeregt – ist ernstlich bedrückt – ist normal – ist bester Laune! Irgend etwas sehr Merkwürdiges steckt doch dahinter! Und dann dieser Ausspruch von ihm: Es ist zu spät! Daß ich also ›zu spät‹ käme! Damit hat er immerhin recht behalten. Ich bin tatsächlich zu spät gekommen, um ihn noch lebend anzutreffen.«
»Ich verstehe. Sie glauben also ...?«
»Ich werde nie erfahren, warum Sir Gervase mich kommen ließ! Das steht mit Sicherheit fest!«
Poirot wanderte noch immer im Zimmer umher. Ab und zu rückte er auf dem Kaminsims etwas zurecht, betrachtete prüfend einen an der Wand stehenden Spieltisch, zog dann dessen Schublade heraus und nahm die Bridgeblöcke in die Hand. Anschließend schlenderte er zum Schreibtisch und blickte in den Papierkorb. Bis auf eine Papiertüte war er leer. Poirot holte die Tüte heraus, beroch sie, murmelte »Apfelsinen«, strich sie glatt und las den aufgedruckten Namen: »Carpenter and Sons, Fruiterers, Hamborough St. Mary.« Er faltete die Tüte gerade säuberlich zusammen, als Colonel Bury in das Zimmer trat.

Der Colonel ließ sich in einen Sessel fallen, schüttelte den Kopf, seufzte und sagte: »Eine schreckliche Geschichte ist das, Riddle. Lady Chevenix-Gore trägt es wunderbar – einfach wunderbar. Großartige Frau! Tapfer bis dorthinaus!«
Poirot kam unauffällig zu seinem Sessel zurück und sagte:

»Sie kennen sie schon seit vielen Jahren, glaube ich?«
»Ja, das tue ich. Ich war auf ihrem ersten Ball dabei. Rosenknospen trug sie damals im Haar – das weiß ich noch. Und ein weißes duftiges Kleid ... Keine konnte ihr auch nur das Wasser reichen!«
Seine Stimme war voller Begeisterung. Poirot hielt ihm den Bleistift hin.
»Ich glaube, das gehört Ihnen?«
»Wie? Was? Oh, vielen Dank. Heute nachmittag, als wir Bridge spielten, hatte ich ihn noch. Erstaunlich, wissen Sie: Dreimal hintereinander spielte ich Pik und gewann. So etwas ist mir bisher noch nicht passiert.«
»Soweit ich orientiert bin, spielten Sie vor dem Tee Bridge?« sagte Poirot. »In welcher Geistesverfassung befand sich Sir Gervase, als er zum Tee erschien?«
»Wie üblich – genau wie immer. Nicht im Traum hätte ich daran gedacht, daß er die Absicht hatte, Schluß zu machen. Vielleicht war er ein bißchen nervöser als sonst – wenn ich es mir genauer überlege.«
»Wann haben Sie ihn zum letztenmal gesehen?«
»Genau da – beim Tee. Lebend habe ich den armen Kerl dann nicht mehr gesehen.«
»Sie waren nach dem Tee nicht im Arbeitszimmer?«
»Nein, ich habe ihn nicht mehr gesehen.«
»Wann sind Sie zum Abendessen herunter gekommen?«
»Nach dem ersten Gongen.«
»Sie und Lady Chevenix-Gore kamen zusammen herunter?«
»Nein, wir – äh – wir trafen uns in der Halle. Ich glaube, sie hatte im Speisezimmer noch nach den Blumen gesehen – oder etwas Ähnliches.«
»Hoffentlich haben Sie nichts dagegen, Colonel«, sagte Major Riddle, »wenn ich Ihnen jetzt eine ziemlich persönliche Frage stelle. Hatte es zwischen Ihnen und Sir Gervase irgendwelche Unstimmigkeiten wegen der Paragon Synthetic Rubber Company gegeben?«
Colonel Burys Gesicht wurde plötzlich puterrot.
»Aber nein! Wirklich nicht! Der alte Gervase war ein Mann, mit dem man nicht vernünftig reden konnte. Das dürfen Sie bei allem nicht übersehen. Er erwartete immer, daß alles, was er anfaßte, sich als Trumpf erwies! Schien einfach nicht zu begreifen, daß die ganze Welt augenblicklich mitten in einer

Krise steckt. Und das wirkt sich zwangsweise auf sämtliche Aktien und Papiere aus.«

»Also bestanden doch gewisse Unstimmigkeiten zwischen Ihnen?«

»Unstimmigkeiten ist zuviel gesagt. Gervase wollte bloß nicht mit sich reden lassen.«

»Er gab Ihnen die Schuld an bestimmten Verlusten, die er hatte hinnehmen müssen?«

»Gervase war nicht normal! Auch Vanda wußte das. Aber sie konnte mit ihm umgehen. Ich gab mich damit zufrieden, daß sie die Geschichte in die Hand nahm.«

Poirot hüstelte, und Major Riddle wechselte das Thema, nachdem er Poirot einen kurzen Blick zugeworfen hatte.

»Ich weiß, daß Sie ein alter Freund der Familie sind, Colonel Bury. Sind Sie darüber orientiert, wie Sir Gervase über sein Vermögen verfügt hat?«

»Ich könnte mir vorstellen, daß es im wesentlichen an Ruth fällt. Wenigstens nehme ich es nach allem, was Gervase darüber fallen ließ, mit einiger Sicherheit an.«

»Finden Sie das Hugo gegenüber nicht ein bißchen ungerecht?«

»Gervase mochte Hugo nicht. Konnte ihn nie leiden.«

»Aber er besaß doch einen ausgeprägten Familiensinn. Schließlich ist Miss Chevenix-Gore doch nur seine Adoptivtochter.«

Colonel Bury zögerte; nachdem er sich eine Weile gewunden und geräuspert hatte, sagte er: »Wissen Sie – ich glaube, ich schenke Ihnen lieber reinen Wein ein. Natürlich streng vertraulich und so weiter!«

»Natürlich – selbstverständlich.«

»Ruth ist zwar ein uneheliches Kind, aber trotzdem eine Chevenix-Gore. Sie ist die Tochter von Gervases Bruder Anthony, der im Krieg fiel. Dieser Anthony hatte anscheinend etwas mit einer Stenotypistin. Als er gefallen war, schrieb das Mädchen an Vanda. Vanda fuhr hin – das Mädchen erwartete ein Kind. Vanda besprach die Geschichte mit Gervase, zumal sie gerade erfahren hatte, daß sie selbst nie ein Kind bekommen könnte. Das Ergebnis bestand darin, daß sie das Kind, als es geboren war, zu sich nahmen und rechtmäßig adoptierten. Die Mutter verzichtete auf sämtliche Ansprüche. Sie haben Ruth dann wie ihre eigene Tochter großgezogen, und alles in allem ist sie tatsächlich ihre Tochter: man braucht sie nur anzusehen, um zu merken, daß sie eine echte Chevenix-Gore ist.«

»Aha«, sagte Poirot. »Ich verstehe. Das erklärt zu einem Teil Sir Gervases Verhalten. Aber wenn er Mr. Hugo Trent nun nicht mochte – warum bemühte er sich dann so, daß es zu einer Heirat zwischen Hugo Trent und Mademoiselle Ruth kam?«

»Um die Verhältnisse innerhalb der Familie zu regeln. Er hielt es für angebracht.«

»Obgleich er den jungen Mann weder mochte noch ihm traute?«

Colonel Bury schnaubte.

»Sie begreifen den alten Gervase nicht! Es war ihm einfach nicht möglich, in den Leuten menschliche Wesen zu sehen. Er arrangierte Verlobungen, als handelte es sich bei den Betroffenen um Persönlichkeiten aus der königlichen Familie! Und seiner Ansicht nach war es nur recht und billig, daß Ruth und Hugo heiraten und Hugo dann den Namen Chevenix-Gore annähme. Wie Hugo und Ruth darüber dachten, spielte keine Rolle.«

»Und war Mademoiselle Ruth einverstanden, sich diesem Arrangement zu unterwerfen?«

Colonel Bury lachte leise vor sich hin.

»Sie nicht! Dazu ist sie viel zu temperamentvoll!«

»Ist Ihnen bekannt, daß Sir Gervase kurz vor seinem Tod ein neues Testament aufsetzen ließ, nach dem Miss Chevenix-Gore das Erbe nur unter der Bedingung antreten durfte, daß sie Hugo Trent heiratete?«

Colonel Bury pfiff vor sich hin.

»Dann hatte er also doch Wind von der Sache zwischen ihr und Burrows ...«

Kaum hatte er dies gesagt, biß er sich auf die Lippen; aber es war zu spät. Poirot griff dieses Eingeständnis sofort auf.

»Es war etwas zwischen Mademoiselle Ruth und dem jungen Monsieur Burrows?«

»Wahrscheinlich hatte es nichts zu bedeuten – gar nichts zu bedeuten.«

Major Riddle hüstelte und sagte: »Ich glaube, Colonel Bury, Sie sollten uns alles erzählen, was Sie wissen. Vielleicht ergibt sich daraus eine Erklärung für Sir Gervases Geistesverfassung.«

»Möglicherweise«, sagte Colonel Bury bedächtig. »Also gut – die Sache ist folgende: Der junge Burrows ist ein gutaussehender Bursche, zumindest in den Augen der Frauen. In letzter Zeit scheinen er und Ruth sich mächtig angefreundet zu haben, und das paßte Gervase nicht – gar nicht paßte es ihm. Um nichts zu überstürzen, wollte er Burrows aber auch nicht fristlos auf die Straße setzen. Immerhin kannte er Ruth. Sie hätte sich keine Vorschriften machen lassen. Meiner Ansicht nach ist er deshalb auf diesen Plan verfallen. Ruth gehört nicht zu jenen Mädchen, die um der Liebe willen alles opfern. Sie sitzt nun einmal gern vor vollen Fleischtöpfen, und Geld verachtet sie auch nicht.«

»Haben Sie selbst irgend etwas gegen Mr. Burrows einzuwenden?«

Der Colonel äußerte die Ansicht, daß Godfrey Burrows nicht ganz astrein sei – ein Ausspruch, der Poirot völlig unverständlich war, während Major Riddle sich ein Lächeln nicht verbeißen konnte.

Es wurden noch einige weitere Fragen gestellt und beantwortet, und dann ging Colonel Bury wieder.

Riddle warf Poirot einen Blick zu; Poirot war in Gedanken versunken.

»Was halten Sie von dieser Geschichte, Monsieur Poirot?«

Der kleine Mann hob abwehrend beide Hände.

»Irgendwie taucht langsam ein Muster, ein ganz bestimmter Zweck hinter dem Ganzen auf.«

»Verdammt schwierig«, sagte Riddle.

»Ja, schwierig ist es. Aber ein einziger Ausspruch, der ganz nebenbei und leichthin geäußert wurde, gewinnt in meinen Augen immer mehr an Bedeutung.«

»Und das wäre?«

»Dieser von Hugo Trent lachend ausgesprochene Satz: Mord käme überall vor ...«

»Ja«, sagte Riddle scharf, »ich habe schon die ganze Zeit gemerkt, daß Sie in diese Richtung zielen.«

»Sind Sie denn nicht auch der Meinung, mein Freund, daß das Motiv für einen Selbstmord immer schwächer wird, je mehr wir in dieser Angelegenheit herausbekommen? Und für einen Mord besitzen wir mittlerweile eine überraschende Kollektion von Motiven!«

»Trotzdem dürfen Sie bei allem die reinen Tatsachen nicht

außer acht lassen: die abgeschlossene Tür und der Schlüssel in der Tasche des Toten. Schon gut – ich weiß selbst, daß es auch dafür Erklärungen gibt: gebogene Haarnadeln und ähnliche Scherze. Möglich wäre es wahrscheinlich schon ... Aber funktionieren diese Tricks wirklich? Gerade das möchte ich doch sehr stark bezweifeln.«

»Auf jeden Fall sollten wir den Fall einmal so untersuchen, als handele es sich um Mord – nicht um Selbstmord.«

»Gut, einverstanden. Da Sie selbst am Tatort erschienen sind, dürfte es sich vermutlich um Mord handeln!«

Für einen Augenblick lächelte Poirot. »Ich kann nicht sagen, daß mir Ihre Bemerkung gefällt.«

Dann wurde er wieder ernst.

»Ja, untersuchen wir also den Fall vom Standpunkt eines Mordes aus. Der Schuß wurde gehört; vier Leute – Miss Lingard, Hugo Trent, Miss Cardwell und Snell – befinden sich zu diesem Zeitpunkt in der Halle. Wo aber waren die übrigen?«

»Burrows befand sich, entsprechend seinen eigenen Angaben, in der Bibliothek. Überprüfen läßt sich diese Behauptung nicht. Die anderen befanden sich vermutlich auf ihren Zimmern – aber wer weiß, wo sie sich tatsächlich aufhielten? Jeder scheint allein für sich herunter gekommen zu sein. Sogar Lady Chevenix-Gore und Bury trafen sich erst in der Halle. Lady Chevenix-Gore kam dabei aus dem Speisezimmer. Woher kam Bury? Ist es nicht vorstellbar, daß er nicht von oben, sondern aus dem Arbeitszimmer kam? Dafür spricht der Bleistift.«

»Ja, der Bleistift ist tatsächlich interessant. Er verriet keinerlei Bewegung, als ich den Bleistift hervorholte; vielleicht kam es aber daher, daß er nicht wußte, wo er gefunden worden war und wo er ihn verloren hatte. Wer aber war dabei, als Bridge gespielt und der Bleistift benutzt wurde? Hugo Trent und Miss Cardwell. Sie kommen nicht in Betracht, denn Miss Lingard und der Butler können ihr Alibi bestätigen. Bleibt, als vierter Partner, Lady Chevenix-Gore übrig.«

»Es ist doch nicht Ihr Ernst, sie zu verdächtigen?«

»Warum nicht, mein Freund? Eines will ich Ihnen sagen: Verdächtigen kann ich alle! Angenommen beispielsweise, daß sie zwar offensichtlich an ihrem Mann hängt, daß sie jedoch in Wirklichkeit einzig und allein Bury liebt?«

»Hm«, meinte Riddle. »In gewisser Weise ist das seit Jahren

eine *ménage à trois* gewesen.«

»Und wegen der Firma hat es zwischen Sir Gervase und Colonel Bury einigen Ärger gegeben.«

»Es stimmt, daß Sir Gervase möglicherweise die Absicht hatte, äußerst unangenehm zu werden. Die näheren Umstände kennen wir allerdings nicht. Es könnte jedoch zu dem passen, was Sie folgern. So kann Sir Gervase den Verdacht gehabt haben, Bury hätte ihn bewußt übers Ohr gehauen, nur wollte er seinen Verdacht nicht aussprechen, weil die Möglichkeit bestand, daß seine Frau mit der Angelegenheit zu tun hatte. Ja, das ist möglich. Damit hätte jeder der beiden ein plausibles Motiv. Andererseits ist es tatsächlich ein bißchen merkwürdig, daß Lady Chevenix-Gore den Tod ihres Mannes so ruhig hinnahm. Und dieser ganze Spiritismus kann genausogut gespielt sein!«

»Hinzu kommt noch eine weitere Komplikation«, sagte Poirot. »Miss Chevenix-Gore und Burrows – es lag doch sehr in ihrem Interesse, daß Sir Gervase das neue Testament nicht unterschrieb. So, wie es augenblicklich ist, bekommt sie alles unter der einzigen Bedingung, daß ihr Mann den Familiennamen annimmt . . .«

»Ja, und Burrows' Aussage über Sir Gervases Verhalten heute abend ist ebenfalls nicht ganz einwandfrei. Gutgelaunt und zufrieden! Das paßt überhaupt nicht zu allem, was wir sonst noch erfahren haben.«

»Und dann noch Mr. Forbes. Sehr korrekt, sehr seriös, und dazu aus einer alten und angesehenen Firma. Aber alle Anwälte, auch die angesehensten, sind dafür bekannt, daß sie sich an den Geldern ihrer Klienten vergreifen, wenn sie selbst in der Klemme sitzen.«

»Jetzt werden Sie meiner Meinung nach ein bißchen zu sensationslüstern, Poirot!«

»Sie glauben, daß das, was ich andeute, zu sehr einem Film ähnelt? Aber das Leben, Major Riddle, ähnelt den Filmen manchmal erstaunlich.«

»In Westshire bisher allerdings nicht«, sagte der Chief Constable. »Aber hören wir uns lieber an, was die übrigen uns noch zu erzählen haben – finden Sie nicht auch? Es wird langsam spät. Ruth Chevenix-Gore haben wir noch nicht gesprochen, und sie dürfte wahrscheinlich die wichtigste Person sein.«

»Einverstanden. Außerdem fehlt auch noch Miss Cardwell. Vielleicht sollten wir uns zuerst mit ihr unterhalten, da es bei ihr sowieso nicht lange dauern wird, und Miss Chevenix-Gore als letzte hören.«
»Keine schlechte Idee.«

Bisher hatte Poirot für Susan Cardwell nur einen flüchtigen Blick übriggehabt. Jetzt betrachtete er sie aufmerksamer. Ein intelligentes Gesicht, überlegte er, nicht ausgesprochen gutaussehend, aber doch von einem Reiz, um den ein nur hübsches Mädchen sie beneiden dürfte. Ihr Haar war prachtvoll, ihr Gesicht war geschickt zurechtgemacht. Und ihre Augen waren sehr wach, wie Poirot merkte.
Nach einigen einführenden Fragen sagte Major Riddle: »Ich weiß gar nicht, wie gut Sie mit der Familie bekannt sind, Miss Cardwell?«
»Ich kenne niemanden. Hugo hat veranlaßt, daß ich eingeladen wurde.«
»Dann sind Sie also eine Bekannte von Hugo Trent?«
»Ja, genau das bin ich: Hugos Freundin.« Susan Cardwell lächelte, als sie dies ganz obenhin sagte.
»Sie kennen ihn schon länger?«
»Aber nein – seit ungefähr einem Monat.« Sie verstummte, fügte dann jedoch noch hinzu: »Übrigens wollen wir uns verloben.«
»Und er brachte Sie hierher, um Sie seinen Verwandten vorzustellen?«
»Um Himmels willen – deswegen nicht! Wir haben noch mit keinem Menschen darüber geredet. Ich bin bloß hergekommen, um mir alles einmal anzusehen! Hugo hatte mir nämlich erzählt, daß es hier zuginge wie in einem Irrenhaus. Und deswegen wollte ich es mir mit eigenen Augen anschauen. Hugo, der Süße, ist zwar ein richtiger Schatz, aber Verstand hat er nicht die Spur. Außerdem war die Situation ziemlich kritisch. Keiner von uns beiden hat nämlich Geld, und der alte Sir Gervase, der Hugos einzige Hoffnung war, hatte alles darauf gesetzt, ihn mit Ruth zu verheiraten. Hugo ist ein bißchen schwach, verstehen Sie? Und deshalb bestand die Möglichkeit, daß er diesem Plan zustimmte und glaubte, sich später einmal wieder frei machen zu können.«
»Diese Idee ist Ihrer Ansicht nach nicht sehr empfehlenswert,

Mademoiselle?« fragte Poirot höflich.
»Aber niemals! Immerhin bestünde doch die Möglichkeit, daß Ruth plötzlich komisch wird und eine Scheidung ablehnt oder sonst etwas. Da mache ich nicht mit. In die Kirche geht er erst, wenn ich dabei bin – vor Aufregung zitternd und mit einem Lilienstrauß im Arm.«
»Dann sind Sie also hierher gekommen, um sich alles persönlich anzusehen?«
»Ja.«
»Eh bien!« sagte Poirot.
»Na ja, und Hugo hat natürlich recht gehabt! Die ganze Familie spielt völlig verrückt! Ausgenommen Ruth, die vollkommen vernünftig zu sein scheint. Sie hat ihren eigenen Freund und hat für diese Heiratsidee genausowenig übrig wie ich.«
»Sprechen Sie jetzt von Mr. Burrows?«
»Von Burrows? Ach wo. Auf einen Schwindler wie den würde Ruth nie hereinfallen.«
»Wer war denn dann das Ziel ihrer Zuneigung?«
Susan Cardwell schwieg, griff nach einer Zigarette, zündete sie an und bemerkte: »Das fragen Sie sie vielleicht am besten selbst. Schließlich geht es mich nichts an.«
Major Riddle fragte: »Wann haben Sie Sir Gervase zum letztenmal gesehen?«
»Beim Tee.«
»Ist Ihnen an seinem Verhalten irgend etwas aufgefallen?«
Das Mädchen zuckte die Schultern.
»Nur das übliche.«
»Was taten Sie nach dem Tee?«
»Da habe ich mit Hugo Billard gespielt.«
»Sir Gervase haben Sie danach nicht mehr gesehen?«
»Nein.«
»Und was können Sie uns über den Schuß sagen?«
»Das war ziemlich komisch. Sehen Sie – ich hatte geglaubt, es hätte zum erstenmal gegongt, beeilte mich also mit dem Umziehen, stürzte aus meinem Zimmer, dachte, es gongte bereits zum zweitenmal und rannte die Treppe hinunter. Am ersten Abend war ich eine Minute zu spät gekommen, und Hugo hatte gesagt, damit hätte ich unsere Chance bei dem Alten restlos zerstört – deswegen sauste ich also nach unten. Hugo war direkt vor mir, und dann kam von irgendwoher ein ganz komischer Knall, und Hugo sagte, das wäre ein Sektkorken

gewesen, aber Snell sagte nein, und meiner Ansicht nach war es auch gar nicht im Eßzimmer gewesen. Miss Lingard meinte, es wäre oben gewesen, aber dann kamen wir überein, daß es sicherlich eine Fehlzündung gewesen wäre, gingen dann langsam ins Wohnzimmer und dachten nicht mehr darüber nach.«

»Es ist Ihnen also überhaupt nicht der Gedanke gekommen, Sir Gervase könnte sich erschossen haben?« fragte Poirot.

»Aber ich bitte Sie – wer denkt denn schon an so etwas! Dem alten Herrn schien es doch einen Mordsspaß zu machen, überall das letzte Wort zu haben. Daß er so etwas tun könnte, wäre mir niemals eingefallen. Und ich kann mir auch nicht erklären, warum er es getan hat. Wahrscheinlich doch wohl, weil er verrückt war.«

»Ein unglücklicher Vorfall.«

»Sehr – besonders für Hugo und mich. Ich kann mir vorstellen, daß er Hugo nichts oder doch fast nichts vererbt hat.«

»Wer hat Ihnen das gesagt?«

»Hugo hat es vom alten Forbes.«

»Ja, Miss Cardwell ...« Major Riddle schwieg einen Moment. »Ich glaube, das ist alles. Meinen Sie, daß Miss Chevenix-Gore in der Lage sein wird, zu uns herunter zu kommen?«

»Das glaube ich schon. Ich werde ihr Bescheid sagen.«

Poirot unterbrach sie.

»Einen Moment noch, Mademoiselle. Haben Sie das hier schon irgendwann einmal gesehen?«

Er hielt ihr Colonel Burys Bleistift hin.

»Aber ja, heute nachmittag beim Bridge haben wir damit geschrieben. Ich glaube, er gehört dem alten Colonel.«

»Hat er ihn eingesteckt, als das Spiel zu Ende war?«

»Das kann ich Ihnen wirklich nicht sagen.«

»Vielen Dank, Mademoiselle. Das war alles.«

»Schön, dann sage ich jetzt Ruth Bescheid.«

Ruth Chevenix-Gore betrat das Zimmer wie eine Königin. Ihre Farben waren lebhaft, ihr Kopf war hoch aufgerichtet. Aber ihre Augen waren, wie die Susan Cardwells, sehr wachsam. Sie trug dasselbe Kleid wie bei Poirots Ankunft. Es hatte die blasse Farbe einer Aprikose. An ihre Schulter hatte sie eine lachsfarbene Rose gesteckt. Noch vor einer Stunde war diese Blume frisch und voll erblüht gewesen; jetzt fing sie an zu welken.

»Ja?« sagte Ruth.

»Es tut mir außerordentlich leid, Sie belästigen zu müssen«, begann Major Riddle.
Sie unterbrach ihn.
»Es ist doch nur natürlich, daß Sie mich belästigen müssen. Das haben Sie doch bei allen anderen auch gemußt. Aber ich kann Ihnen Zeit sparen: Ich habe nicht die leiseste Idee, warum der Alte sich erschossen hat. Ich kann Ihnen nur sagen, daß ihm gerade das überhaupt nicht ähnlich sah.«
»Ist Ihnen an seinem Verhalten heute irgend etwas merkwürdig vorgekommen? War er deprimiert, oder ungewöhnlich erregt – ist Ihnen irgend etwas Ungewohntes an ihm aufgefallen?«
»Das glaube ich nicht. Ich habe nichts bemerkt . . .«
»Wann haben Sie ihn zum letztenmal gesehen?«
»Beim Tee.«
»Sind Sie danach noch in seinem Arbeitszimmer gewesen?« fiel Poirot ein.
»Nein. Zum letztenmal habe ich ihn in diesem Zimmer gesehen. Er saß dort drüben.«
Sie zeigte auf einen Stuhl.
»Ich verstehe. Kennen Sie diesen Bleistift, Mademoiselle?«
»Er gehört Colonel Bury.«
»Haben Sie diesen Bleistift in letzter Zeit irgendwo gesehen?«
»Das kann ich wirklich nicht genau sagen.«
»Wissen Sie irgend etwas von einer – Unstimmigkeit zwischen Sir Gervase und Colonel Bury?«
»Wegen der Paragon Synthetic Rubber Company, meinen Sie?«
»Ja.«
»Doch. Der Alte war darüber ziemlich wütend.«
»Glaubte er vielleicht, beschwindelt worden zu sein?«
Ruth zuckte die Schultern.
»Von finanziellen Dingen hatte er nicht die geringste Ahnung.«
»Darf ich Ihnen eine Frage stellen, Mademoiselle – eine etwas impertinente Frage?«
»Bitte, wenn Sie wollen.«
»Es handelt sich – tut es Ihnen leid, daß Ihr – Vater tot ist?«
Sie starrte ihn an.
»Natürlich tut es mir leid. In Tränen zerfließen tue ich zwar nicht gerade. Aber ich werde ihn vermissen . . . Ich habe ihn

sehr gern gemocht, den Alten. So haben wir, Hugo und ich, ihn immer genannt. Der Alte – wissen Sie, das stammt noch aus primitiven Zeiten, als wir vom Affen abstammten, und hat einen so schön patriarchalischen Klang. Es klingt zwar respektlos, aber trotzdem steckt in Wirklichkeit eine Menge Zuneigung dahinter. Natürlich war er eigentlich der kompletteste und dümmste alte Esel, der je gelebt hat!«

»Das interessiert mich, Mademoiselle.«

»Der Alte hatte das Gehirn einer Laus! Es tut mir leid, daß ich es aussprechen muß, aber es stimmt. Er war unfähig, mit seinem Kopf irgend etwas zu leisten. Vergessen Sie dabei nicht, daß er eine Persönlichkeit war – phantastisch tapfer und so weiter! Es machte ihm nichts aus, zum Pol zu fahren oder sich zu duellieren. Ich habe mir immer vorgestellt, daß er sich nur so aufplusterte, weil er genau wußte, daß mit seinem Kopf nicht viel los war. In diesem Punkt war er jedem anderen glatt unterlegen.«

Poirot zog den Brief aus der Tasche.

»Lesen Sie das, Mademoiselle.«

Sie las den Brief und gab ihn dann zurück.

»Deshalb sind Sie also hierhergekommen!«

»Sagt er Ihnen irgend etwas – dieser Brief?«

Sie schüttelte den Kopf.

»Nein. Wahrscheinlich stimmt es, was er schreibt. Diesen armen alten Mann hätte jeder betrügen können. John meint, der vorige Verwalter hätte ihn von hinten und von vorn begaunert. Wissen Sie – der Alte war so großartig und hochtrabend, daß er sich nie dazu herabließ, auf Einzelheiten zu achten! Gauner wurden von ihm förmlich angezogen.«

»Das Bild, Mademoiselle, das Sie schildern, unterscheidet sich erheblich von dem sonstigen.«

»Gott, ja – er verstand es ziemlich gut, sich zu tarnen. Vanda, meine Mutter, unterstützte ihn noch mit allen Kräften darin. Er war so glücklich, wenn er überall herumstakste und so tat, als wäre er Gott der Allmächtige. Das ist auch der Grund, daß ich in gewisser Weise über seinen Tod froh bin. Für ihn ist es so am besten.«

»Leider kann ich Ihnen nicht ganz folgen, Mademoiselle.«

Grübelnd sagte Ruth: »Es machte sich immer mehr bemerkbar bei ihm. Irgendwann hätte man ihn einsperren müssen ... Die Leute fingen schon an, darüber zu reden.«

»Wußten Sie, Mademoiselle, daß er sich mit der Absicht trug, ein neues Testament aufzusetzen, nach dem Sie sein Vermögen nur erben sollten, wenn Sie Mr. Trent heirateten?«
»Das ist doch albern!« rief sie. »Außerdem hätte man es bestimmt anfechten können ... Man kann den Leuten doch bestimmt nicht einfach vorschreiben, wen sie heiraten sollen!«
»Hätten Sie sich einem derartigen Testament unterworfen, Mademoiselle, wenn es tatsächlich unterschrieben worden wäre?«
Sie starrte vor sich hin.
»Ich ...«
Sie unterbrach sich. Zwei oder drei Minuten lang saß sie unentschlossen da und schaute auf ihren wippenden Pumps hinunter. Ein kleiner Erdbrocken löste sich vom Absatz des Schuhes und fiel auf den Teppich.
Plötzlich sagte Ruth Chevenix-Gore: »Warten Sie einen Moment!«
Sie stand auf und lief hinaus. Fast unmittelbar darauf kehrte sie wieder zurück, begleitet von Captain Lake.
»Es ist herausgekommen«, sagte sie ziemlich atemlos. »Dann sollen Sie es also auch wissen. John und ich haben vor drei Wochen in London geheiratet.«

Den verwirrteren Eindruck von den beiden machte Captain Lake.
»Das ist allerdings eine große Überraschung, Miss Chevenix-Gore – Mrs. Lake, muß ich jetzt wohl sagen«, meinte Major Riddle. »Hat kein Mensch über Ihre Heirat Bescheid gewußt?«
»Nein. Wir haben es geheimgehalten. John gefiel es zwar ganz und gar nicht.«
Lake sagte, und dabei stotterte er ein bißchen: »Ich – ich weiß, daß es eine ziemlich unmögliche Art und Weise ist, wie wir das Problem gelöst haben. An sich hätte ich lieber direkt zu Sir Gervase gehen sollen ...«
Ruth unterbrach ihn.
»Und ihm erzählen sollen, du wolltest seine Tochter heiraten, damit er dir aller Wahrscheinlichkeit nach einen Tritt versetzt hätte und ich enterbt worden wäre, und er hätte das Haus in eine Hölle verwandelt, und wir hätten uns immer wieder vorreden können, wie anständig wir uns doch aufgeführt hätten!

Glaube mir – so war es besser! Geschehen ist geschehen. Es hätte zwar trotzdem einen gewaltigen Aufruhr gegeben – aber schließlich hätte er sich damit abfinden müssen.«
Lake machte immer noch ein unglückliches Gesicht.
»Wann hatten Sie die Absicht, Sir Gervase diese Neuigkeit mitzuteilen?« fragte Poirot.
»Ich wollte ihn langsam darauf vorbereiten«, erwiderte Ruth. »John und mir gegenüber war er schon ziemlich mißtrauisch geworden, und deshalb tat ich, als richtete sich meine Aufmerksamkeit auf Godfrey. Natürlich fiel er auch prompt darauf herein. Ich hatte mir ausgerechnet, daß die Nachricht, ich sei inzwischen mit John verheiratet, unter diesen Umständen eine große Erleichterung für ihn bedeutet hätte!«
»Hat denn wirklich kein Mensch erfahren, daß Sie geheiratet haben?«
»Doch – Vanda habe ich es schließlich erzählt. Ich wollte sie auf meine Seite ziehen.«
»Und ist Ihnen das gelungen?«
»Ja. Wissen Sie – sie legte keinen allzu großen Wert darauf, daß ich Hugo heiratete – ich glaube, weil er mein Vetter ist. Sie fand anscheinend, weil die Familie schon jetzt so verrückt war, daß wir wahrscheinlich doch nur völlig verrückte Kinder haben würden. Vielleicht war das albern, weil ich doch nur adoptiert bin – verstehen Sie? Soviel ich weiß, bin ich das Kind irgendeines entfernten Vetters.«
»Sie sind überzeugt, daß Sir Gervase von der Wahrheit nichts ahnte?«
»Nein, bestimmt nicht.«
»Ist das wahr, Captain Lake?« sagte Poirot. »Bei Ihrer Unterhaltung mit Sir Gervase heute nachmittag – wissen Sie ganz genau, daß dieses Thema nicht erwähnt wurde?«
»Nein, Sir. Es wurde nicht erwähnt.«
»Wissen Sie, Captain Lake, gewisse Beweise deuten darauf hin, daß Sir Gervase nach Ihrem Besuch äußerst erregt war und daß er nicht nur einmal von einer Familienschande sprach.«
»Das Thema wurde zwischen uns nicht erwähnt«, wiederholte Lake. Sein Gesicht war sehr blaß geworden.
»Wann haben Sie Sir Gervase eigentlich zum letztenmal gesehen? Bei dieser Besprechung?«
»Ja. Das habe ich bereits gesagt.«

»Und wo waren Sie heute abend um acht Minuten nach acht?«
»Wo ich war? Zu Hause. Am Ausgang des Dorfes, ungefähr eine halbe Meile von hier entfernt.«
»Und Sie sind zu diesem Zeitpunkt nicht in die Nähe von *Hamborough Close* gekommen?«
»Nein.«
Poirot wandte sich an das Mädchen.
»Wo waren Sie, Mademoiselle, als Ihr Vater sich erschoß?«
»Im Garten.«
»Im Garten? Haben Sie vielleicht den Schuß gehört?«
»Ja – doch! Aber ich habe mich nicht besonders darum gekümmert. Ich dachte, es wäre vielleicht jemand, der Jagd auf Kaninchen machte, obgleich mir jetzt wieder einfällt, daß ich den Eindruck hatte, der Schuß müßte ganz in der Nähe gefallen sein.«
»Sie kehrten dann ins Haus zurück – auf welchem Weg?«
»Ich stieg durch das Fenster.«
Mit einer Drehung ihres Kopfes deutete Ruth auf das Fenster, das sich hinter ihr befand.
»War irgend jemand hier?«
»Nein. Aber Hugo, Susan und Miss Lingard kamen fast im selben Moment aus der Halle hier herein. Sie sprachen von Schüssen und Mord und solchen Sachen.«
»Ich verstehe«, sagte Poirot. »Ja, ich glaube, ich begreife jetzt ...«
Ziemlich zweifelnd sagte Major Riddle: »Ja – äh – ich danke Ihnen. Im Augenblick dürfte das wohl alles sein.«
Ruth und ihr Mann wandten sich um und verließen das Zimmer.
»Zum Teufel noch mal ...«, begann Major Riddle und schloß einigermaßen hoffnungslos: »Es wird immer schwieriger, dieser Sache auf die Spur zu kommen.«
Poirot nickte. Er hatte den kleinen Erdklumpen aufgehoben, der von Ruths Schuh herabgefallen war, und hielt ihn nachdenklich in der Hand.
»Es ist ähnlich wie mit dem zersplitterten Spiegel an der Wand«, sagte er. »Wie mit dem Spiegel des Toten. Jede neue Tatsache, auf die wir stoßen, zeigt uns den Toten aus einem völlig anderen Blickwinkel. Aus jeder nur vorstellbaren Richtung wird er widergespiegelt. Nicht mehr lange, und wir besitzen ein vollständiges Bild ...«

Er erhob sich und ließ den kleinen Erdklumpen sorgfältig in den Papierkorb fallen.
»Eines will ich Ihnen sagen, mein Freund. Die Lösung des ganzen Geheimnisses ist der Spiegel. Gehen Sie in das Arbeitszimmer und sehen Sie selbst nach, wenn Sie mir nicht glauben.«
Entschlossen sagte Major Riddle: »Wenn es Mord war, liegt es bei Ihnen, es auch zu beweisen. Wenn Sie mich fragen – ich behaupte nachdrücklich, daß es Selbstmord war. Ist Ihnen aufgefallen, daß das Mädchen sagte, ein früherer Verwalter hätte den alten Gervase betrogen? Ich wette, daß Lake dieses Märchen in die Welt gesetzt hat, um es für seine Zwecke auszunutzen. Wahrscheinlich hat er ein bißchen in die Kasse gegriffen, Sir Gervase hat Verdacht geschöpft und hat Sie kommen lassen, weil er nicht wußte, wie weit die Dinge zwischen Lake und Ruth inzwischen gediehen waren. Heute nachmittag hat Lake ihm dann erzählt, daß sie verheiratet wären. Das hat Gervase den Rest gegeben. Jetzt war es ›zu spät‹, um noch irgend etwas zu unternehmen. Er beschloß, mit allem Schluß zu machen. Genaugenommen war sein Verstand, der selbst zu besten Zeiten nicht allzu gut ausbalanciert war, dem nicht gewachsen. So muß es meiner Ansicht nach gewesen sein. Was haben Sie dagegen einzuwenden?«
Poirot stand reglos in der Mitte des Zimmers.
»Was ich dagegen einzuwenden habe? Folgendes: Gegen Ihre Theorie habe ich nichts einzuwenden – nur geht sie nicht weit genug. Es gibt bestimmte Dinge, die Sie dabei nicht berücksichtigt haben.«
»Beispielsweise?«
»Die Diskrepanzen in Sir Gervases Stimmung heute, das Auffinden von Colonel Burys Bleistift, die Aussage von Miss Cardwell – die sehr wichtig ist –, die Aussage von Miss Lingard über die Reihenfolge, in der die Hausbewohner zum Abendessen herunter kamen, die Stellung von Sir Gervases Stuhl, als er aufgefunden wurde, die Papiertüte, in der sich Apfelsinen befunden hatten, und schließlich der so eminent wichtige Anhaltspunkt: der zersplitterte Spiegel.«
Major Riddle starrte ihn an.
»Wollen Sie mir etwa weismachen, daß dieser ganze Quatsch einen Sinn ergibt?« fragte er.
»Ich hoffe, das genau festzustellen – bis morgen.«

Es war kurz nach dem Anbruch der Dämmerung, als Poirot am folgenden Morgen aufwachte. Man hatte ihm ein Schlafzimmer auf der Ostseite des Hauses gegeben.
Nachdem er aufgestanden war, zog er den Fenstervorhang beiseite und stellte zufrieden fest, daß nicht nur die Sonne aufgegangen war, sondern daß ein herrlicher Morgen anbrach.
Er begann, sich mit der üblichen peinlichen Sorgfalt anzukleiden. Nachdem er damit fertig war, hüllte er sich in einen dicken Mantel und band sich einen Schal um den Hals.
Dann verließ er auf Zehenspitzen sein Zimmer und schlich durch das stille Haus bis zum Wohnzimmer. Geräuschlos öffnete er die bis zum Boden reichenden Fenster und kletterte in den Garten hinaus.
Die Sonne stieg jetzt am Himmel hoch. Die Luft war feucht wie an jedem schönen Morgen. Hercule Poirot folgte dem mit Platten ausgelegten Weg, der um das Haus herumführte, bis er zu den Fenstern von Sir Gervases Arbeitszimmer kam. Hier blieb er stehen und sah sich genau um.
Unmittelbar unter den Fenstern befand sich ein Grasstreifen, der parallel zum Haus verlief. Vor dem Rasenstreifen lag eine breite, mit Blumen bepflanzte Einfassung. Die Herbstastern boten immer noch einen großartigen Anblick. Und vor der Einfassung verlief der Plattenweg, auf dem Poirot jetzt stand. Von dem Grasstreifen hinter der Einfassung führte ein mit Gras bewachsener Weg zur Terrasse. Poirot betrachtete ihn aufmerksam und schüttelte den Kopf. Dann wandte er seine Aufmerksamkeit den Einfassungen auf beiden Seiten des Grasstreifens zu.
Ganz langsam nickte er. Auf der rechten Einfassung waren in dem feuchten Erdboden deutlich Fußabdrücke zu erkennen.
Als er mit gerunzelter Stirn auf sie hinunterschaute, traf ein Geräusch seine Ohren, und sofort hob er den Kopf.
Über ihm war ein Fenster aufgestoßen worden. Er sah einen Kopf mit zerzausten roten Haaren. Umgeben von einem rotgoldenen Schimmer, erkannte er das intelligente Gesicht Susan Cardwells.
»Was, um Himmels willen, machen Sie denn um diese Zeit da unten, Monsieur Poirot? Sind Sie auf Spurensuche?«
Poirot verneigte sich mit äußerster Korrektheit.
»Guten Morgen, Mademoiselle. Ja, es ist, wie Sie sagen. Sie sehen im Augenblick einen Detektiv – einen großen Detektiv,

möchte ich beinahe sagen – bei der Aufklärung eines Falles.« Diese Bemerkung war ein wenig allzu deutlich. Susan legte den Kopf auf die Seite.

»Das muß ich unbedingt in meinen Memoiren erwähnen«, bemerkte sie. »Soll ich hinunterkommen und Ihnen helfen?«

»Ich würde enchantiert sein.«

»Zuerst habe ich Sie vorhin für einen Einbrecher gehalten. Wie sind Sie hinausgekommen?«

»Durch das Fenster im Wohnzimmer.«

»Warten Sie eine Minute – ich bin sofort unten.«

Und sie hielt Wort. Allem Anschein nach hatte Poirot sich inzwischen nicht vom Fleck gerührt.

»Sie sind schon sehr früh aufgewacht, Mademoiselle?«

»Ich habe auch nicht richtig schlafen können. Und ich fühlte mich so grenzenlos elend, wie man sich um fünf Uhr morgens immer fühlt.«

»Aber ganz so früh ist es doch nicht mehr!«

»Aber man hat das Gefühl! Also, mein Super-Fährtenleser, was suchen wir?«

»Sehen Sie genau hin, Mademoiselle – Fußabdrücke.«

»Tatsächlich.«

»Und zwar vier«, fuhr Poirot fort. »Passen Sie auf, ich werde sie Ihnen genau zeigen. Zwei führen zum Fenster hin, zwei kommen vom Fenster her.«

»Und zu wem gehören sie? Zum Gärtner?«

»Mademoiselle, Mademoiselle! Diese Fußabdrücke stammen von den kleinen, zierlichen und hochhackigen Schuhen einer Frau. Sehen Sie selbst – überzeugen Sie sich. Treten Sie bitte einmal auf den Erdboden neben die Abdrücke.«

Susan zögerte eine Minute; dann stellte sie einen Fuß vorsichtig auf jene Stelle des Erdbodens, auf die Poirot gezeigt hatte. Sie trug kleine hochhackige Pumps aus dunkelbraunem Leder.

»Sehen Sie – Ihr Abdruck ist fast genauso groß. Fast, aber nicht ganz. Diese hier stammen von einem etwas längeren Fuß als Ihrem. Vielleicht von Miss Chevenix-Gore – oder Miss Lingard – oder sogar von Lady Chevenix-Gore.«

»Bestimmt nicht von Lady Chevenix-Gore – sie hat winzige Füße. Damals machten die Leute – damals gelang es ihnen, kleine Füße zu bekommen, meine ich. Und Miss Lingard trägt komische Treter mit flachen Absätzen.«

»Dann sind es die Abdrücke von Miss Chevenix-Gore. Ach ja,

ich erinnere mich, daß sie erwähnte, gestern abend noch einmal im Garten gewesen zu sein.«

Vor ihr her ging er um das Haus zurück.

»Suchen wir immer noch nach Spuren?« fragte Susan.

»Aber gewiß doch. Wir begeben uns jetzt in Sir Gervases Arbeitszimmer.«

Er ging voraus. Sie folgte ihm.

Die Tür hing immer noch traurig in ihren Angeln. Das Zimmer selbst war genauso wie am vorigen Abend. Poirot zog die Vorhänge beiseite und ließ das Tageslicht herein.

Eine Weile blieb er am Fenster stehen und blickte auf die Einfassung hinunter. Schließlich sagte er: »Mit Einbrechern, Mademoiselle, haben Sie wohl kaum Bekanntschaft?«

Bedauernd schüttelte Susan Cardwell den Kopf.

»Leider nicht, Monsieur Poirot.«

»Auch der Chief Constable genießt nicht den Vorzug, freundschaftliche Beziehungen mit ihnen zu unterhalten. Sein Kontakt mit den verbrecherischen Schichten ist immer streng offiziell gewesen. Bei mir ist das anders. Ich hatte einmal mit einem Einbrecher eine äußerst angenehme Unterhaltung. Dabei erfuhr ich interessante Einzelheiten über diese bis zum Boden reichenden Fenster – einen Trick, den man anwenden kann, wenn der Riegel genügend locker ist.«

Während er dies sagte, drehte er am Griff des linken Fensters. Die Verriegelungsstange kam aus dem im Fußboden befindlichen Loch, und Poirot konnte die beiden Fensterflügel nach innen öffnen. Anschließend schloß er sie wieder – allerdings ohne am Griff zu drehen, so daß sie nicht verriegelt waren. Dann ließ er den Griff los, wartete einen Moment und schlug schließlich mit der Faust kräftig gegen den oberen Teil des Fensterrahmens, in welchem die Verriegelungsstange verlief. Durch die Erschütterung rutschte die Stange nach unten und in das Loch im Fußboden – der Griff drehte sich dabei von selbst.

»Haben Sie gesehen, Mademoiselle.«

Susan war ziemlich blaß geworden.

»Das Fenster ist jetzt geschlossen. Es ist unmöglich, einen Raum zu betreten, wenn das Fenster verriegelt ist; nicht unmöglich ist es jedoch, den Raum zu verlassen, die Flügel von außen zuzuziehen, dann gegen den Rahmen zu schlagen, wie ich es eben tat, und das Fenster dadurch fest zu verriegeln.

Das Fenster ist geschlossen, und wer es sieht, behauptet, es sei von innen geschlossen worden.«
»Und das ...«, Susans Stimme zitterte ein wenig, »... das ist gestern abend passiert?«
»Vermutlich, Mademoiselle!«
Heftig sagte Susan: »Nicht ein einziges Wort glaube ich davon!«
Poirot erwiderte nichts. Er ging zum Kaminsims hinüber. Dann fuhr er herum.
»Mademoiselle, ich brauche Sie jetzt als Zeugin. Einen Zeugen habe ich bereits – Mr. Trent. Er sah, wie ich gestern abend diesen winzigen Splitter Spiegelglas entdeckte. Ich habe es ihm gesagt. Wegen der Polizei habe ich den Splitter gelassen, wo ich ihn fand. Ich habe sogar dem Chief Constable gesagt, daß der zersplitterte Spiegel ein wertvoller Hinweis sei. Aber der Chief Constable hat meine Andeutung nicht verwertet. Sie sind jetzt Zeugin, daß ich diesen Splitter aus Spiegelglas – auf den ich, wie Sie wissen, schon Mr. Trents Aufmerksamkeit lenkte – in einen kleinen Umschlag tue. So!« Er ließ seinen Worten sofort die Tat folgen. »Und jetzt schreibe ich es noch darauf – so – und klebe den Umschlag zu. Sie waren Zeugin, Mademoiselle?«
»Ja – aber – aber ich weiß doch gar nicht, was es zu bedeuten hat?«
Poirot ging zur anderen Seite des Zimmers. Vor dem Schreibtisch blieb er stehen und starrte auf den zersplitterten Spiegel, der vor ihm an der Wand hing.
»Ich will Ihnen sagen, was es zu bedeuten hat, Mademoiselle. Wenn Sie gestern abend hier gestanden und in den Spiegel geblickt hätten, hätten sie in ihm sehen können, wie ein Mord begangen wurde ...«

An diesem Tag ihres Lebens kam Ruth Chevenix-Gore – jetzt Ruth Lake – sehr zeitig zum Frühstück herunter. Hercule Poirot hielt sich in der Halle auf und nahm sie beiseite, bevor sie das Speisezimmer betrat.
»Ich hätte Sie gern etwas gefragt, Madame.«
»Ja?«
»Sie waren gestern abend im Garten. Sind Sie irgendwann auf das Blumenbeet vor dem Fenster von Sir Gervases Arbeitszimmer getreten?«

Ruth schaute ihn an.
»Ja – zweimal.«
»Aha. Zweimal also. Wieso gleich zweimal?«
»Beim erstenmal habe ich Herbstastern geschnitten. Das war gegen sieben Uhr.«
»War das nicht eine ziemlich ungewöhnliche Tageszeit, um Blumen zu schneiden?«
»Ja – das war es genaugenommen schon. Ich hatte gestern vormittag frische Blumen geholt, aber nach dem Tee meinte Vanda, die Blumen auf dem Tisch des Speisezimmers wären nicht mehr schön genug. Ich hatte gedacht, sie wären noch in Ordnung, und deswegen hatte ich sie nicht erneuert.«
»Ihre Mutter bat Sie also, frische Blumen zu holen? Ist das richtig?«
»Ja. Deswegen ging ich kurz vor sieben noch einmal hinaus. Ich holte die Blumen von diesem Teil des Beetes, weil kaum jemand dorthin kommt und es daher nichts ausmacht, wenn dort ein paar Astern weggenommen werden.«
»Schön, schön! Aber das zweitemal. Sie gingen noch ein zweites Mal dorthin, sagten Sie?«
»Das war kurz vor dem Abendessen. Mir war ein Tropfen Brillantine auf das Kleid gefallen – genau auf die Schulter. Und ich hatte keine Lust, mich noch einmal umzuziehen; andererseits paßte keine meiner künstlichen Blumen zu dem Gelbrot des Kleides. Dann fiel mir ein, daß ich beim Schneiden der Astern eine späte Rose gesehen hatte, und deshalb lief ich schnell hinaus, schnitt sie ab und steckte sie an meine Schulter.«
Poirot nickte bedächtig.
»Ja, ich erinnere mich, daß Sie gestern abend eine Rose angesteckt hatten. Um welche Zeit, Madame, holten Sie sich die Rose?«
»Das weiß ich wirklich nicht.«
»Aber es ist wesentlich, Madame. Überlegen Sie – denken Sie genau nach . . .«
Ruth zog die Stirn kraus. Sie blickte Poirot flüchtig an und schaute dann wieder weg.
»Genau kann ich es nicht sagen«, meinte sie schließlich. »Es muß – ja, natürlich – um ungefähr fünf Minuten nach acht muß es gewesen sein. Als ich nämlich wieder zurückging, hörte ich den Gong, und dann diesen komischen Knall. Ich be-

eilte mich noch, weil ich dachte, es hätte schon zum zweitenmal gegongt – und nicht erst zum erstenmal.«
»Aha, das dachten Sie dabei – und machten Sie sich nicht am Fenster des Arbeitszimmers zu schaffen, als Sie in dem Blumenbeet standen?«
»Das habe ich tatsächlich. Ich dachte, es wäre vielleicht offen, so daß ich auf diesem Weg schneller wieder ins Haus gekommen wäre. Aber es war verriegelt.«
»Damit wäre alles erklärt. Ich gratuliere Ihnen, Madame.«
Sie starrte ihn an.
»Was soll das heißen?«
»Weil Sie für alles eine Erklärung haben: für die Erde an Ihren Schuhen, für Ihre Schuhabdrücke im Blumenbeet und für Ihre Fingerabdrücke an der Außenseite des Fensters. Es paßt alles ausgezeichnet zusammen.«
Noch ehe Ruth antworten konnte, kam Miss Lingard eilig die Treppe herunter. Auf ihren Wangen lag eine seltsame dunkle Röte, und sie machte einen leicht verwirrten Eindruck, als sie Poirot und Ruth nebeneinander stehen sah.
»Verzeihen Sie«, sagte sie. »Ist etwas los?«
Ärgerlich sagte Ruth: »Ich glaube, Monsieur Poirot ist verrückt geworden!«
Sie drängte sich an den beiden vorbei und verschwand im Speisezimmer. Miss Lingard wandte Poirot ein erstauntes Gesicht zu.
Er schüttelte den Kopf.
»Nach dem Frühstück«, sagte er, »werde ich alles erklären. Ich möchte gern, daß alle sich um zehn Uhr in Sir Gervases Arbeitszimmer einfinden.«
Er wiederholte seine Bitte, als er das Speisezimmer betrat.
Susan Cardwell warf ihm einen flüchtigen Blick zu und sah dann zu Ruth hinüber. Als Hugo »Wieso? Was ist denn los?« sagte, versetzte sie ihm einen kräftigen Stoß in die Seite, und gehorsam schwieg er.
Als Poirot das Frühstück beendet hatte, erhob er sich und ging zur Tür. Er drehte sich noch einmal um und zog eine große altmodische Uhr hervor.
»Es ist fünf vor zehn. In fünf Minuten also – im Arbeitszimmer.«

Poirot blickte sich um. Ein Kreis interessierter Gesichter erwiderte seinen Blick. Jeder war gekommen, stellte er fest – mit einer einzigen Ausnahme; und im gleichen Augenblick betrat die Ausnahme auch schon das Zimmer. Mit leisen gleitenden Schritten kam Lady Chevenix-Gore herein. Sie sah verhärmt und elend aus.
Poirot schob einen der schweren Sessel für sie zurecht, und sie setzte sich.
Sie sah den zersplitterten Spiegel an, erschauerte und schob ihren Sessel ein wenig herum.
»Gervase ist immer noch hier«, sagte sie in sachlichem Ton. »Armer Gervase ... Aber bald wird er frei sein.«
Poirot räusperte sich und erklärte: »Ich habe Sie alle gebeten, hierher zu kommen, damit Sie die wahren Tatsachen über Sir Gervases Selbstmord erfahren.«
»Es war Schicksal«, sagte Lady Chevenix-Gore. »Gervase war stark, aber sein Schicksal war stärker.«
Colonel Bury drängte sich nach vorn.
»Vanda – Liebe.«
Sie lächelte zu ihm auf, hob dann ihre Hand zu ihm hoch. Er ergriff sie. »Du bist wirklich ein Trost für mich, Ned«, sagte sie sanft.
Mit scharfer Stimme sagte Ruth: »Wollen Sie damit sagen, Monsieur Poirot, daß Sie den Grund für den Selbstmord meines Vaters festgestellt haben?«
Poirot schüttelte den Kopf.
»Nein, Madame.«
»Was soll denn dann dieser ganze Unsinn?«
Ruhig sagte Poirot: »Den Grund für den Selbstmord von Sir Gervase Chevenix-Gore kenne ich nicht, weil Sir Gervase Chevenix-Gore nicht Selbstmord verübte! Er hat sich nicht selbst umgebracht. Er wurde vielmehr ermordet ...«
»Ermordet?« Verschiedene Stimmen wiederholten dieses Wort. Verblüffte Gesichter wandten sich Poirot zu. Lady Chevenix-Gore blickte auf, sagte: »Ermordet? O nein!« und schüttelte leicht den Kopf.
»Umgebracht, sagten Sie?« Hugo war es, der jetzt sprach. »Unmöglich! Als wir die Tür aufbrachen, befand sich niemand im Zimmer. Die Tür war von innen abgeschlossen, und der Schlüssel steckte in der Tasche meines Onkels. Wie könnte er also ermordet worden sein?«

»Trotzdem ist er ermordet worden.«
»Und der Mörder entwischte dann vermutlich durch das Schlüsselloch?« sagte Colonel Bury skeptisch. »Oder flog durch den Kamin davon?«
»Der Mörder«, sagte Poirot, »verschwand durch das Fenster. Wie, das werde ich Ihnen jetzt zeigen.«
Er wiederholte den Trick mit dem Fenster.
»Haben Sie es gesehen?« sagte er. »Auf diese Weise wurde es gemacht. Von Anfang an hielt ich es für unwahrscheinlich, daß Sir Gervase Selbstmord verübt haben sollte. Er litt an ausgesprochener Egomanie, und ein solcher Mann bringt sich nicht um.
Hinzu kamen noch andere Dinge! Offenbar hatte Sir Gervase sich kurz vor seinem Tod an diesen Schreibtisch gesetzt, das Wort SORRY auf einen Bogen gekritzelt und sich dann erschossen. Vor seiner letzten Handlung hatte er jedoch aus irgendeinem Grund die Stellung seines Stuhles verändert und ihn so gedreht, daß er mit der Seite zum Schreibtisch zeigte. Warum? Dafür mußte er doch irgendeinen Grund gehabt haben? Ich begann etwas klarer zu sehen, als ich am Fuß einer schweren Bronzefigur einen winzigen Splitter Spiegelglas entdeckte ...
Ich stellte mir die Frage: Wie kommt dieser Glassplitter dorthin? Die Antwort drängte sich mir von selbst auf. Der Spiegel war zwar zerschmettert worden, aber nicht von einem Geschoß, sondern durch einen Schlag mit einer schweren Bronzefigur. Der Spiegel war vorsätzlich zerschlagen worden.
Aber warum? Ich kehrte zum Schreibtisch zurück und blickte auf den Stuhl hinunter. Ja – jetzt sah ich es. Alles war völlig falsch. Kein Selbstmörder würde seinen Stuhl herumrücken, sich weit über die Armlehne beugen und sich dann erschießen. Das Ganze war arrangiert. Der Selbstmord war vorgetäuscht!
Und jetzt komme ich zu einem sehr wichtigen Punkt. Zur Aussage von Miss Cardwell. Miss Cardwell sagte, sie wäre gestern abend nach unten gelaufen, weil sie geglaubt hätte, es wäre schon zum zweitenmal gegongt worden. Das bedeutet, daß sie glaubte, sie hätte den Gong bereits vorher gehört.
Beachten Sie jetzt bitte, wohin das Geschoß geflogen wäre, wenn Sir Gervase in normaler Haltung am Tisch gesessen hätte, als er erschossen wurde. Da es eine gerade Linie beschreibt, wäre es bei geöffneter Tür durch den Türrahmen ge-

flogen und hätte dann den Gong getroffen!
Erkennen Sie jetzt die Wichtigkeit von Miss Cardwells Aussage? Niemand sonst hatte den Gong beim erstenmal gehört, aber da Miss Cardwells Zimmer unmittelbar über diesem hier liegt, befand sie sich in der günstigsten Lage, den Gong zu hören. Und vergessen Sie nicht, daß der Gong durch das Geschoß nur ein einziges Mal ertönte.
Es bestand damit also nicht der geringste Zweifel mehr, daß Sir Gervase sich nicht selbst erschossen hatte. Ein Toter kann nicht aufstehen, die Tür schließen, sie zusperren und sich dann in die entsprechende Position setzen! Irgend jemand anderes hatte seine Hand im Spiel, und daher war es nicht Selbstmord, sondern Mord. Irgend jemand, dessen Gegenwart von Sir Gervase hingenommen wurde, hatte neben ihm gestanden und mit ihm gesprochen. Sir Gervase hatte geschrieben – vielleicht! Der Mörder hält die Pistole an die rechte Seite seines Kopfes und drückt ab. Es ist geschehen! Also schnell an die Arbeit! Der Mörder streift sich Handschuhe über. Die Tür wird abgeschlossen, der Schlüssel wird Sir Gervase in die Tasche gesteckt. Aber angenommen, irgend jemand hat den Gong gehört? Dann wird man merken, daß die Tür bei der Abgabe des Schusses nicht geschlossen war, sondern offenstand! Also wird der Stuhl herumgedreht, die Leiche anders hingesetzt, die Finger des Toten gegen die Pistole gedrückt und der Spiegel überlegt zerschlagen. Dann verläßt der Mörder das Zimmer durch das Fenster, zieht die Flügel hinter sich zu, tritt nicht auf das Gras, sondern geht über das Blumenbeet, wo die Fußspuren später leicht beseitigt werden können, läuft um das Haus herum und klettert ins Wohnzimmer.«
Er schwieg einen Augenblick.
»Nur eine einzige Person befand sich draußen im Garten, als der Schuß fiel. Diese Person hinterließ Fußabdrücke auf dem Blumenbeet und Fingerabdrücke an der Außenseite des Fensters.«
Er näherte sich Ruth.
»Und ein Motiv gab es auch, nicht wahr? Ihr Vater hatte erfahren, daß Sie heimlich geheiratet hatten. Er bereitete die entsprechenden Maßnahmen vor, um Sie zu enterben.«
»Das ist gelogen!« Ruths Stimme klang zornig und klar. »Nicht ein wahres Wort ist an Ihrer ganzen Geschichte! Von Anfang bis Ende ist sie erlogen!«

»Die Beweise gegen Sie sind sehr eindrücklich, Madame. Es ist möglich, daß das Gericht Ihnen glaubt – genauso möglich ist es jedoch, daß es das nicht tut!«
»Sie wird vor keinem Gericht stehen!«
Die anderen fuhren herum – verblüfft. Miss Lingard war aufgesprungen. Ihr Gesicht hatte sich verändert. Sie zitterte am ganzen Körper.
»Ich war es, die ihn erschossen hat. Ich gestehe es! Ich hatte Gründe dazu. Ich – ich wollte es schon seit einiger Zeit. Monsieur Poirot hat völlig recht. Ich bin ihm hierher gefolgt. Die Pistole hatte ich schon früher aus der Schublade genommen. Ich stand neben ihm und sprach mit ihm über das Buch – und dabei habe ich ihn erschossen. Das Geschoß traf den Gong. Ich wäre nie auf die Idee gekommen, daß es seinen Kopf einfach durchschlagen würde. Aber ich hatte keine Zeit, hinauszulaufen und es zu suchen. Ich schloß die Tür ab und steckte den Schlüssel in seine Tasche. Dann drehte ich den Stuhl herum, zerschlug den Spiegel, und nachdem ich SORRY auf einen Bogen geschrieben hatte, kletterte ich durch das Fenster und schloß es, wie Monsieur Poirot es Ihnen vorgemacht hat. Ich ging über das Blumenbeet, beseitigte jedoch die Fußabdrücke mit einer kleinen Harke, die ich dort bereitgestellt hatte. Dann lief ich zum Wohnzimmer. Ich wußte nicht, daß Ruth ebenfalls durch dieses Fenster geklettert war. Sie muß vorne um das Haus herumgegangen sein, als ich hinten herum kam. Ich mußte nämlich die Harke wieder in den Schuppen zurückbringen. Dann wartete ich im Wohnzimmer, bis ich hörte, daß jemand herunter kam und Snell gongte, und dann . . .«
Sie blickte Poirot an.
»Sie wissen nicht, was ich dann gemacht habe?«
»O doch. Die Tüte im Papierkorb habe ich gefunden. Das war sehr gescheit, dieser Einfall. Sie machten das, was Kinder immer so gern tun. Sie bliesen die Tüte auf und ließen sie dann zerplatzen. Der Knall war laut genug. Die Tüte warfen Sie in den Papierkorb, und dann liefen Sie in die Diele. Damit hatten Sie den Zeitpunkt des Selbstmordes festgelegt – und sich selbst ein Alibi geschaffen. Aber eine Sache machte Ihnen noch Kummer. Sie hatten noch keine Zeit gehabt, das Geschoß aufzuheben. Es mußte ganz in der Nähe des Gongs liegen. Und es war wichtig, daß es im Arbeitszimmer, in der Nähe des Spiegels, gefunden würde. Ich weiß nicht, wann Sie auf die

Idee kamen, Colonel Burys Bleistift an sich zu nehmen ...«
»Das war zur selben Zeit«, sagte Miss Lingard. »Wir gingen von der Halle ins Wohnzimmer. Ich war erstaunt, daß Ruth dort war. Ich merkte dann, daß sie durch das Fenster geklettert war. Gleichzeitig sah ich, daß Colonel Burys Bleistift auf dem Bridgetisch lag. Ich tat ihn unbemerkt in meine Handtasche. Sollte später jemand bemerken, wie ich das Geschoß aufhob, konnte ich immer so tun, als wäre es der Bleistift gewesen. Im Grunde war ich überzeugt, daß niemand gesehen hatte, wie ich das Geschoß aufhob. Ich ließ es dann unter den Spiegel fallen, während Sie den Toten betrachteten. Als Sie mich danach fragten, war ich sehr froh, daß ich an den Bleistift gedacht hatte.«
»Ja, das war sehr klug. Es brachte mich völlig durcheinander.«
»Außerdem befürchtete ich, daß irgend jemand den eigentlichen Schuß gehört haben könnte, obgleich ich wußte, daß alle sich zum Abendessen umzogen und die Türen ihrer Zimmer geschlossen waren. Das Personal war in seinen Räumen. Eigentlich konnte nur Miss Cardwell den Schuß gehört haben, und sie würde wahrscheinlich annehmen, daß es die Fehlzündung eines Autos gewesen war. Tatsächlich gehört hat sie dann jedoch nur den Gong. Ich dachte – ich dachte schon, alles wäre gut gegangen ...«
Sehr langsam und betont sagte Mr. Forbes: »Das ist eine höchst ungewöhnliche Geschichte. Anscheinend fehlt jedes Motiv ...«
Mit klarer Stimme erwiderte Miss Lingard: »Ich hatte ein Motiv ...« Und heftig fügte sie hinzu: »Los! Holen Sie endlich die Polizei! Worauf warten Sie denn noch?«
Höflich sagte Poirot: »Ich wäre Ihnen dankbar, wenn Sie alle das Zimmer verlassen würden. Mr. Forbes, wenn Sie Major Riddle anrufen würden. Ich werde hier auf ihn warten.«
Langsam verließen die übrigen Anwesenden nacheinander das Zimmer. Erstaunt, verständnislos und entsetzt warfen sie verlegene Blicke auf die schlanke aufrechte Gestalt mit dem sorgfältig gescheitelten grauen Haar.
Ruth ging als letzte. Zögernd blieb sie in der Tür stehen.
»Das begreife ich einfach nicht!« Ihre Stimme klang verärgert, herausfordernd und anklagend zugleich. »Gerade eben waren Sie noch fest davon überzeugt, daß ich es gewesen wäre.«
»Nein, nein.« Poirot schüttelte den Kopf. »Das habe ich keine

Sekunde angenommen.«
Langsam ging Ruth hinaus.
Poirot blieb mit der kleinen spröden Frau mittleren Alters zurück, die gerade zugegeben hatte, einen vorsätzlich geplanten und kaltblütigen Mord begangen zu haben.
»Nein«, sagte Miss Lingard. »Sie haben wirklich nicht angenommen, daß sie es gewesen war. Sie haben sie nur beschuldigt, um mich zum Reden zu bringen. Das stimmt doch, nicht wahr?«
Poirot nickte langsam.
»Während wir warten«, sagte Miss Lingard im Konversationston, »könnten Sie mir eigentlich erzählen, wie Sie dazu gekommen sind, ausgerechnet mich zu verdächtigen.«
»Aus verschiedenen Gründen. Da war einmal Ihr Urteil über Sir Gervase. Ein hochmütiger Mann wie Sir Gervase hätte einem Außenstehenden gegenüber, besonders vor einem Menschen in Ihrer Stellung, nie abfällig über seinen Neffen gesprochen. Sie aber wollten damit die Selbstmordtheorie bekräftigen. Außerdem begingen Sie einen Fehler, als Sie andeuteten, daß der Grund zum Selbstmord möglicherweise in Unstimmigkeiten zu suchen sei, die mit einem unehrenhaften Verhalten Hugo Trents zusammenhingen. Auch das war eine Sache, die Sir Gervase einem Außenstehenden gegenüber niemals zugegeben hätte. Dann war da der Gegenstand, den Sie in der Halle aufhoben, und die sehr bedeutsame Tatsache, daß Sie mit keinem Wort erwähnten, Ruth hätte das Wohnzimmer vom Garten her betreten. Und schließlich entdeckte ich die Papiertüte – einen Gegenstand, der im Wohnzimmer von *Hamborough Close* völlig fehl am Platz war! Sie waren die einzige Person, die sich im Wohnzimmer aufhielt, als der sogenannte Schuß fiel. Der Trick mit der Papiertüte gehörte zu jenen, die auf eine Frau hinweisen – ein sehr einfallsreicher, aber doch primitiver Kniff. Damit paßte alles zusammen: der Versuch, den Verdacht auf Hugo zu lenken und ihn von Ruth fernzuhalten, die Art, in der das Verbrechen durchgeführt wurde – und das Motiv!«
»Sie kennen das Motiv?«
»Ich glaube, daß ich es kenne. Ruths Glück – das war das Motiv! Wahrscheinlich hatten Sie sie mit John Lake zusammen gesehen – Sie wußten, wie es um die beiden stand. Ferner war es für Sie einfach, sich Zugang zu Sir Gervases Papie-

ren zu verschaffen, und dabei stießen Sie auf den Entwurf des neuen Testaments, mit dem Ruth enterbt werden sollte, falls sie nicht Hugo Trent heiratete. Das gab den Anstoß für Sie, das Recht in Ihre Hände zu nehmen, indem Sie die Tatsache ausnutzten, daß Sir Gervase mir bereits geschrieben hatte. Wahrscheinlich sahen Sie einen Durchschlag dieses Briefes. Welche verworrenen Gefühle, welches Mißtrauen und welche Angst ihn ursprünglich zu diesem Brief veranlaßten, weiß ich nicht. Er muß den Verdacht gehabt haben, daß entweder Burrows oder Lake ihn systematisch betrog. Seine Ungewißheit im Hinblick auf Ruths Empfindungen veranlaßten ihn, private Nachforschungen anstellen zu lassen. Diese Tatsache nutzten Sie aus; Sie bereiteten alles so vor, daß es wie Selbstmord aussah, und bestärkten diese Vermutung noch durch Ihre Behauptung, Sir Gervase wäre wegen irgendeiner Sache, die mit Hugo Trent in Zusammenhang stünde, sehr besorgt gewesen. Sie schickten mir ein Telegramm, berichteten jedoch, Sir Gervase hätte gesagt, daß ich doch ›zu spät‹ käme.«
Heftig sagte Miss Lingard: »Gervase Chevenix-Gore war ein Tyrann, ein Snob und ein Windbeutel! Ich wollte verhindern, daß er Ruths Glück zerstörte.«
Behutsam sagte Poirot: »Ruth ist Ihre Tochter?«
»Ja – sie ist meine Tochter. Ich habe immer an sie denken müssen. Als ich hörte, daß Sir Gervase Chevenix-Gore jemanden suchte, der ihm bei der Abfassung einer Familiengeschichte hülfe, habe ich die Chance sofort ergriffen. Ich war so neugierig, meine – meine Tochter wiederzusehen. Ich wußte, daß Lady Chevenix-Gore mich nicht wiedererkennen würde. Alles lag schon Jahre zurück – ich war damals jung und hübsch gewesen, und außerdem hatte ich nach der Sache einen anderen Namen angenommen. Außerdem ist Lady Chevenix-Gore zu unsicher, um sich irgendeiner Geschichte genau zu entsinnen. Sie mag ich gern, aber die Familie Chevenix-Gore hasse ich. Wie Dreck hat man mich hier behandelt. Und dann wollte Gervase mit seinem Hochmut und seiner Angeberei auch noch Ruths Glück zerstören. Aber jetzt wird sie glücklich werden – wenn sie nie etwas über mich erfährt!«
Es war keine Frage, sondern eine Bitte.
Poirot nickte leicht.
»Von mir wird niemand irgend etwas erfahren.«
Ruhig sagte Miss Lingard: »Vielen Dank.«

Später, als die Polizei gekommen und wieder verschwunden war, entdeckte Poirot nicht nur Ruth, sondern auch ihren Mann im Garten.
Herausfordernd sagte sie: »Haben Sie wirklich geglaubt, ich sei es gewesen, Monsieur Poirot?«
»Ich wußte, Madame, daß Sie es gar nicht gewesen sein konnten – wegen der Herbstastern.«
»Wegen der Herbstastern? Das verstehe ich nicht.«
»Madame, auf dem Beet befanden sich vier Fußabdrücke – und zwar nur vier Fußabdrücke. Wenn Sie Blumen geschnitten hatten, mußten sich viel mehr dort befinden. Das bedeutete, daß irgend jemand zwischen Ihrem ersten und Ihrem zweiten Aufsuchen des Beetes sämtliche Fußabdrücke beseitigt hatte. Und das wiederum konnte nur die schuldige Person getan haben. Da Ihre Fußabdrücke jedoch noch vorhanden waren, konnten Sie diese schuldige Person nicht sein. Ganz automatisch waren Sie von jedem Verdacht befreit.«
Ruths Gesicht verlor seine Düsternis.
»Ach, jetzt verstehe ich. Sie wußten also – wahrscheinlich ist es entsetzlich, aber diese arme Frau tut mir doch ziemlich leid. Schließlich hat sie doch alles gestanden, damit ich nicht verhaftet würde – oder jedenfalls waren das ihre Überlegungen. Und in gewisser Weise war das von ihr sehr – sehr anständig. Ich finde es einfach fürchterlich, wenn ich mir vorstelle, daß sie jetzt wegen Mordes vor Gericht gestellt wird.«
Behutsam sagte Poirot: »Quälen Sie sich doch nicht so! Dazu wird es gar nicht kommen. Der Arzt hat mir erzählt, daß sie ein sehr ernstes Herzleiden hätte. Sie wird nur noch wenige Wochen leben.«
»Darüber bin ich sehr froh.« Ruth pflückte einen Herbstkrokus und preßte ihn gedankenlos gegen ihr Gesicht.
»Die arme Frau. Aber interessieren würde mich doch, warum sie es eigentlich getan hat . . .«

Das Erbe der Familie Lemesurier

Gar manchen seltsamen Fall haben Poirot und ich gemeinsam untersucht. Aber wohl keiner konnte sich mit der Reihe außergewöhnlicher Ereignisse messen, die unser Interesse durch viele Jahre hindurch wachhielten und letzten Endes ihren Höhepunkt in einem Problem erreichten, zu dessen Lösung man Poirot heranzog.

Zuerst wurde unsere Aufmerksamkeit an einem Abend während des Krieges auf die Familiengeschichte der Lemesuriers gelenkt. Poirot und ich waren erst kürzlich wieder zusammengetroffen und eifrig dabei, unsere alte, in Belgien geschlossene Bekanntschaft zu erneuern. Er hatte gerade eine Angelegenheit für das Kriegsministerium zur vollen Zufriedenheit der Herren erledigt, und wir speisten an jenem Abend im *Carlton* mit einem der hohen Tiere, der Poirot im Verlauf der Mahlzeit mit fetten Komplimenten überschüttete. Der Beamte mußte frühzeitig aufbrechen, da er noch eine andere Verabredung hatte, und wir tranken in aller Gemütsruhe unseren Kaffee, ehe wir seinem Beispiel folgten.

Gerade, als wir den Raum verließen, hörte ich, wie jemand meinen Namen rief. Die Stimme kam mir bekannt vor. Ich drehte mich um, und mein Blick fiel auf einen jungen Offizier, den ich von Frankreich her kannte, einen Captain Vincent Lemesurier, der mit einem älteren Herrn zusammen am Tisch saß. Die auffallende Ähnlichkeit der beiden ließ auf Verwandtschaft schließen – eine Vermutung, die sich als richtig erwies, denn der ältere Herr wurde uns als Hugo Lemesurier, ein Onkel meines jungen Freundes, vorgestellt.

Meine Bekanntschaft mit Captain Lemesurier war durchaus nicht intimer Natur, aber er war ein netter, etwas verträumter junger Mann, und ich erinnerte mich, einmal gehört zu haben, daß er einer alten, exklusiven Familie angehörte, die eine aus den Zeiten vor der Reformation stammende Besitzung in Northumberland hatte. Der junge Mann lud uns an seinen Tisch ein. Da Poirot und ich nichts anderes vorhatten, setzten wir uns zu unseren neugefundenen Freunden und plauderten ganz angenehm über dieses und jenes. Der ältere Lemesurier, der ungefähr vierzig Jahre alt war, hatte eine etwas gebeugte Haltung und sah aus wie ein Gelehrter. Wir erfuhren, daß er im Augenblick mit chemischen Forschungsarbeiten für die Regierung beschäftigt war.

Unsere Unterhaltung wurde von einem großen, dunkelhaarigen jungen Mann unterbrochen, der in sichtlicher Aufregung auf unseren Tisch zukam.
»Gott sei Dank, daß ich euch beide gefunden habe!« rief er aus.
»Was ist denn nur los, Roger?«
»Dein alter Herr, Vincent. Unglücklicher Sturz. Junges Pferd.«
Der Rest der Worte entging uns, da er Vincent beiseite zog.
Nach wenigen Minuten verabschiedeten sich unsere beiden Freunde in großer Eile von uns; denn Vincent Lemesuriers Vater hatte beim Einreiten eines jungen Pferdes einen schweren Unfall erlitten, und man glaubte nicht, daß er die Nacht überstehen würde. Vincent war beim Empfang der Nachricht leichenblaß geworden und schien wie betäubt zu sein. Darüber war ich eigentlich ein wenig erstaunt; denn den paar Worten, die er in Frankreich über seine Familie fallen ließ, hatte ich entnommen, daß er sich mit seinem Vater nicht sonderlich gut verstand. Ich konnte mir daher seine scheinbare Ergriffenheit nicht erklären.
Der dunkelhaarige junge Mann, der uns als Vetter Roger Lemesurier vorgestellt worden war, blieb bei uns, und wir gingen langsam zusammen hinaus.
»Etwas seltsam, das Ganze«, bemerkte der junge Mann. »Es würde vielleicht Monsieur Poirot interessieren. Ich habe nämlich von Ihnen gehört, Monsieur Poirot – und zwar durch Higginson.« (Higginson war unser Freund, das hohe Tier aus dem Kriegsministerium.) »Er behauptet, Sie seien auf dem Gebiete der Psychologie geradezu ein Phänomen.«
»Ich befasse mich allerdings etwas mit Psychologie«, gab mein Freund vorsichtig zu.
»Haben Sie das Gesicht meines Vetters beobachtet? Die Nachricht hat ihn doch geradezu umgeworfen, nicht wahr? Und wissen Sie, warum? Weil ein richtiger altmodischer Familienfluch auf den Lemesuriers lastet. Interessiert Sie das?«
»Sehr liebenswürdig von Ihnen, wenn Sie mir davon erzählen wollen.«

Roger Lemesurier blickte auf seine Uhr.
»Noch sehr viel Zeit. Ich treffe meine Verwandten am Bahnhof King's Cross. Die Lemesuriers sind eine alte Familie, Monsieur Poirot. Im Mittelalter überraschte ein Lemesurier seine Frau in einer verfänglichen Situation, die seinen Verdacht gegen sie erregte. Sie beschwor ihre Unschuld. Aber der alte Baron Hugo hörte nicht auf sie. Sie hatte ein Kind, einen Sohn, und der Baron schwor, der Junge sei nicht sein Kind und solle ihn niemals beerben. Ich weiß nicht mehr, was dann passierte. Wahrscheinlich hatte er eine jener neckischen mittelalterlichen Ideen und mauerte Mutter und Sohn lebendig ein. Jedenfalls brachte er sie alle beide um. Sterbend beteuerte seine Frau ihre Unschuld und verfluchte feierlichst die Lemesuriers bis in alle Ewigkeit. Kein erstgeborener Sohn eines Lemesurier sollte je sein Erbe antreten – so lautete der Fluch. Nach geraumer Zeit wurde die Unschuld der Dame einwandfrei bewiesen. Hugo zog sich daraufhin ein Büßerhemd an und beendete seine Tage auf den Knien in einer Mönchszelle. Merkwürdig aber ist, daß bis auf den heutigen Tag kein Erstgeborener je den Familienbesitz übernommen hat. Geerbt haben stets Brüder, Neffen, zweite Söhne – niemals aber der Älteste. Vincents Vater war der zweite von fünf Söhnen; der älteste starb als Kind. Durch den ganzen Krieg hindurch war Vincent natürlich felsenfest davon überzeugt, daß er nicht lebend aus dem Schlamassel herauskommen würde. Merkwürdigerweise fielen jedoch seine beiden jüngeren Brüder, während er selbst mit heiler Haut davonkam.«
»Eine interessante Familiengeschichte«, sagte Poirot nachdenklich. »Aber jetzt liegt sein Vater im Sterben, und er als der älteste Sohn erbt doch, nicht wahr?«
»Stimmt. Der Fluch ist anscheinend rostig geworden, ist wohl den zersetzenden Einflüssen des modernen Lebens nicht gewachsen.«
Poirot gefiel der scherzende Ton des anderen nicht, und er schüttelte mißbilligend den Kopf. Roger Lemesurier blickte wieder auf die Uhr und erklärte, er müsse sich nun beeilen.

Damit war aber die Geschichte keineswegs zu Ende. Am nächsten Morgen erreichte uns die Nachricht von Vincent Lemesuriers tragischem Tod. Er war mit dem schottischen Expreß nach Norden gereist und muß in der Nacht die Abteiltür ge-

öffnet haben und hinausgesprungen sein. Man nahm an, daß der Schock über den Tod seines Vaters und eine im Kriege erlittene Nervenerschütterung eine zeitweilige geistige Umnachtung verursacht hatten. Der seltsame in der Familie herrschende Aberglaube wurde auch erwähnt in Verbindung mit dem neuen Erben, dem Bruder seines Vaters, Ronald Lemesurier, dessen einziger Sohn im Krieg gefallen war.
Unser zufälliges Zusammentreffen mit dem jungen Vincent am letzten Abend seines Lebens mußte wohl unser Interesse an allen Ereignissen in der Familie Lemesurier geschärft haben; denn zwei Jahre später lasen wir mit ziemlicher Anteilnahme die Nachricht vom Tode Ronald Lemesuriers, der bereits vor dem Antritt des Familienerbes immer gekränkelt hatte. Erbe wurde sein Bruder John, ein gesunder, rüstiger Mann, der einen Jungen in Eton hatte.
Ganz gewiß warf ein böses Geschick seine dunklen Schatten über die Lemesuriers; denn schon in den nächsten Ferien brachte es dieser Junge fertig, sich mit einer Jagdflinte tödlich zu verletzen. Dann starb sein Vater ganz plötzlich an den Folgen eines Wespenstiches, und damit gelangte der Besitz in die Hände des jüngsten der fünf Brüder – Hugo, den wir ja an jenem verhängnisvollen Abend im *Carlton* getroffen hatten.
Wir hatten die zahlreichen merkwürdigen Unglücksfälle der Familie Lemesurier wohl besprochen, aber darüber hinaus kein persönliches Interesse daran genommen. Die Zeit war jedoch nicht mehr fern, wo wir eine aktivere Rolle spielen sollten.

Eines Morgens ließ sich Mrs. Lemesurier bei uns melden. Sie war eine große, energische Frau von etwa dreißig Jahren, deren ganzes Auftreten sehr viel Entschlossenheit und einen ausgeprägten gesunden Menschenverstand verriet. Sie sprach mit einem etwas amerikanischen Akzent.
»Monsieur Poirot? Es freut mich, Sie kennenzulernen. Mein Mann, Hugo Lemesurier, ist Ihnen einmal vor vielen Jahren begegnet, aber Sie werden sich wahrscheinlich seiner nicht entsinnen.«
»Aber ganz genau, Madame. Es war im *Carlton*.«
»Sie haben ja ein fabelhaftes Gedächtnis, Monsieur Poirot. Ich komme heute zu Ihnen, weil ich mir ziemliche Sorgen mache.«
»Worüber, Madame?«
»Mein ältester Junge – ich habe nämlich zwei Söhne. Ronald

ist acht und Gerald sechs –«
»Fahren Sie fort, Madame. Warum machen Sie sich Sorgen um den kleinen Ronald?«
»Monsieur Poirot, innerhalb der letzten sechs Monate ist er dreimal um Haaresbreite dem Tod entronnen. Einmal wäre er fast ertrunken. Das war diesen Sommer, als wir alle unten in Cornwall waren. Das zweitemal fiel er aus dem Fenster des Kinderzimmers, und das drittemal hatte er Fischvergiftung.«
Vielleicht spiegelte Poirots Gesicht seine Gedanken ein wenig zu deutlich wider; denn Mrs. Lemesurier fuhr fast ohne Pause fort:
»Ich weiß natürlich, daß Sie mich für eine sehr törichte Frau halten, die aus einer Mücke einen Elefanten macht.«
»Durchaus nicht, Madame. Man kann es jeder Mutter nachfühlen, wenn sie sich über solche Vorkommnisse aufregt. Aber es ist mir nicht ganz klar, was ich dabei tun kann. Ich bin nicht der liebe Gott, der den Wogen gebietet; für das Kinderzimmerfenster möchte ich ein eisernes Gitter vorschlagen, und was das Essen anbelangt, nun, was kommt schon der Sorgfalt einer Mutter gleich?«
»Aber warum passiert dieses alles nur Ronald und nicht Gerald?«
»Zufall, Madame – *le hasard!*«
»Glauben Sie?«
»Was halten Sie selbst denn davon, Madame – Sie und Ihr Mann?«
Ein Schatten glitt über Mrs. Lemesuriers Gesicht.
»Es hat keinen Sinn, Hugo damit zu kommen. Er hört einfach nicht auf mich. Wie Sie vielleicht wissen, soll ein Fluch auf der Familie ruhen – kein ältester Sohn kann erben. Hugo glaubt fest daran. Er steht ganz im Banne der Familiengeschichte und ist abergläubisch bis dorthinaus. Wenn ich mit meinen Befürchtungen zu ihm komme, sagt er einfach: ›Es ist der Fluch, und wir können ihm nicht entrinnen.‹ Ich aber stamme aus den Vereinigten Staaten, Monsieur Poirot, und drüben glauben wir nicht unbedingt an Flüche. Wir sind zwar der Ansicht, daß sie zu einer wirklich erstklassigen alten Familie gehören, und in dem Sinne lieben wir sie. Sie geben der Familie ein gewisses Gepräge, nicht wahr? Ich war nur eine Schauspielerin mit einer kleinen Rolle in einer musikalischen Komödie, als ich Hugo kennenlernte, und ich war natürlich von dem

Familienfluch restlos begeistert. Darüber läßt sich an Winterabenden am lodernden Kaminfeuer gut plaudern. Aber wenn es sich um die eigenen Kinder handelt, hört der Spaß auf. Ich hänge nämlich sehr an meinen Kindern, Monsieur Poirot, und würde alles für sie tun.«

»Sie lehnen also die Familienlegende ohne weiteres ab, Madame?«

»Kann eine Legende einen Efeustamm durchsägen?«

»Was sagen Sie da, Madame?«

»Ich sagte: kann eine Legende – oder ein Geist, wenn Sie wollen – einen Efeustamm durchsägen? Von der Angelegenheit in Cornwall ganz zu schweigen. Jeder Junge kann sich mal zu weit hinauswagen und in Schwierigkeiten geraten – obwohl Ronald schon seit seinem vierten Lebensjahr schwimmen kann. Aber der Efeu – das ist doch etwas anderes. Beide Jungen waren sehr ungezogen. Seitdem sie entdeckt hatten, daß sie am Efeu auf und ab klettern konnten, benahmen sie sich wie die Affen im Urwald. Trotz aller Warnungen. Aber der Krug geht so lange zum Wasser, bis er bricht. Eines Tages gab der Efeu nach, und Ronald stürzte hinunter – Gerald war damals gerade nicht zu Hause. Gott sei Dank trug Ronald keine ernsten Verletzungen davon. Aber ich ging hinaus und untersuchte den Efeu: der Stamm war durchgesägt, Monsieur Poirot, vorsätzlich durchgesägt.«

»Was Sie mir da erzählen, Madame, ist sehr ernst. Und Ihr jüngerer Sohn war zu der Zeit nicht da?«

»Nein.«

»Und zur Zeit der Fischvergiftung, war er da auch noch fort?«

»Nein, da waren sie alle beide zu Hause.«

»Merkwürdig«, murmelte Poirot. »Nun sagen Sie mir, Madame, wer gehört alles zu Ihrem Haushalt?«

»Miss Saunders, die Erzieherin der Kinder, und John Gardiner, der Sekretär meines Mannes.«

Hier machte Mrs. Lemesurier eine kleine Pause, als sei sie etwas verlegen.

»Und wer sonst noch, Madame?«

»Major Roger Lemesurier, den Sie – soviel ich weiß – auch kennengelernt haben, besucht uns häufig.«

»Ach ja, er ist ein Vetter, nicht wahr?«

»Ein entfernter Verwandter. Er gehört nicht zu unserem Zweig der Familie. Immerhin ist er jetzt wohl der nächste Verwandte meines Mannes. Er ist ein netter Kerl, und wir mögen ihn alle sehr gern. Die Jungen sind geradezu begeistert von ihm.«

»Hat er ihnen etwa gezeigt, wie man den Efeu hinaufklettert?«

»Kann sein. Er verleitet sie oft genug zu Streichen.«

»Madame, ich nehme zurück, was ich zu Beginn unserer Unterhaltung gesagt habe. Es ist doch eine wirkliche Gefahr vorhanden, und ich glaube, daß ich Ihnen helfen kann. Ich möchte vorschlagen, daß Sie uns beide zu sich einladen. Ihr Gatte hat wohl nichts dagegen, wie?«

»O nein. Aber er wird es für völlig zwecklos halten. Es bringt mich zur Verzweiflung, daß er einfach dasitzt und mit dem Tode des Kindes rechnet.«

»Beruhigen Sie sich, Madame. Wir wollen ganz methodisch zu Werke gehen.«

Unsere Vorbereitungen wurden mit der üblichen Sorgfalt getroffen, und am nächsten Tag saßen wir im Zug auf dem Weg nach Northumberland. Poirot war zunächst tief in Gedanken versunken. Plötzlich kehrte er zur Wirklichkeit zurück mit der abrupten Bemerkung:

»Und aus diesem Zug soll Vincent Lemesurier gesprungen sein?«

Da er das Wort »gesprungen« leicht betonte, fragte ich:

»Sie vermuten doch nicht etwa eine Schurkerei?«

»Ist es Ihnen nicht aufgefallen, Hastings, daß einige der Todesfälle der Lemesuriers – sagen wir mal – gut arrangiert sein konnten? Denken Sie zum Beispiel an Vincent. Dann der Eton-Junge – ein Gewehrunfall ist immer eine etwas dunkle Angelegenheit! Und wäre der kleine Ronald beim Sturz aus dem Fenster umgekommen – was könnte natürlicher und unverdächtiger sein? Aber warum nur *ein* Kind, Hastings? Wer profitiert durch den Tod des ältesten Sohnes? Sein jüngerer Bruder, ein Kind von sieben Jahren! Absurd!«

»Sie werden den anderen später beiseite schaffen wollen«, deutete ich an, obgleich ich nicht die blasseste Ahnung hatte, wer »sie« sein mochten.

Poirot schüttelte den Kopf, als befriedige ihn die Erklärung nicht.

»Fischvergiftung«, sagte er nachdenklich. »Atropin bringt fast dieselben Symptome hervor. Ja, unsere Anwesenheit ist nicht ganz überflüssig, wie mir scheint.«

Mrs. Lemesurier hieß uns herzlich willkommen. Dann brachte sie uns zu ihrem Mann ins Studierzimmer und zog sich zurück. Hugo Lemesurier hatte sich sehr verändert seit unserem letzten Zusammentreffen. Die Schultern waren noch mehr gebeugt, und sein Gesicht hatte eine eigenartige blaßgraue Tönung. Er hörte geduldig zu, als Poirot unsere Anwesenheit im Hause erklärte.

»Das ist mal wieder so ganz Sadie mit ihrem praktischen Menschenverstand!« sagte er schließlich. »Bleiben Sie nur, Monsieur Poirot; ich danke Ihnen für Ihr Kommen. Aber was geschrieben steht, steht geschrieben. Der Weg des Missetäters ist hart. Wir Lemesuriers wissen es – keiner von uns kann dem Verhängnis entfliehen.«

Poirot erwähnte den zersägten Efeu, aber das schien keinen Eindruck auf Hugo zu machen.

»Zweifellos ein nachlässiger Gärtner – ja, ja, ein Instrument der Vorsehung. Aber der verborgene Zweck ist deutlich zu erkennen. Und noch eins, Monsieur Poirot, es läßt sich nicht mehr lange hinauszögern.«

Poirot blickte ihn aufmerksam an.

»Warum sagen Sie das?«

»Weil ich selbst dem Ende nahe bin. Letztes Jahr konsultierte ich meinen Arzt. Ich leide an einer unheilbaren Krankheit – es wird nicht mehr lange dauern. Aber bevor ich sterbe, wird uns Ronald genommen werden. Gerald wird der Erbe sein.«

»Und wenn Ihrem zweiten Sohn auch etwas passieren sollte?«

»Ihm wird nichts passieren; er ist nicht bedroht.«

»Aber es könnte doch sein!« beharrte Poirot.

»Dann ist mein Vetter Roger der nächste Erbe.«

Wir wurden unterbrochen. Ein großer Mann mit guter Figur und krausem rötlichem Haar trat ein mit einem Bündel Papiere in der Hand.

»Später, Gardiner«, sagte Hugo Lemesurier und fügte hinzu: »Mein Sekretär, Mr. Gardiner.«

Der Sekretär machte eine Verbeugung, sprach ein paar passende Worte und ging wieder hinaus. Trotz seines guten Aussehens hatte er etwas Abstoßendes an sich. Kurz danach, als Poirot und ich zusammen den schönen alten Park durchstreif-

ten, sprach ich mit ihm über diesen Eindruck. Zu meiner Überraschung stimmte er mir zu.
»Ja, ja, Hastings, Sie haben recht. Ich mag ihn auch nicht. Er sieht zu gut aus. Das ist einer, der weiß, wo Barthel den Most holt. Aha, hier sind die Kinder!«
Mrs. Lemesurier kam mit ihren beiden Kindern auf uns zu. Es waren hübsche Jungen, der jüngere dunkel wie seine Mutter, der ältere ein rothaariger Krauskopf. Sie gaben uns höflich die Hand und waren bald Feuer und Flamme für Poirot. Dann wurden wir noch Miss Saunders, einem ziemlich unscheinbaren Wesen, vorgestellt, die sich bis dahin im Hintergrund gehalten hatte.

Einige Tage lang führten wir ein angenehmes, unbeschwertes Dasein – natürlich stets auf der Hut, aber es passierte nichts. Die Jungen lebten glücklich und normal dahin, und alles schien in bester Ordnung. Am vierten Tage nach unserer Ankunft erschien Major Roger Lemesurier zu Besuch. Er hatte sich kaum verändert, war immer noch so sorglos und freundlich wie früher und nahm in alter Gewohnheit alle Dinge auf die leichte Achsel. Offenbar hatte er bei den Jungen einen großen Stein im Brett; denn sie begrüßten seine Ankunft mit einem Freudengeheul und schleppten ihn gleich mit in den Garten zum Indianerspielen. Ich merkte, daß Poirot ihnen unauffällig folgte.
Am nächsten Tag waren wir alle, auch die Jungen, bei Lady Claygate, einer Nachbarin der Lemesuriers, zum Tee eingeladen. Poirot jedoch lehnte es ab, mitzukommen, und erklärte, er bleibe viel lieber zu Hause.
Sobald alle fort waren, machte er sich ans Werk, wobei er mich lebhaft an einen intelligenten Terrier erinnerte. Ich glaube, es blieb im ganzen Hause wohl kein Winkel unerforscht. Und doch ging alles so ruhig und methodisch vor sich, daß niemand auf sein Gebaren aufmerksam wurde. Aber seine Bemühungen waren ergebnislos. Wir tranken unseren Tee auf der Terrasse mit Miss Saunders, die von Lady Claygate nicht mit eingeladen worden war.
»Die Jungen werden ja ihren Spaß haben«, murmelte sie in ihrer verblichenen Art, »aber hoffentlich werden sie sich gut aufführen und nicht die Blumenbeete ramponieren oder zu nahe an die Bienen gehen –«

Poirot hielt mitten im Trinken inne und sah aus wie jemand, der einen Geist gesehen hat.
»Bienen?« fragte er mit Donnerstimme.
»Ja, Monsieur Poirot, Bienen. Drei Körbe. Lady Claygate ist sehr stolz auf ihre Bienen –«
»Bienen?« rief Poirot noch einmal. Dann sprang er vom Tisch auf und ging, heftig gestikulierend, auf der Terrasse hin und her. Ich konnte mir nicht vorstellen, warum der kleine Mann bei dem bloßen Wort »Bienen« in eine solche Aufregung geriet.
Bald darauf hörten wir das Auto zurückkommen. Poirot war bereits an der Haustür, als die anderen ausstiegen.
»Ronald ist gestochen worden!« rief Gerald erregt.
»Es ist aber nicht so schlimm«, sagte Mrs. Lemesurier. »Es ist nicht einmal geschwollen. Wir tun gleich Salmiakgeist darauf.«
»Laß mich mal sehen, kleiner Mann«, meinte Poirot. »Wo hat dich die Biene denn gestochen?«
»Hier am Hals«, erklärte Ronald wichtig. »Aber es tut nicht weh. Vater sagte: ›Halt mal still – da sitzt 'ne Biene auf deinem Hals.‹ Ich habe fein stillgehalten, und Vater nahm sie fort, aber sie stach mich erst noch, obwohl es nicht richtig weh tat, es war wie ein Nadelstich, und ich habe nicht geweint, weil ich ein großer Junge bin und nächstes Jahr ins Internat komme.«
Poirot untersuchte den Hals des Jungen. Dann nahm er mich beiseite und murmelte:
»Heute nacht, mein Freund, wird etwas geschehen. Aber Mund halten – allen gegenüber!«
Mehr wollte er nicht verraten, und ich brannte den ganzen Abend vor Neugierde. Er zog sich früh zurück, und ich folgte seinem Beispiel. Als wir nach oben gingen, nahm er mich beim Arm und erteilte mir Instruktionen:
»Ziehen Sie sich nicht aus. Warten Sie lange genug. Löschen Sie Ihr Licht, und kommen Sie zu mir ins Zimmer.«
Ich folgte seinen Anordnungen und fand ihn auf mich wartend, als die Zeit kam. Er brachte mich mit einer Geste zum Schweigen, und wir schlichen uns ganz leise zu dem Flügel des Hauses, in dem die Kinder untergebracht waren. Ronald hatte ein kleines Zimmer für sich. Wir traten behutsam ein und suchten uns die dunkelste Ecke als Versteck aus. Das Kind at-

mete schwer und ungestört.
»Er schläft ziemlich fest, finden Sie nicht?« flüsterte ich.
Poirot nickte.
»Schlafmittel«, murmelte er.
»Warum?«
»Damit er nicht aufschreit bei –«
»Wobei?« fragte ich, als Poirot innehielt.
»Beim Stich der Spritze, *mon ami!* Ruhig! Wir wollen lieber nicht sprechen, obwohl so bald noch nichts geschehen wird.«
Darin hatte sich Poirot aber getäuscht. Kaum waren zehn Minuten verstrichen, als sich die Tür leise öffnete und jemand vorsichtig das Zimmer betrat. Man hörte schnelles, hastiges Atmen. Schritte bewegten sich zum Bett. Dann gab's plötzlich einen Knacks, und das Licht einer kleinen Taschenlampe fiel auf das schlafende Kind, während das Gesicht des Eindringlings im Schatten nicht erkennbar war. Er legte die Taschenlampe beiseite. Mit der rechten Hand zog er eine Spritze hervor, mit der linken berührte er den Hals des Jungen –
Poirot und ich sprangen gleichzeitig zu. Die Taschenlampe rollte auf den Boden, und wir kämpften mit dem Eindringling im Dunkeln. Er besaß eine ungeheure Kraft, aber schließlich gelang es uns, ihn zu überwältigen.
»Das Licht, Hastings, ich muß sein Gesicht sehen, obgleich ich fürchte, daß meine schlimmsten Ahnungen bestätigt werden.«
Auch ich weiß, wer es ist, dachte ich, als ich nach der Taschenlampe tastete. Vorübergehend hatte ich den Sekretär in Verdacht gehabt. Daran war wohl meine heimliche Abneigung gegen diesen Mann schuld. Aber dann war ich überzeugt, daß Vetter Roger, der durch den Tod der beiden kleinen Jungen profitierte, das Ungeheuer war, das wir zur Strecke gebracht hatten.
Ich stieß mit dem Fuß gegen die Taschenlampe, hob sie auf und knipste das Licht wieder an. Es schien voll auf das Gesicht von – Hugo Lemesurier, dem Vater des Jungen!
Die Taschenlampe fiel mir beinahe aus der Hand.
»Unmöglich«, rief ich, »unmöglich!«
Lemesurier war bewußtlos. Poirot und ich trugen ihn in sein Zimmer und legten ihn aufs Bett. Poirot beugte sich über ihn und zog sanft etwas aus seiner rechten Hand. Er zeigte es mir. Es war die Injektionsspritze. Mich schauderte.
»Was enthält sie? Gift?«

»Ameisensäure, vermutlich.«
»Ameisensäure?«
»Ja. Wahrscheinlich durch Destillation von Ameisen erlangt. Er war ja Chemiker, wie Sie wissen. Den Tod hätte man dem Bienenstich zugeschrieben.«
»Mein Gott«, murmelte ich, »sein eigener Sohn! Und Sie haben das erwartet?«
Poirot nickte ernst.
»Ja. Er ist natürlich wahnsinnig. Wahrscheinlich ist die Familiengeschichte bei ihm zur Manie geworden. Sein intensives Verlangen nach dem Familienbesitz hat ihn dazu verleitet, die lange Reihe von Verbrechen zu begehen. Möglicherweise kam ihm die Idee zuerst, als er mit Vincent in jener Nacht nach Norden fuhr. Er konnte es nicht ertragen, daß die Prophezeiung falsch sein sollte. Ronalds Sohn war schon tot, und Ronald selbst ein sterbender Mann – es ist ein schwächliches Geschlecht. Dann arrangierte er den Unfall mit dem Gewehr und – das ist mir erst in dieser Nacht klargeworden – bewirkte den Tod seines Bruders John, indem er ihm Ameisensäure in die Schlagader spritzte, was er ja heute bei seinem Sohn auch vorhatte. Sein Ehrgeiz war damit erfüllt, und er wurde Herr der Familiengüter. Sein Triumph war jedoch von kurzer Dauer – es stellte sich heraus, daß er an einer unheilbaren Krankheit litt. Wie alle Wahnsinnigen war er von einer fixen Idee besessen – der älteste Sohn eines Lemesurier kann das väterliche Erbe nicht antreten. Ich vermute, daß er auch an dem Badeunfall schuld war – er ermutigte das Kind, sich zu weit hinauszuwagen. Als das nicht glückte, sägte er den Efeu durch und vergiftete schließlich das Essen des Kindes.«
»Teuflisch!« murmelte ich, und ein eiskalter Schauer lief mir den Rücken hinab. »Und so raffiniert geplant!«
»Ja, mein Freund, es gibt nichts Erstaunlicheres als die außerordentlich scharfe Logik der Geistesgestörten. Es sei denn die außergewöhnliche Überspanntheit der geistig Normalen. Ich denke mir, er hat erst kürzlich die Grenzlinie völlig überschritten; zuerst hatte sein Wahnsinn noch Methode.«
»Und wenn ich daran denke, daß ich Roger in Verdacht hatte! Diesen prächtigen Kerl.«
»Es war eine ganz natürliche Vermutung, *mon ami*. Wir wußten, daß auch er mit Vincent in jener Nacht nach Norden reiste. Wir wußten ebenfalls, daß er der nächste Erbe nach Hugo

und Hugos Kindern war. Aber unsere Annahme war nicht durch Tatsachen gestützt. Der Efeu war durchgesägt, als nur der kleine Ronald zu Hause war – aber es wäre in Rogers Interesse gewesen, wenn beide Kinder umkamen. Ebenso war es nur Ronalds Essen, das vergiftet war. Und heute, als sie nach Hause kamen und ich entdeckte, daß wir nur des Vaters Wort dafür hatten, daß Ronald gestochen war, kam mir der andere Tod durch einen Wespenstich in den Sinn – und da fielen mir die Schuppen von den Augen.«

Hugo starb einige Monate später in einer Privatheilanstalt, in die man ihn gebracht hatte. Seine Witwe heiratete ein Jahr später Mr. Gardiner, den rotgelockten Sekretär. Ronald erbte die Äcker seines Vaters, und es geht ihm glänzend.

»Na«, sagte ich zu Poirot, »wieder mal eine Illusion dahin! Sie haben mit großem Erfolg dem Fluch der Lemesuriers den Garaus gemacht.«

»Ich weiß nicht recht«, sagte Poirot nachdenklich. »Ich weiß es wirklich nicht.«

»Was soll das heißen?«

»Mon ami, ich werde Ihre Frage mit einem bedeutsamen Wort beantworten – rot!«

»Blut?« fragte ich und ließ meine Stimme zu einem erschreckten Geflüster hinabsinken.

»Immer diese dramatische Phantasie, Hastings! Ich habe an etwas viel Prosaischeres gedacht – nämlich an die Haarfarbe des kleinen Ronald Lemesurier.«

Die mysteriöse Angelegenheit in Cornwall

»Mrs. Pengelley«, meldete unsere Wirtin und zog sich diskret zurück.

Poirot wurde zwar von den unwahrscheinlichsten Personen konsultiert, aber diese Frau, die am Türrahmen lehnte und nervös mit ihrer Federboa spielte, übertrumpfte sie alle, weil sie ein so ausgesprochener Durchschnittstyp war. Sie war eine dünne verblichene Frau von etwa fünfzig Jahren. Auf ihrem grauen Haar thronte ein selten unkleidsamer Hut. Dazu trug sie einen mit Litzen besetzten Mantel und etwas altmodischen Goldschmuck um den Hals. In den Straßen eines Landstädtchens konnte man einer Frau wie Mrs. Pengelley hundertmal am Tag begegnen.

Poirot ging auf sie zu und begrüßte die offenbar verlegene Frau mit ein paar freundlichen Worten.

»Madame, nehmen Sie bitte Platz. Dies ist mein Kollege, Captain Hastings.«

Die Dame setzte sich und fragte etwas unsicher: »Sie sind also Monsieur Poirot, der Detektiv?«

»Zu Ihren Diensten, Madame.«

Aber unser Gast konnte noch immer keine Worte finden. Sie seufzte, spielte mit ihren Fingern, und ihr Gesicht wurde von Sekunde zu Sekunde röter.

»Kann ich irgend etwas für Sie tun, Madame?«

»Ja, ich dachte – das heißt – sehen Sie –«

»Genieren Sie sich nicht, Madame, Sie können mir alles sagen.«

Nach diesen aufmunternden Worten gab sich Mrs. Pengelley einen Stoß.

»Die Sache ist so, Monsieur Poirot – ich möchte nichts mit der Polizei zu tun haben. Nein, um keinen Preis möchte ich zur Polizei gehen. Aber ich bin in sehr großer Bedrängnis. Und doch weiß ich nicht, ob ich –«

Sie brach unvermittelt ab.

»Seien Sie unbesorgt. Ich habe nichts mit der Polizei zu schaffen. Meine Untersuchungen sind streng privat.«

»Ja, privat« – Mrs. Pengelley klammerte sich förmlich an das Wort –, »ich will kein Gerede, kein Aufhebens, keine Schreibereien in den Zeitungen. Geradezu sündhaft ist es, wie sie alles aufbauschen, so daß man schließlich keinem mehr ins Gesicht sehen mag. Und ich bin meiner Sache nicht einmal ganz sicher – es ist nur so ein gräßlicher Gedanke, der mir plötzlich gekommen ist und den ich mir einfach nicht aus dem Kopf schlagen kann.« Sie holte tief Atem. »Dabei mag ich dem armen Edward bitter unrecht tun. Es ist wirklich ein schrecklicher Gedanke für eine Ehefrau. Aber man liest ja heutzutage so viel Schauriges.«
»Entschuldigen Sie die Unterbrechung – aber sprechen Sie von Ihrem Gatten?«
»Ja.«
»Und Sie verdächtigen ihn? Wessen?«
»Ach, Monsieur Poirot, ich mag's nicht mal offen aussprechen. Aber, wie gesagt, man liest doch, daß so etwas tatsächlich passiert – und die armen Wesen sind ganz ahnungslos.«
Ich hatte bereits die Hoffnung aufgegeben, daß die gute Frau jemals zur Sache kommen würde. Aber Poirot besaß eine Engelsgeduld.
»Schütten Sie nur Ihr Herz aus, Madame. Stellen Sie sich vor, wie schön es für Sie sein wird, wenn wir nachweisen können, daß Ihr Verdacht unbegründet ist.«
»Das stimmt – alles andere, bloß nicht diese zermürbende Ungewißheit. Oh, Monsieur Poirot, ich habe schreckliche Angst, daß ich langsam *vergiftet* werde.«
»Wie kommen Sie denn auf den Gedanken?«
Bei Mrs. Pengelley waren die Schleusen der Beredsamkeit nun geöffnet, und sie traktierte uns mit einer eingehenden Beschreibung ihrer Symptome, die besser für die Ohren ihres ärztlichen Ratgebers gepaßt hätte.
»Schmerzen und Erbrechen nach dem Essen, wie?« sagte Poirot nachdenklich. »Sie haben doch sicherlich einen Arzt zu Rate gezogen. Was sagt er dazu?«
»Er sagt, es sei akute Magenentzündung, Monsieur Poirot. Aber ich habe gemerkt, daß ihm auch nicht ganz geheuer dabei zumute ist. Er verschreibt mir dauernd andere Medikamente – aber nichts hat bisher geholfen.«
»Haben Sie mit ihm über Ihre Befürchtungen gesprochen?«
»Aber nein, Monsieur Poirot. Das könnte doch ein Gerede in

der Stadt geben. Und vielleicht ist es auch Magenentzündung. Immerhin ist es seltsam, daß es mir jedesmal, wenn Edward zum Wochenende fort ist, wieder gut geht. Selbst meiner Nichte Freda ist das aufgefallen. Dann ist da noch die Flasche mit Unkrautgift. Der Gärtner sagt, es werde nie benutzt, und doch ist die Flasche halb leer.«

Sie blickte Poirot flehend an. Er lächelte ihr beruhigend zu und griff nach Bleistift und Notizbuch.

»Nun zur Sache, Madame. Also Sie und Ihr Mann wohnen – wo?«

»In Polgarwith, einem kleinen Marktflecken in Cornwall.«

»Sind Sie schon lange dort ansässig?«

»Vierzehn Jahre.«

»Haben Sie Kinder?«

»Nein.«

»Aber Sie erwähnten eine Nichte, nicht wahr?«

»Ja. Freda Stanton, die Tochter der einzigen Schwester meines Mannes. Sie hat die letzten acht Jahre bei uns gewohnt – das heißt, bis vor einer Woche.«

»Oho, und was geschah vor einer Woche?«

»Ach wissen Sie, schon seit einiger Zeit war das Verhältnis zwischen uns nicht mehr so angenehm. Ich weiß nicht, was in Freda gefahren ist. Sie wurde so grob und unverschämt und hatte immer eine entsetzliche Laune. Eines Tages brauste sie auf, packte ihre Sachen und mietete sich ein Zimmer in der Stadt. Seitdem habe ich sie noch nicht wieder gesehen. Mr. Radnor sagt, man müsse sie erst mal zur Besinnung kommen lassen.«

»Wer ist Mr. Radnor?«

Mrs. Pengelley wurde wieder etwas verlegen.

»Er ist – er ist nur ein Freund. Ein sehr angenehmer junger Mann.«

»Hat er Absichten auf Ihre Nichte?«

»Ganz und gar nicht«, sagte Mrs. Pengelley mit großem Nachdruck.

Poirot wechselte das Thema.

»Sie und Ihr Gatte leben wohl in guten Verhältnissen, nicht wahr?«

»Ja, wir sind ziemlich wohlhabend.«

»Gehört das Geld Ihnen oder Ihrem Gatten?«

»Oh, es gehört alles Edward. Ich habe kein eigenes Vermögen.«

»Sie verstehen, Madame, wenn man der Sache auf den Grund gehen will, muß man brutal sein. Wir müssen ein Motiv suchen. Ihr Gatte würde Sie bestimmt nicht zum Zeitvertreib vergiften. Können Sie sich einen Grund denken, warum er Sie aus dem Wege haben möchte?«

»Da ist das gelbhaarige Frauenzimmer, das für ihn arbeitet«, sagte Mrs. Pengelley mit auflodernder Heftigkeit. »Mein Mann ist Zahnarzt, Monsieur Poirot, und es ging absolut nicht anders, er mußte ein schickes Mädchen haben mit Bubikopf und weißem Kittel, das die Patienten empfängt und ihm die Füllungen anrührt. Es ist mir zu Ohren gekommen, daß es da manchmal hoch hergeht. Er schwört zwar, es sei alles in bester Ordnung.«

»Wer hat die Flasche mit dem Unkrautgift besorgt?«

»Mein Mann – vor ungefähr einem Jahr.«

»Hat Ihre Nichte ein eigenes Vermögen?«

»Sie hat nur ein Einkommen von rund fünfzig Pfund im Jahr. Sie würde sicher gern zurückkommen und meinem Mann den Haushalt führen, wenn ich ihn verlassen sollte.«

»Haben Sie daran gedacht, ihn zu verlassen?«

»Ich habe nicht die Absicht, ihm alles durchgehen zu lassen. Frauen sind heute nicht mehr die geknechteten Sklaven von früher, Monsieur Poirot.«

»Madame, es freut mich, daß Sie den Schneid haben und sich behaupten wollen. Aber wenden wir uns praktischen Dingen zu. Fahren Sie noch heute nach Polgarwith zurück?«

»Ja. Ich bin mit einem Ausflüglerzug gekommen. Um sechs Uhr heute früh ging's los, und heute nachmittag um fünf Uhr fahren wir wieder zurück.«

»*Bien!* Da ich augenblicklich nichts Wichtiges vorliegen habe, kann ich mich Ihrer Angelegenheit widmen. Ich werde morgen in Polgarwith sein. Mr. Hastings hier kann sich als einen entfernten Verwandten von Ihnen ausgeben, und ich bin sein exzentrischer ausländischer Freund. Inzwischen essen Sie bitte nur, was von Ihnen oder unter Ihren Augen zubereitet worden ist. Haben Sie ein zuverlässiges Mädchen?«

»Jessie ist bestimmt ein sehr gutes Mädchen.«

»Also dann bis morgen, Madame, und Kopf hoch!«

Poirot begleitete die Dame hinaus und kehrte nachdenklich zu seinem Platz zurück. Bei aller Nachdenklichkeit übersah er je-

doch nicht zwei winzige Strähnen, die die aufgeregten Finger der Dame aus der Federboa gezupft hatten. Er hob sie auf und warf sie in den Papierkorb.
»Was halten Sie von dem Fall, Hastings?«
»Wirklich eine scheußliche Angelegenheit.«
»Ja, wenn der Verdacht der Dame begründet ist. Ist er aber begründet? Wehe dem Manne, der heutzutage eine Flasche Unkrautgift kauft! Seine Frau braucht nur Magenschmerzen zu haben und etwas hysterisch veranlagt zu sein – und schon ist der Teufel los!«
»Glauben Sie nicht, daß etwas mehr dahintersteckt?«
»Ah – *voilà* – ich weiß es nicht, Hastings. Aber der Fall interessiert mich – interessiert mich enorm, weil er nämlich so gar nichts Neues aufweist. Daher habe ich Hysterie angenommen. Und doch ist Mrs. Pengelley durchaus nicht der Typ einer hysterischen Frau. Ja, ich glaube beinahe, es spielt sich hier ein bitteres menschliches Drama ab, oder ich müßte mich sehr irren. Was für Gefühle hegt Mrs. Pengelley wohl für ihren Mann?«
»Nach meiner Ansicht kämpfen Furcht und Treue miteinander.«
»Normalerweise wird keine Frau ihren Mann anklagen. Jeden anderen in der Welt, aber nicht den eigenen Mann. Sie glaubt an ihn und geht mit ihm durch dick und dünn.«
»Die ›andere Frau‹ kompliziert natürlich den Fall.«
»Ja, Liebe kann sich unter dem Einfluß von Eifersucht in Haß verwandeln. Aber Haß würde sie zur Polizei treiben – nicht zu mir. Sie würde nach einem Skandal lechzen. Nein, nein, wir wollen mal unsere kleinen grauen Zellen exerzieren. Warum kam sie zu mir? Wollte sie ihren Verdacht bestätigt oder beseitigt haben? Ah, hier ist etwas, das ich nicht verstehe – ein unbekannter Faktor. Ist unsere Mrs. Pengelley etwa eine vorzügliche Schauspielerin? Nein, sie war natürlich – ich möchte fast schwören, daß sie natürlich war, und deshalb bin ich interessiert. Sehen Sie, bitte, im Fahrplan nach, wann Züge nach Polgarwith gehen.«

Der beste Tageszug fuhr um ein Uhr fünfzig von Paddington und kam kurz nach sieben Uhr in Polgarwith an. Die Reise war so eintönig, daß ich dauernd ein Nickerchen machte, und ich war noch ganz verschlafen, als wir auf dem öden kleinen

Bahnhof von Polgarwith ausstiegen. Wir brachten unser Gepäck in das *Duchy-Hotel*, und nach einem kleinen Imbiß schlug Poirot vor, meiner angeblichen Kusine einen Abendbesuch abzustatten.

Das Haus der Pengelleys lag hinter einem hübschen Vorgarten, der ein wenig an einen altmodischen Bauerngarten erinnerte. Die Abendbrise trug einen süßen Duft von Nelken und Reseda zu uns herüber. Es schien unmöglich, Mordgedanken mit diesem altväterischen Idyll zu verbinden. Poirot klingelte und setzte den Klopfer in Bewegung. Es rührte sich nichts, und er klingelte nochmals. Diesmal erschien nach einer kleinen Pause ein unordentliches Dienstmädchen an der Tür. Sie hatte rotumränderte Augen und zog heftig die Nase hoch.

»Wir möchten zu Mrs. Pengelley«, erklärte Poirot, »dürfen wir eintreten?«

Das Mädchen starrte uns an. Dann platzte sie heraus:

»Ja, haben Sie es denn noch nicht gehört? Sie ist doch tot. Starb heute abend – ungefähr vor einer halben Stunde.«

Wir waren zunächst sprachlos. Schließlich fragte ich:

»Woran ist sie denn gestorben?«

»Da sind welche, die das sagen könnten.« Sie warf einen hastigen Blick über die Schulter. »Wenn nicht jemand bei der Gnädigen bleiben müßte, würde ich meinen Koffer packen und heute abend noch gehen. Aber ich kann sie doch nicht allein lassen, wo sie doch tot daliegt und niemand bei ihr wacht. Es steht mir nicht zu, etwas zu sagen, und ich sage ja auch nichts – aber jeder weiß Bescheid. Es ist in der ganzen Stadt rum. Und wenn Mr. Radnor nicht an den Minister schreibt, dann tut's jemand anders. Der Doktor kann reden, was er will. Habe ich nicht mit eigenen Augen gesehen, wie der gnädige Herr heute abend die Flasche mit dem Unkrautgift vom Regal nahm? Und zuckte er nicht zusammen, als er sich umdrehte und sah, daß ich ihn beobachtete? Und der Teller mit dem Haferschleim für die Gnädige direkt daneben. Fertig zum Reintragen. Keinen Happen kriege ich mehr runter in diesem Hause. Und wenn ich vor Hunger sterben sollte!«

»Wo wohnt der Arzt, der Mrs. Pengelley behandelt hat?«

»Dr. Adams. Gleich um die Ecke. High Street, das zweite Haus.«

Poirot wandte sich schnell ab. Er war sehr blaß.

»Für ein Mädchen, das nichts sagen wollte, hat sie ziemlich

viel gesagt«, bemerkte ich trocken.
Poirot ballte die Fäuste.
»Ich Idiot, Hastings! Strafbar blöde bin ich gewesen! Herumgeprotzt habe ich mit meinen kleinen grauen Zellen, und nun habe ich ein Menschenleben verloren, einen Menschen, der zu mir kam, um sich von mir retten zu lassen. Ich habe nicht im Traum daran gedacht, daß so schnell etwas passieren würde. Möge Gott mir verzeihen, aber ich habe eigentlich nicht geglaubt, daß überhaupt etwas passieren würde. Ihre Geschichte erschien mir etwas gekünstelt. Na, da sind wir ja schon. Wollen mal hören, was der Doktor zu sagen hat.«
Dr. Adams war der typische Landarzt, wie er im Buche steht. Er empfing uns höflich genug. Doch als wir den Zweck unseres Besuches andeuteten, nahm sein rotes Gesicht eine violette Tönung an.
»Verdammter Unsinn! Verdammter Unsinn! Das ganze Geschwätz. Habe ich nicht den Fall behandelt? Magenentzündung war's – weiter nichts! Diese Stadt ist ein regelrechtes Klatschnest. Ein paar alte Lästermäuler stecken die Köpfe zusammen, und schon ist der Kladderadatsch da! Sie lesen dauernd diese Sensationsblätter, und schließlich hilft alles nichts, sie müssen auch in ihrer eigenen Stadt einen Mord haben! Sie sehen eine Flasche mit Unkrautgift auf dem Regal stehen – und hoppla – schon geht die Phantasie mit ihnen durch. Ich kenne Edward Pengelley – der würde nicht einmal des Teufels Großmutter vergiften. Und warum sollte er seine Frau töten? Können Sie mir das sagen?«
»Eins ist Ihnen vielleicht nicht bekannt, *monsieur le docteur.*«
Und Poirot schilderte in großen Umrissen Mrs. Pengelleys Besuch bei uns. Niemand hätte erstaunter sein können als Dr. Adams. Die Augen traten ihm förmlich aus dem Kopf.
»Du meine Güte!« rief er aus. »Die arme Frau muß wohl wahnsinnig gewesen sein. Warum hat sie nicht mit mir gesprochen? Das wäre doch richtiger gewesen.«
»Um sich wegen ihrer Furcht auslachen zu lassen?«
»Durchaus nicht, durchaus nicht. Es kann wohl niemand von mir behaupten, daß ich voreingenommen sei.«
Poirot blickte ihn lächelnd an. Der Arzt war offenbar beunruhigter, als er zugeben wollte. Als wir das Haus verließen, brach Poirot in ein Gelächter aus.
»Der ist so störrisch wie ein Esel. Wenn er einmal gesagt hat,

es ist Magenentzündung, dann ist und bleibt es Magenentzündung, basta! Und doch haben wir seine Seelenruhe etwas gestört.«

»Was machen wir nun?«

»Gehen zurück zum Hotel und verbringen eine Schreckensnacht in Ihren englischen Landbetten, *mon ami*. Ein Folterinstrument – das billige englische Bett!«

»Und morgen?«

»*Rien à faire*. Wir müssen nach London zurückfahren und die weitere Entwicklung abwarten.«

»Das ist aber ziemlich fade«, sagte ich enttäuscht. »Und wenn keine weitere Entwicklung folgt?«

»Seien Sie unbesorgt. Unser alter Doktor kann so viele Totenscheine ausstellen, wie er will. Er kann aber nicht mehrere hundert schnatternde Zungen zum Schweigen bringen. Und wie sie schnattern werden! Das kann ich Ihnen versichern.«

Unser Zug fuhr am nächsten Morgen um elf Uhr ab. Bevor wir zum Bahnhof gingen, äußerte Poirot den Wunsch, Miss Freda Stanton, die von der Verstorbenen erwähnte Nichte, zu sehen. Wir fanden das Haus, in dem sie wohnte, ohne weiteres. Bei ihr im Zimmer war ein großer, dunkelhaariger junger Mann, den sie uns etwas verlegen als Mr. Jacob Radnor vorstellte.

Miss Freda Stanton war ein äußerst hübsches Mädchen – echter wallisischer Typ – dunkles Haar, dunkle Augen, rosige Wangen. In ihren blitzenden Augen schlummerte ein Jähzorn, den man am besten nicht herausforderte.

»Meine arme Tante«, sagte sie, als Poirot sich vorgestellt und ihr den Zweck seines Besuches erklärt hatte. »Es ist schrecklich traurig. Wäre ich doch nur freundlicher und geduldiger gewesen! Ich habe mir schon den ganzen Morgen bittere Vorwürfe gemacht.«

»Du hast ziemlich viel über dich ergehen lassen«, unterbrach Radnor sie.

»Das ist wohl wahr, Jacob, aber ich bin auch ziemlich jähzornig. Schließlich war es ja nur eine harmlose Torheit von ihr. Ich hätte mich einfach lachend darüber hinwegsetzen sollen. Ihre Idee, daß mein Onkel sie vergiften wollte, ist natürlich völliger Unsinn. Es ging ihr allerdings schlechter, wenn er ihr das Essen gebracht hatte – aber ich bin überzeugt, daß es Einbildung war.«

»Was war die eigentliche Ursache Ihres Zerwürfnisses, Mademoiselle?«
Miss Stanton zögerte und blickte zu Radnor hinüber. Der junge Mann verstand sofort den Wink.
»Ich muß gehen, Freda. Bis heute abend also. Guten Morgen, meine Herren, Sie sind sicher auf dem Wege zum Bahnhof.«
Poirot bejahte dies, und Radnor verschwand.
»Sie sind verlobt, nicht wahr?« fragte Poirot mit einem verschmitzten Lächeln.
Freda Stanton gab es errötend zu.
»Und das war eigentlich der ganze Ärger mit meiner Tante«, fügte sie hinzu.
»War ihr die Partie für Sie nicht gut genug?«
»Das gerade nicht. Aber sie –« Das Mädchen schwieg.
»Ja?« drängte Poirot sanft.
»Es will mir nicht so recht über die Lippen – wo sie doch tot ist. Aber Sie werden die Geschichte niemals verstehen, wenn ich es Ihnen nicht sage. Meine Tante war völlig vernarrt in Jacob.«
»Wirklich?«
»Ja, ist das nicht lächerlich? Sie war über fünfzig, und Jacob ist noch nicht ganz dreißig! Aber so war's nun mal. Sie war ganz verrückt auf ihn. Ich mußte ihr schließlich sagen, daß er meinetwegen kam. Da machte sie eine schreckliche Szene. Sie wollte mir kein Wort davon glauben und war so grob und beleidigend, daß es eigentlich kein Wunder ist, daß ich meine Selbstbeherrschung verlor. Ich sprach mit Jacob, und wir hielten es für das Gescheiteste, daß ich für eine Weile fortging, bis sie wieder zur Vernunft gekommen war. Die arme Tante – sie war wohl überhaupt in einer merkwürdigen Verfassung.«
»Den Anschein hatte es wohl. Ich danke Ihnen, Mademoiselle. Sie haben mir über vieles Klarheit verschafft.«

Zu meinem nicht geringen Erstaunen wartete Radnor unten auf der Straße, bis wir kamen.
»Ich kann mir gut vorstellen, was Freda Ihnen erzählt hat«, bemerkte er. »Es war eine unglückselige Angelegenheit und sehr peinlich für mich, wie Sie sich denken können. Ich brauche wohl nicht zu betonen, daß ich Mrs. Pengelley keinen Anlaß gab. Zuerst war es mir ganz angenehm, da ich mir einbildete,

die alte Dame wolle Freda und mir helfen. Die ganze Geschichte war albern – aber im höchsten Grade unangenehm.«
»Wann gedenken Sie Miss Stanton zu heiraten?«
»Bald, hoffe ich. Nun, Monsieur Poirot, ich werde mal ganz offen mit Ihnen reden. Ich weiß nämlich etwas mehr als Freda. Sie glaubt, ihr Onkel sei unschuldig. Davon bin ich nicht überzeugt. Aber ich kann Ihnen eines sagen: ich werde meinen Mund halten. Schlafende Hunde soll man ruhen lassen. Ich möchte nicht, daß der Onkel meiner zukünftigen Frau wegen Mordes angeklagt und gehängt wird.«
»Warum erzählen Sie mir dies alles?«
»Weil ich von Ihnen gehört habe und weiß, daß Sie sehr tüchtig sind. Es ist gut möglich, daß Sie genug Beweismaterial gegen ihn aufspüren. Aber sagen Sie bitte selbst – was hat es für einen Zweck? Der armen Frau wird dadurch nicht geholfen, und sie wäre die letzte, die einen Skandal heraufbeschwören möchte – mein Gott, bei dem bloßen Gedanken würde sie sich im Grabe umdrehen.«
»Darin haben Sie wahrscheinlich recht. Sie wünschen also, daß ich die Sache – vertusche?«
»Sie haben es erfaßt. Ich gebe offen zu, daß es ziemlich egoistisch von mir ist. Aber ich muß auch sehen, daß ich vorankomme. Ich habe gerade ein gutes kleines Schneideratelier gegründet.«
»Die meisten Leute sind Egoisten, Mr. Radnor, nur geben es nicht alle so unumwunden zu. Ich will Ihre Bitte erfüllen. Aber ich sage Ihnen frei heraus: es wird Ihnen nicht gelingen, die Sache zu vertuschen.«
»Warum nicht?«
Poirot hob einen Finger. Es war gerade Markttag, und wir kamen an der Markthalle vorbei, aus der ein ununterbrochenes Gemurmel drang.
»Die Stimme des Volkes – das ist der Grund, Mr. Radnor. Aber nun müssen wir laufen, sonst verpassen wir unseren Zug.«

»Sehr interessant, nicht wahr, Hastings?« sagte Poirot, als der Zug aus der Halle dampfte.
Er hatte einen kleinen Kamm und einen noch winzigeren Spiegel aus der Tasche genommen und striegelte sorgfältig seinen Schnurrbart, dessen Symmetrie durch unseren Eilmarsch ein

wenig gelitten hatte.
»Ihnen mag's so vorkommen«, erwiderte ich. »Ich finde die ganze Sache ziemlich abstoßend und unangenehm. Sie hat nicht einmal den Nimbus des Geheimnisvollen.«
»Ganz und gar nicht. Da haben Sie vollkommen recht.«
»Wir müssen wohl dem Mädchen die ungewöhnliche Geschichte glauben, die sie uns da von der Verblendung ihrer Tante erzählt hat, wie? Das schien mir verdächtig; denn Mrs. Pengelley war eine so nette, biedere Frau.«
»Das ist durchaus nichts Ungewöhnliches – es ist ganz alltäglich. Studieren Sie mal die Zeitungen, und Sie werden oft finden, daß eine nette, biedere Frau in dem Alter ihren Mann, mit dem sie zwanzig Jahre zusammen gelebt hat, und manchmal sogar eine Schar von Kindern verläßt, um das Leben mit einem beträchtlich jüngeren Manne aufzunehmen. Sie bewundern die Frauen, Hastings, Sie werfen sich allen zu Füßen, die gut aussehen und den guten Geschmack haben, Ihnen zuzulächeln, aber von Frauenpsychologie haben Sie keinen blassen Schimmer. Für jede Frau kommt im Herbst des Lebens einmal ein verrückter Moment, wo sie sich nach Romantik, nach Abenteuern sehnt, ehe es zu spät ist. Und die Frau eines respektablen Zahnarztes in einer Kleinstadt bildet keine Ausnahme.«
»Und Sie denken –«
»Daß ein kluger Mann solch einen Augenblick zu seinem Vorteil ausnutzen kann.«
»Ich möchte Pengelley nicht gerade klug nennen«, sagte ich nachdenklich. »Er hat die ganze Stadt in Aufruhr gebracht. Und doch haben Sie wiederum recht. Die beiden Männer, die etwas Positives wissen, Radnor und der Doktor, wollen die Sache vertuschen. Das hat er irgendwie fertiggebracht. Ich wollte, wir hätten uns den Burschen angesehen.«
»Das Vergnügen können Sie haben. Fahren Sie mit dem nächsten Zuge zurück, und erfinden Sie einen schmerzenden Backenzahn.«
Ich sah ihn scharf an.
»Wenn ich nur wüßte, was Sie an dem Fall so interessant finden!«
»Mein Interesse läßt sich treffend in einer Ihrer Bemerkungen zusammenfassen, Hastings. Nach dem Interview mit dem Dienstmädchen machten Sie die Äußerung: ›Für eine, die kein

Wort sagen wollte, hat sie sehr viel gesagt.‹«
Es war mir nicht ganz klar, was er damit sagen wollte, und ich kam auf mein ursprüngliches Thema zurück:
»Es wundert mich, daß Sie nicht einmal einen Versuch gemacht haben, Pengelley zu sehen.«
»*Mon ami,* ich gebe ihm drei Monate Zeit. Dann kann ich ihn mir so lange anschauen, wie ich will – auf der Anklagebank.«

Diesmal hatte es den Anschein, als sollten Poirots Vorhersagen nicht eintreffen. Die Zeit verstrich, und man hörte nichts von unserem Fall. Andere Angelegenheiten beschäftigten uns, und ich hatte beinahe die Pengelley-Tragödie vergessen, als eine kurze Zeitungsnotiz sie mir plötzlich wieder ins Gedächtnis rief. Es hieß darin, der Minister habe die Ausgrabung von Mrs. Pengelleys Leiche angeordnet.
Wenige Tage später, und die »Mysteriöse Angelegenheit in Cornwall« ging durch sämtliche Zeitungen. Der Klatsch war anscheinend nie ganz eingeschlafen, und als die Verlobung des Witwers mit seiner Sekretärin, Miss Marks, veröffentlicht wurde, ging das Getratsche von vorn los – lauter denn je. Das Ende vom Lied war ein Gesuch an den Innenminister. Die Leiche wurde ausgegraben. Man entdeckte große Mengen von Arsen, und Pengelley wurde verhaftet und beschuldigt, seine Frau ermordet zu haben.
Poirot und ich nahmen an der Vorverhandlung teil. Die Beweisführung entsprach ganz unseren Erwartungen. Dr. Adams gab zu, daß die Symptome einer Arsenvergiftung leicht mit denen einer Magenentzündung zu verwechseln seien. Es folgte die Aussage des vom Ministerium gesandten Experten. Das Dienstmädchen Jessie ließ einen Schwall von Informationen los. Der größte Teil davon wurde zwar abgelehnt, aber der Rest belastete den Gefangenen doch sehr: Freda Stanton sagte aus, daß ihre Tante sich stets schlechter gefühlt habe, wenn sie Speisen aß, die von ihrem Manne zubereitet waren. Jacob Radnor schilderte, wie er am Tage des Mordes unerwartet hinzugekommen sei, als Pengelley die Flasche mit dem Unkrautgift wieder aufs Regal stellte, während Mrs. Pengelleys Haferschleim auf einem Tisch daneben stand. Dann wurde Miss Marks, die semmelblonde Sprechstundenhilfe, aufgerufen; sie weinte, wurde hysterisch, gab aber schließlich zu, daß sie ein Verhältnis mit ihrem Chef gehabt habe und daß er

versprochen habe, sie zu heiraten, falls seiner Frau einmal etwas zustoßen sollte. Pengelley behielt sich die Verteidigung vor, und der Fall wurde dem Schwurgericht übergeben.

Jacob Radnor gesellte sich zu uns, als wir zu unserem Logis zurückgingen.

»Sie sehen, Mr. Radnor«, sagte Poirot, »ich hatte recht. Die Stimme des Volkes sprach – und ziemlich deutlich. Der Fall konnte nicht einfach vertuscht werden.«

»Das ist wahr. Besteht denn aber keine Möglichkeit, einen Freispruch zu erlangen?«

»Er will ja seine Verteidigung selbst führen. Also mag er etwas in petto haben. Kommen Sie doch einen Moment mit herein.«

Radnor nahm die Einladung an. Ich bestellte zwei Whisky mit Soda und eine Tasse Schokolade für Poirot. Die letztere Bestellung verursachte einige Bestürzung, und ich zweifelte sehr daran, daß sie sich je materialisieren würde.

»Ich habe natürlich beträchtliche Erfahrung in solchen Sachen«, fuhr Poirot fort. »Und ich sehe nur eine Möglichkeit für ihn, dem Henker zu entrinnen.«

»Und die wäre?«

»Sie müßten dieses Schriftstück unterzeichnen!«

Mit der Geschwindigkeit eines Jongleurs produzierte Poirot ein beschriebenes Stück Papier.

»Was ist das?«

»Ein Geständnis, daß Sie Mrs. Pengelley ermordet haben.«

Einen Augenblick herrschte Stille. Dann lachte Radnor.

»Sie sind wohl verrückt!«

»Nein, nein, mein Freund, ich bin nicht verrückt. Sie kamen in diese Stadt, fingen ein kleines Geschäft an, hatten aber nicht viel Geld. Mr. Pengelley ist ein wohlhabender Mann. Sie lernten seine Nichte kennen, die Ihnen nicht abgeneigt war. Aber die kleine Mitgift, die ihr Pengelley bei ihrer Heirat gegeben hätte, reichte Ihnen nicht. Sie mußten den Onkel und die Tante beiseite schaffen. Dann würde die Nichte als einzige Verwandte das ganze Geld bekommen. Wie schlau sind Sie dann zu Werke gegangen! Sie machten der unansehnlichen, alternden Frau den Hof, bis sie Ihr Sklave war. Dann erweckten Sie in ihr Mißtrauen gegen ihren Mann. Zuerst entdeckte sie, daß er sie betrog, dann – dafür sorgten Sie –, daß er versuchte,

sie zu vergiften. Sie waren oft im Hause; Sie hatten genug Gelegenheit, das Arsen ins Essen zu schmuggeln. Aber Sie waren vorsichtig und taten es niemals, wenn ihr Mann fort war. Da sie eine Frau war, behielt sie ihren Verdacht nicht für sich. Sie redete mit ihrer Nichte und wahrscheinlich auch mit Freundinnen darüber. Ihre einzige Schwierigkeit, Radnor, bestand darin, getrennte Beziehungen zu beiden Frauen zu unterhalten. Selbst das war nicht so schwer, wie es aussah. Der Tante erklärten Sie, Sie müßten so tun, als ob Sie der Nichte den Hof machten, damit ihr Mann keinen Verdacht schöpfe. Und die jüngere Dame brauchte keine überzeugenden Argumente – sie hätte ihre Tante nie im Ernst als Rivalin betrachtet.
Dann aber entschloß sich Mrs. Pengelley, mich zu konsultieren. Wenn sie wirklich ohne jeden Zweifel sicher sein konnte, daß ihr Mann versuchte, sie zu vergiften, dann fühlte sie sich gerechtfertigt, ihn zu verlassen und das Leben mit Ihnen aufzunehmen, denn sie bildete sich ein, daß das auch Ihr Wunsch sei. Aber das paßte Ihnen ganz und gar nicht in den Kram. Sie wollten keinen neugierigen Detektiv um sich herum haben. Es bietet sich ein günstiger Augenblick. Sie sind anwesend, als Mr. Pengelley Haferschleim für seine Frau zubereitet, und Sie fügen schnell die tödliche Dosis hinzu. Der Rest ist leicht. Nach außen hin tun Sie, als läge Ihnen daran, die Sache zu vertuschen, aber heimlich schüren Sie gegen Pengelley. Allerdings haben Sie nicht mit Hercule Poirot gerechnet, mein intelligenter junger Freund.«
Radnor war schneeweiß geworden, bemühte sich aber noch, sich mit Frechheit und Ironie aus der Affäre zu ziehen.
»Höchst geistreich und interessant! Aber warum erzählen Sie mir dies alles?«
»Monsieur, ich vertrete – nicht das Gesetz, sondern Mrs. Pengelley. Um ihretwillen gebe ich Ihnen eine Chance zu entkommen. Unterzeichnen Sie dieses Schriftstück, und Sie sollen vierundzwanzig Stunden Vorsprung haben – vierundzwanzig Stunden, bevor ich es der Polizei übergebe.«
Radnor zögerte.
»Sie können nichts beweisen.«
»Meinen Sie? Da kennen Sie Hercule Poirot schlecht. Werfen Sie einen Blick aus dem Fenster, Monsieur. Sie sehen da zwei Männer auf der Straße. Die haben strikten Befehl, Sie nicht

aus den Augen zu verlieren.«
Radnor trat ans Fenster und schob das Rouleau etwas beiseite. Mit einem Fluch sprang er zurück.
»Sehen Sie, Monsieur? Unterzeichnen Sie – es ist Ihre beste Chance.«
»Welche Garantie habe ich –«
»Daß ich mein Versprechen halte? Sie haben das Wort von Hercule Poirot. Sie wollen unterzeichnen? Gut. Hastings, seien Sie so gut und ziehen Sie das linke Rouleau halb hoch. Das ist das verabredete Zeichen, daß Mr. Radnor das Haus unbelästigt verlassen darf.«
Fluchend und tobend stürzte Radnor aus dem Zimmer. Poirot nickte sanft.
»Ein Feigling! Ich hab's ja gewußt.«
»Wie mir scheint, Poirot, haben Sie sich einer strafbaren Handlung schuldig gemacht«, rief ich zornig. »Sie predigen immer gegen Gefühle. Und hier lassen Sie einen gefährlichen Verbrecher aus schierer Sentimentalität entkommen.«
»Das war keine Sentimentalität – das war Raffinesse«, erwiderte Poirot. »Sehen Sie denn nicht, mein Freund, daß wir nicht den geringsten Beweis gegen ihn haben? Soll ich mich etwa hinstellen und zu zwölf sturen Männern von Cornwall sagen: ›Ich, Hercule Poirot, weiß, daß er es getan hat?‹ Sie würden mich auslachen. Nein, mit List und Furcht mußte man ihm das Geständnis abringen. Anders ging's nicht. Die beiden Bummelanten draußen auf der Straße paßten gut ins Tableau. Ziehen Sie nur das Rouleau wieder herunter, Hastings, das gehörte auch mit zur Maskerade.
Na ja, unser Wort müssen wir halten. Vierundzwanzig Stunden habe ich gesagt, nicht wahr? Vierundzwanzig Stunden muß also der arme Pengelley noch länger Angst schwitzen – und das hat er redlich verdient, denn er hat tatsächlich seine Frau betrogen, und Sie wissen ja, ich halte große Stücke aufs Familienleben. Vierundzwanzig Stunden – und dann? Der Arm von Scotland Yard ist lang! Man wird den Burschen schon kriegen, *mon ami*, man wird ihn kriegen!«

Das Abenteuer des Kreuzkönigs

»Die Wahrheit«, bemerkte ich, indem ich die *Tägliche Rundschau* beiseite legte, »ist seltsamer als Dichtung!«

Das war vielleicht keine originelle Bemerkung. Jedenfalls schien sie meinen Freund zu ärgern. Der kleine Mann neigte seinen eiförmigen Kopf zur Seite, klopfte ein nicht vorhandenes Stäubchen von seinen sorgfältig gebügelten Hosen und erklärte:

»Wie tiefsinnig! Was für ein Denker ist doch mein Freund Hastings!«

Ich schluckte meinen Ärger über diese unnötige Stichelei hinunter und tippte auf die Zeitung, die ich weggelegt hatte.

»Haben Sie die Morgenzeitung gelesen?«

»Jawohl. Und nach dem Lesen habe ich sie symmetrisch zusammengefaltet und nicht einfach auf den Boden geworfen, wie Sie es mit Ihrem beklagenswerten Mangel an Ordnung und Methode taten.«

(Das ist das Schlimmste bei Poirot. Ordnung und Methode sind seine Götter, und auf sie führt er alle seine Erfolge zurück.)

»Dann haben Sie also den Bericht über den Mord an dem Impresario Henry Reedburn gelesen. Daher meine Bemerkung. Nicht nur ist Wahrheit seltsamer als Dichtung – sie ist auch dramatischer. Man stelle sich nur die Oglanders vor, diese solide englische Familie der Mittelklasse: Vater, Mutter, Sohn und Tochter; typisch für Tausende von Familien im ganzen Land. Der Familienvater fährt jeden Tag in die City; die Frau sieht im Haus nach dem Rechten. Ihr Leben ist äußerst friedlich und völlig monoton. Gestern abend saßen sie da nun in dem ordentlichen Salon ihrer Vorstadtvilla *Daisymead* in Streatham und spielten Bridge. Plötzlich, ohne jegliche Warnung, werden die Glastüren nach dem Garten aufgerissen, und eine Frau taumelt ins Zimmer. Auf ihrem grauseidenen Kleid leuchtet ein purpurroter Fleck. Sie äußert nur das eine Wort: MORD! und sinkt bewußtlos zu Boden. Sie erkennen – wahrscheinlich von den Zeitungsbildern her –, daß es Valerie Saintclair ist, die berühmte Tänzerin, die London kürzlich im Sturm erobert hat!«

»Ist das Ihre eigene Beredsamkeit oder die der *Täglichen Rundschau?*« fragte Poirot.

»Die *Tägliche Rundschau* stand kurz vor dem Druck und begnügte sich mit den nackten Tatsachen. Aber die dramatischen Möglichkeiten dieser Geschichte fielen mir sofort auf.«

Poirot nickte gedankenvoll. »Menschliche Natur und Drama sind eng miteinander verquickt. Aber – denken Sie daran! – Drama ist nicht immer da vorhanden, wo man es vermutet. Immerhin bin ich an dem Fall interessiert, da ich höchstwahrscheinlich hinzugezogen werde.«

»Wirklich?«

»Ja. Ein Herr telefonierte heute morgen und kündigte mir den Besuch des Prinzen Paul von Mauranien an.«

»Aber was hat denn der damit zu tun?«

»Sie lesen wohl Ihre netten, kleinen englischen Skandalblätter nicht. Die mit den komischen Geschichten und solchen Rubriken wie: ›Eine kleine Maus hat gehört . . .‹ oder: ›Ein kleiner Vogel möchte gern wissen . . .‹ Sehen Sie, hier –«

Ich folgte seinem kurzen, dicken Zeigefinger, als er über den Abschnitt glitt:

». . . ob der ausländische Prinz und die berühmte Tänzerin wirklich füreinander bestimmt sind. Und ob die Dame an ihrem neuen Diamantring Gefallen findet!«

»Und nun zurück zu Ihrer so dramatischen Erzählung«, sagte Poirot. »Mademoiselle Saintclair war gerade auf dem Teppich des Salons von *Daisymead* ohnmächtig zusammengebrochen. Weiter, bitte.«

Ich zuckte mit der Achsel. »Als Mademoiselle wieder zum Bewußtsein kam, murmelte sie ein paar Worte, und daraufhin machten sich die Oglanders – Vater und Sohn – auf den Weg. Der eine, um einen Arzt zu holen, der sich der jungen Dame annehmen sollte, die offenbar furchtbar unter dem Schock zu leiden schien; der andere, um den Vorfall bei der Polizei zu melden. Von der Polizeiwache ging der eine dann in Begleitung eines Polizisten zu Mr. Reedburns prächtiger Villa *Mon Désir,* die nicht sehr weit von *Daisymead* liegt. Dort fanden sie den großen Mann, der, nebenbei gesagt, keinen besonders guten Ruf genießt, in der Bibliothek am Boden liegen. Sein Hinterkopf war eingeschlagen.«

»Ich habe Ihren Redefluß wohl etwas eingedämmt. Verzeihen Sie mir, bitte«, sagte Poirot freundlich. »Ah, hier ist *monsieur le prince!*«

Unser vornehmer Besucher wurde uns als Graf Feodor gemeldet. Er war ein etwas merkwürdig aussehender, großer, lebhafter Jüngling, der ein schwach ausgeprägtes Kinn, den berühmten Mauranberg-Mund und die dunklen, feurigen Augen eines Fanatikers hatte.

»Monsieur Poirot?«

Mein Freund verbeugte sich.

»Monsieur, ich bin in großer Bedrängnis. Es ist so schrecklich, daß ich es gar nicht beschreiben kann –«

Poirot machte eine beschwichtigende Bewegung mit der Hand. »Ich verstehe Ihre Besorgnis. Sie sind wohl mit Mademoiselle Saintclair sehr eng befreundet, nicht wahr?«

Der Prinz erwiderte ganz schlicht: »Ich hoffe, sie zu meiner Frau zu machen.«

Poirot richtete sich im Sessel auf, und seine Augen weiteten sich vor Erstaunen.

Der Prinz fuhr fort: »Ich wäre nicht der erste in meiner Familie, der eine morganatische Ehe einginge. Mein Bruder Alexander hat ebenfalls dem Kaiser gegenüber seinen Willen durchgesetzt. Wir leben in einem aufgeklärten Zeitalter, wo die alten Standesunterschiede keine Bedeutung mehr haben. Außerdem ist Mademoiselle in Wirklichkeit völlig ebenbürtig. Vielleicht ist Ihnen schon etwas über ihre Geschichte zu Ohren gekommen.«

»Über ihre Herkunft sind zahlreiche romantische Gerüchte im Umlauf – was ja bei berühmten Tänzerinnen häufig der Fall ist. Manche sagen, sie sei die Tochter einer irischen Putzfrau; andere behaupten, ihre Mutter sei eine russische Großherzogin.«

»Das erstere ist natürlich Unsinn«, sagte der junge Mann. »Aber die zweite Geschichte stimmt. Obwohl Valerie zum Schweigen verpflichtet ist, hat sie mir gegenüber einige Andeutungen fallenlassen. Außerdem zeigt sie es in tausend kleinen Dingen. Ich glaube an Vererbung, Monsieur Poirot.«

»Ich glaube ebenfalls daran«, sagte Poirot nachdenklich. »Ich habe manches Seltsame im Zusammenhang damit erlebt – *moi qui vous parle* ... Doch nun zur Sache, *monsieur le prince*. Was kann ich für Sie tun? Was befürchten Sie? Sie gestatten mir ja wohl, daß ich offen mit Ihnen rede. Besteht irgendein Zusammenhang zwischen Mademoiselle Saintclair und dem Verbrechen? Sie hat Reedburn natürlich gekannt, nicht wahr?«

»Ja. Er behauptete, in sie verliebt zu sein.«

»Und sie?«

»Sie wollte nichts mit ihm zu tun haben.«

Poirot sah ihn scharf an. »Hatte sie Ursache, ihn zu fürchten?«

Der junge Mann zauderte ein wenig. »Es passierte da etwas Merkwürdiges. Haben Sie von Zara, der Hellseherin, gehört?«

»Nein.«

»Sie ist einfach wunderbar. Sie sollten sie mal konsultieren. Valerie und ich haben sie letzte Woche aufgesucht. Sie las uns aus den Karten. Valerie prophezeite sie Kummer – sie sprach von drohenden Wolken. Dann deckte sie die letzte Karte auf, die sogenannte Deckkarte. Es war der Kreuzkönig. Sie sagte zu Valerie: ›Nehmen Sie sich in acht. Ein Mann hat sie in seiner Gewalt. Sie fürchten ihn – durch ihn kommen Sie in große Gefahr. Sie wissen, wen ich meine?‹ Valerie war bis auf die Lippen erblaßt. Sie nickte und sagte: ›Ja, ja, ich weiß.‹ Kurz darauf gingen wir fort. Die letzten Worte, die Zara an Valerie richtete, waren: ›Hüten Sie sich vor dem Kreuzkönig. Ihnen droht Gefahr!‹ Ich versuchte, etwas aus Valerie herauszubekommen. Aber sie wollte mir nichts sagen – sie beteuerte, daß alles in bester Ordnung sei. Seit gestern abend jedoch bin ich fester denn je davon überzeugt, daß Valerie in besagtem Kreuzkönig Reedburn sah und daß er der Mann war, den sie fürchtete.«

Der Prinz brach unvermittelt ab. »Nun können Sie wohl meine Aufregung verstehen, als ich heute morgen die Zeitung aufschlug. Sollte Valerie etwa in einem Wutanfall – aber nein, es ist ganz ausgeschlossen!«

Poirot erhob sich und klopfte dem jungen Mann beruhigend auf die Schulter. »Bitte, regen Sie sich nicht auf. Überlassen Sie die Sache mir.«

»Sie wollen also nach Streatham gehen? Ich nehme an, Valerie ist immer noch dort in *Daisymead* – völlig geschwächt durch den Schock.«

»Ich werde mich sofort auf den Weg machen.«

»Ich habe alles vorbereitet – durch die Gesandtschaft. Sie haben überall freien Zutritt.«

»Dann wollen wir aufbrechen – Hastings, Sie kommen doch mit, nicht wahr? *Au revoir, monsieur le prince.*«

Mon Désir war eine außergewöhnlich schöne Villa, ganz modern und sehr komfortabel. Eine kurze Auffahrt führte von der Straße zur Haustür, und hinter dem Haus erstreckten sich ausgedehnte Gärten.

Sobald wir den Namen des Prinzen Paul erwähnt hatten, führte uns der Butler, der die Tür öffnete, sofort in das Zimmer, wo die Tragödie sich ereignet hatte. Die Bibliothek war ein prächtiger Raum, der die ganze Länge des Hauses einnahm und ein Fenster an jedem Ende hatte; eins ging auf den Fahrweg und das andere auf den Garten. In der Nische des Gartenfensters hatte die Leiche gelegen. Sie war kurz zuvor entfernt worden, da die Polizei ihre Untersuchungen beendet hatte.

»Das ist ärgerlich«, flüsterte ich Poirot zu. »Wer weiß, was für Indizien sie vernichtet haben.«

Mein kleiner Freund lächelte. »Was Sie nicht sagen! Wie oft muß ich Sie darauf aufmerksam machen, daß die Indizien von *innen* kommen? In den kleinen grauen Zellen des Gehirns liegt die Lösung eines jeden Geheimnisses.«

Er wandte sich an den Butler. »Ich nehme an, daß im Zimmer nichts angerührt worden ist, abgesehen von der Entfernung der Leiche.«

»Nein, Sir. Es ist genauso geblieben, wie es gestern abend war, als die Polizei kam.«

»Diese Vorhänge zum Beispiel. Ich sehe, daß sie sich ganz vor der Fensternische zuziehen lassen. Ebenso vor dem anderen Fenster. Waren sie gestern abend zugezogen?«

»Ja, Sir. Ich ziehe sie jeden Abend zu.«

»Dann muß Mr. Reedburn sie selbst aufgezogen haben.«

»Vermutlich, Sir.«

»Wußten Sie, daß Mr. Reedburn gestern abend einen Besucher erwartete?«

»Er hatte nichts davon erwähnt, Sir. Aber er gab Instruktionen, ihn nach dem Essen nicht zu stören. Sehen Sie, Sir, dort ist eine Tür, die aus der Bibliothek auf die Terrasse an der Seite des Hauses führt. Von dorther hätte er jeden hereinlassen können, ohne daß es bemerkt worden wäre.«

»Pflegte er das zu tun?« – »Ich glaube, Sir.«

Poirot ging auf die fragliche Tür zu. Sie war nicht verschlossen. Er trat auf die Terrasse hinaus, die rechts an den Fahrweg grenzte; zur Linken reichte sie bis an eine rote Backsteinmauer.
»Der Obstgarten, Sir. Etwas weiter hinten führt eine Tür hinein, aber sie wird stets um sechs Uhr abgeschlossen.«
Poirot nickte und kehrte, vom Butler gefolgt, wieder in die Bibliothek zurück.
»Haben Sie gestern abend denn nichts gehört, als die Sache passierte?«
»Nun, Sir, wir haben kurz vor neun wohl Stimmen in der Bibliothek gehört. Doch das war nichts Außergewöhnliches, besonders, wenn es sich um eine Damenstimme handelte. Aber natürlich hörten wir überhaupt nichts mehr, sobald wir im Dienstbotenflügel auf der anderen Seite des Hauses waren. Und um elf Uhr ungefähr kam die Polizei.«
»Wie viele Stimmen haben Sie gehört?«
»Das kann ich nicht sagen, Sir. Ich habe nur die Stimme der Dame gehört.«
»So, so.«
»Verzeihung, Sir, aber Dr. Ryan ist noch im Haus, falls Sie ihn gern sehen möchten.«
Wir gingen begierig auf den Vorschlag ein, und nach wenigen Minuten gesellte sich der Doktor, ein heiterer Mann in mittleren Jahren, zu uns und gab Poirot jede gewünschte Auskunft. Reedburn hatte nahe am Fenster gelegen, mit dem Kopf dicht beim marmornen Fenstersitz. Er hatte zwei Wunden gehabt, eine zwischen den Augen und die andere, die tödliche, am Hinterkopf.
»Lag er auf dem Rücken?«
»Ja, da ist noch die Spur.« Er zeigte auf einen kleinen dunklen Fleck am Boden.
»Hätte die Wunde am Hinterkopf nicht durch den Aufprall auf den Boden verursacht sein können?«
»Unmöglich. Die Waffe, die benutzt worden ist, drang ziemlich tief in den Schädel ein.«
Poirot blickte nachdenklich vor sich hin. In jeder Fensternische befand sich ein aus Marmor gehauener Sitz, dessen Armlehnen die Form eines Löwenkopfes hatten. Poirots Augen leuchteten plötzlich auf. »Wenn er nun rückwärts auf einen dieser vorspringenden Löwenköpfe geschlagen und dann zu Boden

geglitten wäre, könnte das nicht die von Ihnen beschriebene Wunde verursacht haben?«

»Ja, das wäre möglich. Aber der Winkel, in dem er zum Fenstersitz lag, schaltet diese Theorie aus. Und außerdem hätten Blutspuren auf dem Marmor vorhanden sein müssen.«

»Die hätten abgewaschen werden können.«

Der Doktor zuckte die Achseln. »Das ist kaum anzunehmen. Was hätte der Betreffende davon, wenn er einem Unfall den Anschein eines Mordes geben würde?«

»Da haben Sie recht«, stimmte Poirot bei. »Hätte einer der Schläge nach Ihrer Ansicht von einer Frau ausgeführt werden können?«

»Oh, ganz ausgeschlossen, möchte ich wohl sagen. Sie denken sicher an Mademoiselle Saintclair, nicht wahr?«

»Ich denke an keine bestimmte Person, bis ich meiner Sache sicher bin«, sagte Poirot sanft.

Er wandte seine Aufmerksamkeit der offenen Terrassentür zu, und der Doktor fuhr fort:

»Durch diese Tür ist Mademoiselle geflohen. Man kann *Daisymead* dort zwischen den Bäumen erkennen. Nach vorne zu gibt es natürlich viele Häuser an der Straße, die schneller zu erreichen sind. Aber zufälligerweise ist *Daisymead,* obgleich ziemlich weit entfernt, das einzige Haus, das auf dieser Seite sichtbar ist.«

»Ich danke Ihnen für Ihre Liebenswürdigkeit, Herr Doktor«, sagte Poirot. – »Kommen Sie, Hastings, wir wollen in Mademoiselles Fußstapfen treten.«

Poirot ging voran, erst durch den Garten, dann durch ein eisernes Tor, quer über eine kleine Wiese und schließlich durch das Gartentor von *Daisymead*. *Daisymead* war ein anspruchsloses kleines Haus, das auf einem Grundstück von ungefähr zwanzig Ar stand. Eine kurze Treppe führte zu einer Glastür empor. Poirot nickte in Richtung der Tür.

»Durch diese Tür ist Mademoiselle Saintclair gegangen. Wir, die wir keinen so dringlichen Grund haben, gehen am besten zur Haustür.«

Ein Mädchen öffnete die Tür, führte uns in den Salon und ging dann fort, um Mrs. Oglander zu holen. Der Raum war offenbar seit dem gestrigen Abend nicht aufgeräumt worden. Die Asche lag noch im Kamin, und der Bridgetisch stand noch mitten im Zimmer. Ein Strohmann war aufgedeckt, und die Handkarten waren hingeworfen. Der Raum war mit kitschigen Ornamenten überladen, und zahlreiche Familienfotos von unbeschreiblicher Häßlichkeit zierten die Wände.

Poirot betrachtete sie mit nachsichtigeren Blicken als ich und hängte einige, die schief waren, wieder gerade. »Die Familie«, sagte er, »sie ist doch ein starkes Band, nicht wahr? Sentiment tritt an die Stelle von Schönheit.«

Ich pflichtete ihm bei, während meine Blicke sich auf eine Familiengruppe hefteten, die einen bärtigen Mann, eine Frau mit hoch aufgetürmtem Haar, einen sturen, untersetzten Jungen und zwei kleine Mädchen mit unzähligen überflüssigen Bandschleifen darstellte. Ich hielt es für eine Aufnahme der Familie Oglander aus früheren Tagen und studierte sie mit Interesse.

Die Tür öffnete sich, und eine junge Frau kam herein. Ihr dunkles Haar war hübsch frisiert, und sie trug einen mausgrauen Sportmantel mit passendem Tweedrock.

Sie blickte uns forschend an. Poirot ging auf sie zu. »Miss Oglander? Es tut mir leid, Sie stören zu müssen – besonders nach allem, was Sie gestern durchgemacht haben. Es muß sehr aufregend gewesen sein.«

»Es ist uns allerdings ziemlich auf die Nerven gegangen«, gab die junge Dame vorsichtig zu. Mir kam der Gedanke, daß die Elemente des Dramas an Miss Oglander verschwendet waren und daß ihr Mangel an Phantasie sich über jede Tragödie hinwegsetzte. Dieser Eindruck verstärkte sich noch, als sie fortfuhr: »Ich muß vielmals um Entschuldigung bitten, daß das Zimmer noch nicht aufgeräumt worden ist. Aber Dienstboten regen sich gleich so auf; sie sind so töricht.«

»Sie haben gestern abend in diesem Zimmer gesessen, nicht wahr?«

»Ja, wir spielten nach dem Essen gerade etwas Bridge, als –«

»Entschuldigen Sie bitte – wie lange hatten Sie bereits Bridge gespielt?«

»Nun –« Miss Oglander überlegte. »Ich kann es nicht mit Bestimmtheit sagen. Aber es muß wohl so um zehn Uhr herum gewesen sein. Wir hatten mehrere Robber gespielt, das weiß ich noch.«

»Und Sie selbst saßen – wo?«

»Gegenüber der Glastür. Ich spielte mit meiner Mutter als Partnerin und hatte ›eins ohne‹ geboten. Plötzlich, ohne jeg-

liche Warnung, wurde die Tür aufgestoßen, und Mademoiselle Saintclair schwankte ins Zimmer.«
»Haben Sie sie gleich erkannt?«
»Ihr Gesicht kam mir irgendwie bekannt vor.«
»Sie ist noch immer hier, nicht wahr?«
»Ja, aber sie möchte niemand sehen. Sie ist noch ganz erledigt.«
»Ich glaube aber, sie wird mich empfangen. Wollen Sie ihr bitte sagen, daß ich auf den ausdrücklichen Wunsch des Prinzen Paul von Mauranien komme?«

Ich hatte das Gefühl, daß die Erwähnung eines königlichen Prinzen ihrer unerschütterlichen Ruhe einen kleinen Stoß versetzte. Aber sie verließ das Zimmer ohne weitere Bemerkung und kam fast unmittelbar danach zurück mit der Botschaft, daß Mademoiselle Saintclair uns in ihrem Zimmer empfangen wolle.
Wir folgten Miss Oglander nach oben, und sie führte uns in ein ziemlich großes, helles Schlafzimmer. Auf einer Couch am Fenster lag eine Frau, die uns den Kopf zuwandte, als wir eintraten. Der Gegensatz zwischen den beiden Frauen fiel mir sofort auf, um so mehr, als sie in den wesentlichen Zügen und in der Gesichtsfarbe sich sehr ähnelten. Im übrigen aber was für ein Unterschied! In jedem Blick, in jeder Geste von Valerie Saintclair lag Drama. Sie schien eine romantische Atmosphäre auszuströmen. Ein Morgenrock aus scharlachrotem Flanell war über ihre Füße gebreitet – sicherlich kein auffallendes Gewand, aber der Zauber ihrer Persönlichkeit verlieh ihm einen exotischen Anstrich, so daß er wie eine glänzende orientalische Robe wirkte.
Sie heftete ihre großen dunklen Augen auf Poirot.
»Sie kommen von Paul?« Ihre Stimme paßte zu ihrer Erscheinung – sie war voll und lässig.
»Ja, Mademoiselle. Ich bin hier, um ihm zu helfen – und Ihnen.«
»Was möchten Sie wissen?«
»Alles, was sich gestern abend zugetragen hat. Aber auch wirklich *alles*!«
Sie lächelte etwas müde.
»Glauben Sie etwa, ich würde lügen? Ich bin doch nicht dumm. Ich sehe vollkommen ein, daß nichts verheimlicht wer-

den darf. Er wußte ein Geheimnis von mir, der Mann, der nun tot ist. Er bedrohte mich damit. Um Pauls willen versuchte ich, gütlich mit ihm auseinanderzukommen. Ich konnte es nicht riskieren, Paul zu verlieren ... Nun, da er tot ist, fühle ich mich sicher. Aber das soll nicht heißen, daß ich ihn getötet habe.«

Poirot schüttelte lächelnd den Kopf. »Es ist überflüssig, mir das zu sagen, Mademoiselle. Nun schildern Sie mir die Vorgänge von gestern abend.«

»Ich bot ihm Geld, und er schien geneigt, mit mir zu verhandeln. Er bestellte mich gestern abend um neun Uhr nach *Mon Désir*. Ich kannte das Haus. Ich war vorher schon mal dort gewesen. Ich sollte die Seitentür zur Bibliothek benutzen, damit die Dienstboten mich nicht sähen.«

»Entschuldigen Sie einen Augenblick, Mademoiselle, aber hatten Sie denn keine Angst, sich abends allein dorthin zu begeben?«

War es Einbildung von mir, oder machte sie wirklich eine kleine Pause, bevor sie antwortete?

»Vielleicht, ja. Aber es war niemand da, den ich bitten konnte, mit mir zu kommen. Und ich war verzweifelt. Reedburn öffnete mir die Tür. Oh, dieser Mann! Ich bin froh, daß er tot ist! Er spielte mit mir wie eine Katze mit der Maus. Er verspottete mich. Ich bettelte und flehte ihn auf den Knien an. Ich bot ihm jedes Schmuckstück, das ich besitze. Alles vergebens! Dann nannte er seine eigenen Bedingungen. Sie können sich vielleicht denken, was für Bedingungen das waren. Ich weigerte mich und habe ihm barsch meine Meinung ins Gesicht gesagt. Ich tobte vor Wut. Er blieb ganz ruhig und lächelte. Und dann, als ich endlich schwieg, hörte ich ein Geräusch – es kam aus der Fensternische hinter dem Vorhang ... Er hörte es auch. Er ging hin und zog die Vorhänge ganz zurück. Da stand ein Mann – ein gräßlicher Mensch, der aussah wie ein Landstreicher. Er schlug auf Mr. Reedburn ein, und nach einem besonders heftigen Schlag stürzte Mr. Reedburn zu Boden. Der Landstreicher griff mit seiner blutigen Hand nach mir. Ich riß mich los, schlüpfte durch die Tür und rannte wie besessen davon. Dann sah ich die Lichter in diesem Haus und lief darauf zu. Die Rouleaus waren nicht heruntergelassen, und ich sah einige Leute beim Bridgespiel. Ich fiel beinahe ins Zimmer, konnte eben noch das Wort ›Mord!‹ ausstoßen, und

dann wurde mir schwarz vor Augen –«
»Ich danke Ihnen, Mademoiselle. Es muß ein sehr schwerer Schock für Ihre Nerven gewesen sein. Was nun diesen Landstreicher angeht, könnten Sie ihn mir beschreiben? Können Sie sich daran erinnern, was er trug?«
»Nein – es passierte alles so schnell. Aber ich würde den Mann überall wiedererkennen. Sein Gesicht hat sich mir unauslöschlich eingeprägt.«
»Nur noch eine Frage, Mademoiselle. Waren die Vorhänge am *anderen* Fenster, das auf die Einfahrt geht, zugezogen?«
Zum erstenmal glitt ein verwirrter Ausdruck über das Gesicht der Tänzerin. Sie versuchte anscheinend, sich daran zu erinnern.
»*Eh bien,* Mademoiselle?«
»Ich glaube – ich bin fast sicher – ja, ganz sicher! Sie waren *nicht* zugezogen.«
»Das ist merkwürdig, da die anderen Vorhänge zugezogen waren. Es ist aber wohl nicht sehr wichtig. Bleiben Sie noch länger hier, Mademoiselle?«
»Der Arzt glaubt, daß ich morgen wieder in die Stadt zurückkehren kann.« Sie blickte im Zimmer umher. Miss Oglander war hinausgegangen. »Diese Leute hier sind sehr freundlich – aber sie gehören zu einem anderen Milieu. Ich schockiere sie! Und ich selbst – na, ich bin von der *Bourgeoisie* nicht gerade begeistert!«
In ihren Worten lag eine leichte Bitterkeit.
Poirot nickte. »Ich verstehe. Hoffentlich habe ich Sie mit meinen Fragen nicht allzu sehr ermüdet.«
»Keineswegs, Monsieur. Es liegt mir sehr daran, daß Paul alles sobald wie möglich erfährt.«
»Dann möchte ich mich verabschieden. Guten Tag, Mademoiselle.«
Gerade wollte Poirot das Zimmer verlassen, als er stehenblieb und sich auf ein Paar Lackschuhe stürzte. »Gehören die Ihnen, Mademoiselle?«
»Ja, Monsieur. Man hat sie gerade gesäubert und nach oben gebracht.«
»Aha!« sagte Poirot, als wir die Treppe hinabstiegen. »Anscheinend sind die Dienstboten nicht zu aufgeregt, um ein Paar Schuhe zu reinigen, wenn sie auch die Asche im Kamin vergessen. Ja, *mon ami,* zuerst schien der Fall ein paar interes-

sante Punkte zu haben, aber ich fürchte, fürchte sehr, daß wir ihn doch als abgeschlossen betrachten müssen. Es scheint alles hinreichend klar zu sein.«
»Und der Mörder?«
»Hercule Poirot macht keine Jagd auf Landstreicher«, erwiderte mein Freund prahlerisch.

In der Diele begegnete uns Miss Oglander. »Wenn Sie so gut sein und eine Minute im Salon warten wollen, möchte meine Mutter noch gern mit Ihnen sprechen.«
Das Zimmer war noch nicht aufgeräumt worden. Poirot spielte müßig mit den Karten und mischte sie mit seinen kleinen, peinlich gepflegten Händen.
»Wissen Sie, was ich glaube, mein Freund?«
»Nein«, sagte ich interessiert.
»Ich glaube, Miss Oglander hat einen Fehler gemacht, als sie ›eins ohne‹ spielte. Sie hätte ›drei Pik‹ bieten sollen.«
»Poirot! Sie sind einfach toll!«
»*Mon Dieu,* ich kann doch nicht immer nur von Mord und Totschlag reden!«
Plötzlich erstarrte er: »Hastings – *Hastings*! Sehen Sie doch mal! Der Kreuzkönig fehlt ja im Spiel!«
»Zara!« rief ich.
»Wie?« Er schien meine Anspielung nicht zu verstehen. Mechanisch schichtete er die Karten aufeinander und steckte sie in die Hüllen. Sein Gesicht war sehr ernst.
»Hastings«, sagte er zuletzt, »ich, Hercule Poirot, bin sehr nahe daran gewesen, einen Fehler zu machen – einen sehr großen Fehler.«
Ich blickte ihn zwar beeindruckt, aber völlig verständnislos an.
»Wir müssen wieder von vorn anfangen, Hastings. Ganz von vorn. Aber diesmal werden wir uns nicht irren.«
Er wurde unterbrochen durch den Eintritt einer hübschen Dame mittleren Alters, die einige Haushaltsbücher in der Hand trug. Poirot verbeugte sich.
»Habe ich recht, Sir, daß Sie ein Freund von – hm – hm – Mademoiselle Saintclair sind?«
»Ich bin von einem ihrer Freunde geschickt worden, Madame.«
»Oh, das ist etwas anderes. Ich dachte, vielleicht –«
Poirot wies plötzlich brüsk aufs Fenster.
»Waren Ihre Rouleaus gestern abend nicht heruntergelassen?«

»Nein – daher hat Mademoiselle Saintclair das Licht wohl so deutlich gesehen.«
»Wir hatten gestern abend Mondschein. Es wundert mich daher, daß Sie Mademoiselle Saintclair nicht von Ihrem Platz gegenüber dem Fenster gesehen haben.«
»Wir waren wohl zu sehr in unser Spiel vertieft. So etwas ist uns überhaupt noch nicht vorgekommen.«
»Das kann ich mir gut vorstellen, Madame. Und ich kann Ihnen zu Ihrer Beruhigung sagen, Mademoiselle Saintclair wird Sie morgen verlassen.«
»Oh!« Das Gesicht der guten Dame klärte sich zusehends auf.
»Und ich wünsche Ihnen einen guten Morgen, Madame.«
Ein Dienstmädchen reinigte die Stufen, als wir aus der Haustür traten. Poirot sprach sie an.
»Sind Sie es gewesen, die die Schuhe der jungen Dame oben gesäubert hat?«
Das Mädchen schüttelte den Kopf. »Nein, Sir. Ich glaube nicht, daß sie schon geputzt sind.«
»Wer mag sie denn wohl geputzt haben?« fragte ich, als wir die Straße hinuntergingen.
»Niemand. Sie brauchten gar nicht geputzt zu werden.«
»Ich gebe zu, daß sie die Schuhe bei einem Spaziergang auf der Straße oder auf einem Pfad in einer schönen Nacht nicht beschmutzen würde. Aber wenn sie durch das hohe Gras im Garten gegangen ist, müßten die Schuhe doch eigentlich sehr schmutzig und fleckig gewesen sein.«
»Ja«, sagte Poirot mit einem seltsamen Lächeln. »In dem Falle – da pflichte ich Ihnen bei – müßten sie dreckig geworden sein.«
»Aber –«
»Gedulden Sie sich noch eine halbe Stunde, mein Freund. Wir gehen zurück nach *Mon Désir*.«

Der Butler schien überrascht, als wir wieder auftauchten, aber er hatte nichts dagegen einzuwenden, daß wir noch einmal in die Bibliothek gingen.
»He, das ist nicht das richtige Fenster, Poirot«, rief ich, als er auf das Fenster zumarschierte, das auf die Einfahrt hinausging.
»Ich glaube doch, mein Freund. Sehen Sie mal her.« Er zeigte auf den marmornen Löwenkopf, auf dem ein schwacher ver-

färbter Fleck zu sehen war. Dann wies er auf einen ähnlichen Fleck auf dem polierten Boden.

»Irgend jemand hat Reedburn mit der geballten Faust zwischen die Augen geschlagen. Daraufhin ist er rückwärts auf dieses vorspringende Stückchen Marmor gefallen und dann zu Boden geglitten. Hinterher wurde er über den Fußboden zum anderen Fenster geschleppt und dorthin gelegt, aber nicht ganz im selben Winkel, wie der Doktor es uns beschrieben hat.«

»Aber warum denn nur? Das war doch ganz überflüssig.«

»Im Gegenteil, es war erforderlich. Außerdem gibt es Aufschluß über die Identität des Mörders, der übrigens gar nicht die Absicht hatte, Reedburn zu töten. Daher ist es kaum statthaft, ihn einen Mörder zu nennen. Er muß ein sehr starker Mann sein.«

»Warum? Weil er die Leiche durchs Zimmer geschleift hat?«

»Nicht nur deshalb. Es ist ein sehr interessanter Fall. Aber ich hätte mich beinahe lächerlich gemacht.«

»Wollen Sie damit sagen, daß der Fall abgeschlossen ist, daß Sie alles wissen?«

»Ja.«

Mir fiel plötzlich etwas ein. »Nein«, rief ich. »Es gibt etwas, das Sie nicht wissen!«

»Und was wäre das?«

»Sie wissen nicht, wo der fehlende Kreuzkönig ist!«

»Wie? Das ist ja drollig! Das ist sehr drollig, mein Freund.«

»Wieso?«

»Weil er in meiner Tasche ist!« Er zog ihn mit schwungvoller Bewegung heraus.

»Oh«, sagte ich etwas betroffen. »Wo haben Sie ihn denn gefunden? Hier?«

»Es ist nichts Sensationelles dabei; denn er lag noch im Kasten und war einfach nicht mit den anderen Karten herausgenommen worden.«

»Hm! Er hat Sie aber doch auf eine Idee gebracht, nicht wahr?«

»Ja, mein Freund. Ich verneige mich vor Seiner Majestät.«

»Und vor Madame Zara!«

»Ach ja – vor der Dame auch.«

»Na, was machen wir denn nun?«

»Wir kehren wieder in die Stadt zurück. Aber erst muß ich noch mit einer gewissen Dame in *Daisymead* reden.«

Dasselbe kleine Dienstmädchen öffnete uns die Tür.
»Sie sind alle beim Essen, Sir – es sei denn, Sie möchten Mademoiselle Saintclair sprechen, und die ruht gerade.«
»Es genügt, wenn ich Mrs. Oglander ein paar Minuten sehen kann. Wollen Sie es ihr bitte sagen?«
Sie führte uns in den Salon, wo wir warteten. Im Vorübergehen erhaschte ich einen flüchtigen Blick von der Familie im Eßzimmer. Diesmal waren zwei schwere, kräftige Männer dabei, einer mit Schnurrbart, der andere mit Vollbart.
Nach einigen Minuten kam Mrs. Oglander ins Zimmer und blickte Poirot, der sich verbeugte, fragend an.
»Madame, in unserem Lande ist die Mutter Mittelpunkt einer tiefen Liebe und Verehrung. *La mère de famille*, sie bedeutet für uns alles!«
Mrs. Oglander schien über diese Einleitung sehr erstaunt zu sein.
»Nur aus diesem Grunde bin ich nochmals hierhergekommen. Ich möchte die Angst einer Mutter beschwichtigen. Mr. Reedburns Mörder wird nicht gefunden werden. Haben Sie keine Angst. Ich, Hercule Poirot, gebe Ihnen diese Versicherung. Ich habe doch recht, nicht wahr? Oder muß ich Sie in Ihrer Eigenschaft als Gattin beruhigen?«
Es entstand eine kurze Pause. Mrs. Oglander blickte Poirot forschend in die Augen. Zuletzt sagte sie ganz ruhig: »Ich weiß nicht, wie Sie es erraten haben – aber Sie haben recht.«
Poirot nickte ernst. »Das wäre alles, Madame. Beunruhigen Sie sich nicht. Ihre englischen Polizisten haben nicht die Augen eines Hercule Poirot.« Er tippte mit dem Fingernagel auf das Familienporträt an der Wand.
»Sie hatten früher noch eine Tochter. Sie ist wohl tot, Madame?«
Wieder trat eine Pause ein, während sie in seinen Zügen forschte. Dann antwortete sie: »Ja, sie ist tot.«
»Ah!« sagte Poirot lebhaft. »Nun, wir müssen in die Stadt zurück. Gestatten Sie mir, daß ich den Kreuzkönig wieder in das Kartenspiel lege? Das war der einzige Fehler, den Sie gemacht haben. Sie wollen eine Stunde lang Bridge mit nur einundfünfzig Karten gespielt haben – na, das glaubt Ihnen keiner, der die geringste Ahnung von dem Spiel hat, auch nur für eine Minute. *Bonjour*!«

»Und nun, mein Freund«, sagte Poirot auf dem Wege zum Bahnhof, »ist Ihnen doch alles klar, nicht wahr?«

»Gar nichts ist mir klar! Wer hat Reedburn denn getötet?«

»John Oglander junior. Ich war mir nicht ganz sicher, ob es der Vater oder der Sohn gewesen war. Aber ich tippte auf den Sohn, da er der stärkere und jüngere von den beiden ist. Es mußte einer der beiden sein wegen des Fensters.«

»Warum?«

»Die Bibliothek hatte zwei Türen und zwei Fenster. Aber offenbar kam nur eins in Frage. Das andere Fenster und die beiden Türen gingen direkt oder indirekt nach vorn. Die Tragödie mußte am Gartenfenster stattfinden, damit es den Anschein erweckte, als sei Valerie Saintclair ganz zufällig nach *Daisymead* gekommen. In Wirklichkeit wurde sie natürlich ohnmächtig, und John Oglander trug sie auf seinen Schultern nach drüben. Deshalb sagte ich, es müsse ein starker Mann gewesen sein.«

»Dann sind sie also zusammen hingegangen?«

»Ja. Sie erinnern sich vielleicht noch daran, wie Valerie zögerte, als ich sie fragte, ob sie keine Angst gehabt habe, sich allein in die Höhle des Löwen zu wagen. John Oglander begleitete sie – und das hat Reedburns Laune nicht gerade verbessert. Sie zankten sich, und wahrscheinlich hat Reedburn eine beleidigende Bemerkung über Valerie fallenlassen, die John Oglander veranlaßte, ihn zu schlagen. Das übrige wissen Sie.«

»Aber was hat das Bridgespiel damit zu tun?«

»Bei Bridge setzt man vier Spieler voraus. So eine einfache Tatsache wirkt oft sehr überzeugend. Wer hätte vermutet, daß nur drei Leute den ganzen Abend über im Zimmer waren?«

Manches war mir immer noch rätselhaft.

»Ich verstehe eines nicht. Was haben die Oglanders mit der Tänzerin Valerie Saintclair zu tun?«

»Ah, ich bin überrascht, daß Sie das nicht erkannt haben. Dabei haben Sie das Bild an der Wand doch lange genug betrachtet – länger als ich. Mrs. Oglanders Tochter mag für ihre Familie tot sein. Aber die Welt kennt sie als Valerie Saintclair!«

»Was?«

»Haben Sie denn nicht die Ähnlichkeit bemerkt, als Sie die beiden Schwestern zusammen sahen?«

»Nein«, bekannte ich. »Mir fiel nur ihre Unähnlichkeit auf.«

»Das kommt daher, weil Sie sich so sehr von äußeren Eindrücken beeinflussen lassen, mein lieber Hastings. Die Züge der beiden sind fast identisch. Ebenso die Gesichtsfarbe. Interessant ist es, daß Valerie sich ihrer Familie schämt und umgekehrt. Trotzdem wandte sie sich im Augenblick der Gefahr an ihren Bruder um Hilfe, und als die Sache schiefging, hielten sie alle zusammen wie Pech und Schwefel. Die Stärke einer Familie ist etwas Wunderbares. In der Familie können sie alle schauspielern. Daher hat Valerie auch ihr Schauspielertalent. Ich glaube ebenso wie Prinz Paul an Vererbung! Sie hatten mich sogar getäuscht! Ein glücklicher Zufall und meine an Mrs. Oglander gerichtete Probefrage, wodurch ich sie dazu brachte, die Angabe ihrer Tochter über die Sitzordnung zu widerlegen, haben es verhütet, daß die Familie Oglander Hercule Poirot eine Schlappe beigebracht haben.«

»Was werden Sie nun dem Prinzen sagen?«

»Daß Valerie das Verbrechen unmöglich begangen haben kann und daß ich sehr bezweifle, daß der Landstreicher jemals gefunden wird. Auch werde ich ihn bitten, Zara meine Empfehlung auszurichten. Das war wirklich ein merkwürdiger Zufall! Ich glaube, ich nenne diese kleine Affäre das Abenteuer des Kreuzkönigs. Was halten Sie davon, mein Freund?«

Das Geheimnis des Plymouth-Express

Alec Simpson, Leutnant zur See, stieg in Newton Abbot in ein Abteil erster Klasse des Plymouth-Express. Ein Gepäckträger folgte mit einem schweren Koffer. Er schickte sich an, diesen ins Gepäcknetz zu schwingen. Aber der junge Seemann wehrte ab:

»Lassen Sie ihn nur unten. Ich werde ihn nachher schon selbst verstauen.«

Mit diesen Worten drückte er ihm ein großzügiges Trinkgeld in die Hand. Der Gepäckträger bedankte sich und verschwand. Türen klappten; eine gewaltige Stimme rief: »Der Zug hält nur in Plymouth. Nach Torquay umsteigen. Nächste Station Plymouth!« Dann schrillte eine Pfeife, und der Zug setzte sich langsam in Bewegung.

Leutnant Simpson hatte das Abteil ganz für sich. Die Dezemberluft war frostig, und er zog das Fenster zu. Dann schnupperte er etwas und runzelte die Stirn. Was für ein merkwürdiger Geruch! Genau wie damals im Krankenhaus, als er am Bein operiert wurde, dachte er. Ja, Chloroform, das war's!

Er ließ das Fenster wieder herunter und setzte sich mit dem Rücken zur Lokomotive. Dann zog er seine Pfeife aus der Tasche und zündete sie an. Eine Zeitlang saß er regungslos da und blickte rauchend und sinnend in die Nacht hinaus.

Schließlich raffte er sich auf, öffnete seinen Koffer und nahm einige Zeitungen und Zeitschriften heraus. Dann schloß er den Koffer wieder und versuchte, ihn unter die gegenüberliegende Bank zu schieben, was ihm aber nicht gelang. Irgend etwas war da im Wege. Er schob kräftiger mit ständig wachsender Ungeduld, aber immer noch ragte der Koffer halbwegs ins Abteil.

»Verdammt nochmal, warum geht das Ding denn nicht hinein?« murmelte er vor sich hin. Seine Geduld war zu Ende. Er zog den Koffer vollständig heraus, bückte sich und spähte unter den Sitz.

Im nächsten Moment hallte ein Schrei, und ein heftiger Ruck an der Notbremse brachte den langen Zug zum Stehen.

»Mon ami«, sagte Poirot, »wie ich weiß, haben Sie großes Interesse an der geheimnisvollen Angelegenheit im Plymouth-Express. Hier, lesen Sie mal.«
Ich griff nach dem Brief, den er mir über den Tisch hinweg zuschob. Der Inhalt war kurz und bündig:

Sehr geehrter Monsieur Poirot!
Ich wäre Ihnen sehr verbunden, wenn Sie mich so rasch wie irgend möglich aufsuchen würden.

Mit freundlichen Grüßen
Ihr
Ebenezer Halliday.

Der Zusammenhang war mir nicht ganz klar, und ich blickte Poirot fragend an.
Als Antwort entfaltete er eine Zeitung und las folgenden Absatz laut vor:
»Eine sensationelle Entdeckung wurde gestern abend gemacht. Ein junger Marineoffizier, der zu seiner Station in Plymouth zurückkehrte, fand unter dem Sitz in seinem Abteil eine erstochene Frau. Der Offizier zog sofort die Notleine, und der Zug wurde zum Stehen gebracht. Die ungefähr dreißig Jahre alte, auffallend gekleidete Frau ist noch nicht identifiziert worden.
Und später folgt diese Notiz:
Man hat festgestellt, daß die im Plymouth-Express tot aufgefundene Frau die Ehrenwerte Mrs. Rupert Carrington ist.
Wenn Ihnen das kein Begriff ist, mein Freund, will ich hinzufügen, daß Mrs. Rupert Carrington vor ihrer Heirat Flossie Halliday war, die Tochter des alten Halliday, des Stahlkönigs von Amerika.«
»Und er läßt Sie kommen? Das ist ja großartig!«
»Ich habe ihm früher mal einen kleinen Dienst erweisen können – es handelte sich damals um Wertpapiere. Und einmal, als ich anläßlich eines königlichen Besuchs in Paris war, machte man mich auf Mademoiselle Flossie aufmerksam. *La jolie petite pensionnaire!* hieß es. Sie hatte auch eine hübsche Mitgift, diese hübsche kleine Pensionärin. Dadurch kam es zu Unannehmlichkeiten. Sie hätte beinahe eine schlechte Partie gemacht.«
»Wie kam das denn?«
»Ein gewisser Graf de la Rochefour war hinter ihr her. *Un*

bien mauvais sujet. Ein Taugenichts, ein ausgekochter Abenteurer, der es verstand, das Herz eines romantisch angehauchten jungen Mädchens zu erobern. Glücklicherweise bekam ihr Vater rechtzeitig Wind davon und holte sie schleunigst nach Amerika zurück. Einige Jahre später erfuhr ich von ihrer Heirat. Aber ich weiß nichts über ihren Mann.«

»Hm«, sagte ich. »Der Ehrenwerte Rupert Carrington ist nach allem, was man so hört, nicht gerade ein Glanzstück. Mit seinem Vermögen sind die Pferdchen durchgegangen, und ich kann mir lebhaft vorstellen, daß der Dollarsegen des alten Halliday wie gerufen kam. Ich muß sagen: einen jungen Menschen, der so gut aussieht, solch tadellose Manieren hat und dabei ein so gewissenloser Halunke ist wie er, gibt es wohl kaum ein zweites Mal auf der Welt.«

»Oh«, sagte Poirot, »das arme kleine Mädchen! *Elle n'est pas bien tombée!*«

»Ich glaube, er hat ihr von Anfang an deutlich gezeigt, daß ihr Geld für ihn wichtiger war als ihre Person. Wenn ich nicht irre, sind sie fast sofort nach der Hochzeit auseinandergegangen. Es schwirrten Gerüchte umher, wonach eine endgültige gesetzliche Trennung stattfinden sollte.«

»Der alte Halliday ist kein Dummkopf. Er wird ihr Geld ziemlich festgelegt haben.«

»Das ist sehr wahrscheinlich. Jedenfalls ist es aber eine bekannte Tatsache, daß der Ehrenwerte Rupert finanziell in der Klemme sitzt.«

»Aha! Wer weiß . . .«

»Wer weiß was?«

»Nicht so stürmisch, mein guter Freund! Sie sind aber sehr interessiert, wie ich sehe. Wie wär's, wenn Sie mich zu Mr. Halliday begleiten würden? Gleich an der Ecke können wir ein Taxi nehmen.«

Schon nach wenigen Minuten hielt unser Auto vor einem prunkvollen Haus in der Park Lane, das der amerikanische Magnat gemietet hatte. Wir wurden in die Bibliothek geführt, und fast unmittelbar darauf trat ein breitschultriger, untersetzter Mann mit durchdringendem Blick und aggressivem Kinn zu uns ins Zimmer.

»Monsieur Poirot«, sagte Mr. Halliday, »ich glaube, ich brauche Ihnen wohl nicht zu sagen, warum ich Sie kommen ließ. Sie haben die Zeitungen gelesen, und ich bin ein Mensch, der nie das Gras unter seinen Füßen wachsen läßt. Ich hörte zufällig, daß Sie in London seien, und da fiel mir die tadellose Arbeit ein, die Sie damals für mich geleistet haben. Vergesse nie einen Namen. Natürlich stehen mir die besten Kräfte von Scotland Yard zur Verfügung. Aber ich möchte außerdem meinen Privatdetektiv haben. Geld spielt keine Rolle. Alle die vielen Dollar waren für mein kleines Mädchen gemacht – und nun ist sie nicht mehr da. Ich gäbe meinen letzten roten Heller her, um den Schurken, der das getan hat, zu fassen! Das verstehen Sie, nicht wahr? Also bringen Sie den Kerl zur Strecke!«

Poirot verbeugte sich.

»Ich nehme den Fall an, Monsieur, um so bereitwilliger, als ich Ihre Tochter mehrere Male in Paris gesehen habe. Und nun muß ich Sie bitten, mir einen genauen Bericht über die Reise Ihrer Tochter nach Plymouth zu geben sowie über alle Einzelheiten, die etwas mit dem Fall zu tun haben könnten.«

»Nun, zunächst einmal«, antwortete Halliday, »war es gar nicht ihre Absicht, nach Plymouth zu fahren. Sie war auf dem Wege zu einer Einladung in *Avonmead Court*, dem Landsitz der Herzogin von Swansea. Sie verließ London mit dem Zuge, der um 12.14 Uhr von Paddington abfährt und um 2.50 Uhr in Bristol, wo sie umsteigen mußte, ankommt. Die wichtigsten Schnellzüge nach Plymouth fahren natürlich über Westbury und berühren Bristol überhaupt nicht. Der 12.14 Uhr fährt aber bis Bristol durch und hält nachher in Weston, Taunton, Exeter und Newton Abbot. Meine Tochter reiste allein im Abteil, das bis Bristol reserviert war. Ihre Zofe saß in einem Abteil dritter Klasse im nächsten Wagen.«

Poirot nickte, und Mr. Halliday fuhr fort: »Die Einladung in *Avonmead Court* war ziemlich großartig aufgezogen. Es sollten mehrere Bälle stattfinden. Meine Tochter hatte daher fast ihren ganzen Schmuck bei sich im Werte von ungefähr hunderttausend Dollar.«

»Un moment«, unterbrach Poirot. »Wer hatte den Schmuck in Verwahrung? Ihre Tochter oder die Zofe?«

»Meine Tochter hatte ihren Schmuck stets bei sich, und zwar in einem kleinen blauen Lederkoffer.«

»Bitte fahren Sie fort, Monsieur.«

»In Bristol erschien die Zofe, Jane Mason, mit dem Kleingepäck meiner Tochter, das sie zu betreuen hatte, an der Tür von Flossies Abteil. Zu ihrem ungeheuren Erstaunen sagte ihr meine Tochter, daß sie in Bristol nicht aussteigen, sondern im selben Zuge weiterfahren werde. Sie wies Mason an, das große Gepäck zum Gepäckraum schaffen zu lassen und sich dann in den Erfrischungsraum zu setzen. Sie solle aber ja am Bahnhof auf ihre Herrin warten, die mit einem anderen Zug im Laufe des Nachmittags nach Bristol zurückkehren würde. Obgleich die Zofe höchst erstaunt war, befolgte sie genau alle Instruktionen. Sie brachte das Gepäck zum Gepäckraum und bestellte sich eine Tasse Tee. Ein Zug nach dem anderen lief ein, aber ihre Herrin erschien nicht. Nach Ankunft des letzten Zuges ließ Mason die Koffer beim Handgepäck und übernachtete in einem Hotel in der Nähe des Bahnhofs. Heute morgen las sie von der Tragödie und kehrte mit dem ersten Zug nach London zurück.«

»Und Sie haben gar keine Erklärung für die plötzliche Änderung in den Reiseplänen Ihrer Tochter?«

»Es könnte höchstens der Mann im Abteil gewesen sein. Nach Jane Masons Bericht war Flossie in Bristol nämlich nicht mehr allein im Abteil. Ein Mann stand am anderen Fenster und blickte hinaus. Da er ihr den Rücken zukehrte, konnte Jane Mason das Gesicht nicht sehen.«

»Es war natürlich ein D-Zug-Wagen mit Gang, nicht wahr?«

»Ja.«

»Auf welcher Seite war der Gang?«

»Nach dem Bahnsteig zu. Meine Tochter stand im Gang, als sie sich mit Mason unterhielt.«

»Und Sie hegen keinen Zweifel daran, daß diese wahrscheinlich unerwartete Begegnung Ihre Tochter veranlaßt hat, andere Dispositionen zu treffen?«

»Es scheint die einzig vernünftige Erklärung.«

»Haben Sie keine Idee, wer der fragliche Herr gewesen sein könnte?«

Der Millionär zögerte ein wenig, dann antwortete er:

»Nein, das kann ich Ihnen nicht sagen.«

»Nun – und wie war es mit der Entdeckung der Leiche?«

»Sie wurde von einem jungen Marineoffizier gefunden, der sofort das Zugpersonal alarmierte. Unter den Mitreisenden befand sich ein Arzt, der die Leiche untersuchte. Es stellte sich heraus, daß meine Tochter zuerst chloroformiert und dann erstochen wurde. Nach seiner Ansicht war sie ungefähr vier Stunden tot. Es muß also kurz hinter Bristol passiert sein – wahrscheinlich zwischen Bristol und Weston oder auch zwischen Weston und Taunton.«

»Und der Juwelenkoffer?«

»Der Juwelenkoffer, Monsieur Poirot, war verschwunden.«

»Noch eins, Monsieur. Wer erbt das Vermögen Ihrer Tochter?«

»Flossie setzte kurz nach ihrer Heirat ein Testament auf, in dem sie alles ihrem Mann vermachte.« Nach einigem Zögern setzte er hinzu: »Ich muß Ihnen wohl sagen, Monsieur Poirot, daß ich meinen Schwiegersohn für einen charakterlosen Nichtsnutz ansehe und daß meine Tochter auf meinen Rat hin drauf und dran war, sich auf gesetzlichem Wege von ihm zu trennen, was keine Schwierigkeiten bot. Ich habe ihr Geld so festgelegt, daß er es zu ihren Lebzeiten nicht in die Hand bekommen konnte. Obgleich sie mehrere Jahre völlig getrennt gelebt haben, ist sie doch häufig seinen Geldforderungen nachgekommen, um einen öffentlichen Skandal zu vermeiden. Ich aber war die Sache leid und wollte diesem Zustand ein Ende machen. Schließlich hat Flossie sich damit einverstanden erklärt, und meine Rechtsanwälte hatten Instruktionen, das Verfahren einzuleiten.«

»Und wo ist Monsieur Carrington?«

»In London. Soweit ich unterrichtet bin, war er gestern auf dem Lande, ist aber abends wieder zurückgekehrt.«

Poirot überlegte eine kleine Weile. Dann sagte er: »Ich glaube, das ist alles, Monsieur.«

»Möchten Sie die Zofe, Jane Mason, sehen?«

»Ja, bitte.«

Halliday klingelte und ließ sie durch einen Diener rufen.

Kurz darauf betrat Jane Mason das Zimmer – eine respektable Erscheinung mit etwas harten Zügen. Wie alle gutgeschulten Angestellten verriet sie angesichts der Tragödie keinerlei Gefühle.

»Sie gestatten mir wohl, einige Fragen an Sie zu richten? War Ihre Herrin ganz so wie sonst, als sie gestern morgen aufbrach? Nicht aufgeregt oder beunruhigt?«

»O nein, Sir.«

»Aber in Bristol war sie ganz anders?«

»Ja, Sir, regelrecht verstört – und so nervös, daß sie kaum zu

wissen schien, was sie sagte.«
»Können Sie mir ihre genauen Worte wiederholen?«
»Soweit ich mich entsinnen kann, sagte sie: ›Jane, ich muß meine Pläne ändern. Es ist etwas geschehen – ich meine, ich steige hier doch nicht aus. Ich muß weiterfahren. Lassen Sie sich meine Koffer aus dem Gepäckwagen geben und schaffen Sie sie in den Gepäckraum. Dann bestellen Sie sich Tee und warten hier am Bahnhof auf mich.‹
›Hier soll ich auf Sie warten, Ma'am?‹ fragte ich.
›Ja, ja, gehen Sie nicht vom Bahnhof fort! Ich werde mit einem späteren Zug zurückkehren. Ich weiß aber noch nicht, wann. Es mag sogar spät werden.‹
›Sehr wohl, Ma'am‹, sagte ich. Das Ganze kam mir recht merkwürdig vor, aber es schickte sich nicht für mich, Fragen zu stellen.«
»Das sah Ihrer Herrin gar nicht ähnlich, wie?«
»Ganz und gar nicht, Sir.«
»Was dachten Sie sich denn dabei?«
»Nun, ich glaubte, der Herr in ihrem Abteil habe etwas damit zu tun. Sie sprach nicht mit ihm, aber hin und wieder drehte sie sich nach ihm um, als erwarte sie eine Bemerkung von ihm.«
»Das Gesicht des Mannes haben Sie aber nicht gesehen, wie?«
»Nein, Sir, er kehrte mir die ganze Zeit über den Rücken zu.«
»Können Sie ihn überhaupt irgendwie beschreiben?«
»Er trug einen leichten rehfarbenen Mantel und eine Reisemütze. Er war groß und schlank und schien dunkles Haar zu haben.«
»Er kam Ihnen nicht vielleicht bekannt vor?«
»Eigentlich nicht, Sir.«
»Hätte es der Gatte Ihrer Herrin, Mr. Carrington, sein können?«
Mason blickte ziemlich bestürzt drein.
»Oh, das glaube ich nicht, Sir!«
»Aber Sie sind nicht sicher?«
»Er hatte ungefähr die Figur des gnädigen Herrn – aber ich habe nie daran gedacht, daß er es sein könnte. Wir sahen ihn so selten. Ich kann natürlich auch nicht behaupten, daß er es nicht war!«
»Hätte der Mann in Bristol in den Zug steigen können, ehe Sie das Abteil Ihrer Herrin erreichten?«

Jane Mason überlegte.
»Ja, Sir, das wäre durchaus möglich gewesen. Mein Abteil war sehr voll, und es dauerte einige Minuten, bevor ich aussteigen konnte – und dann war ein ziemliches Gewühl auf dem Bahnsteig. Das hielt mich auch auf. Aber bestenfalls hätte er nur ein paar Minuten mit der gnädigen Frau allein sprechen können. Ich hatte es als selbstverständlich angenommen, daß er durch den Gang in ihr Abteil gekommen war.«
»Das ist gewiß auch wahrscheinlicher.«
Poirot schwieg mit gerunzelter Stirn.
Jane Mason unterbrach das Schweigen:
»Soll ich Ihnen sagen, wie die gnädige Frau gekleidet war, Sir?«
»Die Zeitungen erwähnen ein paar Einzelheiten, aber es wäre gut, wenn Sie sie bestätigen würden.«
»Sie trug ein Barett aus weißem Fuchspelz mit einem weißen getupften Schleier, dazu einen Wollmantel mit passendem Rock – in einer Farbe, die man als stahlblau bezeichnet.«
»Hm, ziemlich auffallend!«
»Ja«, warf Halliday dazwischen, »Inspektor Japp hofft, daß es dazu beitragen wird, den genauen Tatort festzustellen. Jeder, der sie gesehen hat, wird sich an sie erinnern.«
»*Précisément!* Ich danke Ihnen, Mademoiselle.«
Die Zofe verließ den Raum.
Poirot erhob sich flink: »Mehr kann ich hier nicht tun – ich möchte Sie höchstens bitten, mir alles zu sagen – aber auch wirklich *alles*!«
»Das habe ich doch getan.«
»Sind Sie sicher?«
»Absolut!«
»Dann läßt sich nichts mehr sagen, und ich muß den Fall ablehnen.«
»Aber warum denn?«
»Weil Sie mir gegenüber nicht offen gewesen sind.«
»Aber ich versichere Ihnen –«
»Nein, Sie verheimlichen mir etwas.«
Es folgte eine kurze Pause. Dann zog Halliday zögernd ein Blatt Papier aus der Tasche und reichte es Poirot.
»Das hat Ihnen wohl quer im Halse gesessen, Monsieur Poirot – wie Sie das wissen konnten, ist mir allerdings schleierhaft.«
Poirot lächelte und entfaltete den Bogen. Es war ein Brief mit

dünner, schräger Handschrift. Er las ihn laut vor:

Chère Madame,
es macht mich sehr glücklich, daß ich Sie wiedersehen soll, ich freue mich unendlich darauf. Nach Ihrer so liebenswürdigen Antwort auf meinen Brief kann ich meine Ungeduld kaum bezähmen. Jene Tage in Paris sind mir unvergeßlich. Es ist allerdings grausam von Ihnen, daß Sie London morgen verlassen wollen. Sehr bald, vielleicht eher als Sie denken, werde ich jedoch die Freude haben, die Frau wiederzusehen, die stets den ersten Platz in meinem Herzen eingenommen hat. Glauben Sie mir, meine Gefühle für Sie sind unverändert, und ich bin mit den ergebensten Grüßen

Ihr
Armand de la Rochefour.

Poirot gab Halliday den Brief mit einer Verbeugung zurück.
»Ich nehme an, Monsieur, daß Sie nicht wußten, daß Ihre Tochter die Bekanntschaft mit dem Grafen de la Rochefour zu erneuern gedachte.«
»Es kam wie ein Blitz aus heiterem Himmel! Ich fand diesen Brief in der Handtasche meiner Tochter. Wie Ihnen wahrscheinlich bekannt ist, Monsieur Poirot, ist dieser sogenannte Graf ein Abenteurer schlimmster Sorte.«
Poirot nickte.
»Aber wie kommt es nur, daß Sie von der Existenz dieses Briefes wußten?«
Mein Freund lächelte. »Monsieur, ich wußte nichts davon. Aber es genügt nicht für einen Detektiv, Fußspuren zu verfolgen und Zigarettenasche zu erkennen. Er muß auch ein guter Psychologe sein! Ich wußte, daß Sie Abneigung und Mißtrauen gegen Ihren Schwiegersohn hegten. Er hatte durch den Tod Ihrer Tochter Vorteile. Nach der Beschreibung der Zofe hat der mysteriöse Mann hinreichende Ähnlichkeit mit ihm. Dennoch sind Sie ihm nicht scharf auf den Fersen. Das läßt nur einen Schluß zu: Ihr Verdacht liegt in einer anderen Richtung. Also mußten Sie mir etwas verschweigen.«
»Sie haben recht, Monsieur Poirot. Ich war von Ruperts Schuld überzeugt, bis ich diesen Brief fand. Er hat mich vollständig durcheinandergebracht.«
»Ja, das kann ich mir denken. Der Graf sagt darin: Sehr bald

und vielleicht eher, als Sie denken. Offenbar wollte er nicht warten, bis Sie Wind von seinem Wiederauftauchen bekamen. Ist er vielleicht mit demselben Zug wie Ihre Tochter von London abgefahren und dann durch den Gang zum Abteil Ihrer Tochter gekommen? Der Graf de la Rochefour ist, wenn ich mich recht erinnere, ebenfalls groß und dunkel!«

Der Millionär nickte.

»Nun, Monsieur, ich wünsche Ihnen einen guten Tag. Scotland Yard hat vermutlich eine Liste der einzelnen Schmuckstücke?«

»Ja. Ich glaube sogar, Inspektor Japp ist gerade hier, wenn Sie ihn sehen möchten?«

Japp war ein alter Bekannter von uns. Er begrüßte Poirot mit einer gewissen wohlwollenden Herablassung:

»Und wie geht es Ihnen, Monsieur? Kein böses Blut zwischen uns, wie? Wenn wir auch von verschiedenen Gesichtspunkten aus an eine Sache herangehen. Was machen denn die kleinen grauen Zellen? Immer noch tüchtig in Betrieb?«

Poirot strahlte ihn an. »Sie funktionieren, mein guter Japp, darauf können Sie sich verlassen.«

»Dann ist ja alles in bester Ordnung. War es der Ehrenwerte Rupert oder ein einfacher Dieb? Was meinen Sie? Wir haben selbstverständlich alle verdächtigen Stellen im Auge und wissen sofort, wenn die Steinchen verschachert werden. Der Täter wird sie natürlich nicht behalten, um ihr Glitzern zu bewundern. Kaum anzunehmen, was? Ich will versuchen, ausfindig zu machen, wo Rupert Carrington gestern war. Scheint eine etwas mysteriöse Angelegenheit zu sein. Ich lasse ihn beobachten.«

»Eine großartige Vorsichtsmaßnahme! Aber vielleicht einen Tag zu spät«, bemerkte Poirot sanft.

»Sie müssen auch immer Ihr Späßchen machen, Monsieur Poirot. Also, auf nach Paddington. Bristol, Weston, Taunton – das ist mein Revier. Auf Wiedersehen!«

»Sie werden mich doch heute abend aufsuchen und mir sagen, was Sie erreicht haben?«

»Sicher. Wenn ich bis dahin zurück bin.«

»Der gute Japp ist sehr für Bewegung«, murmelte Poirot, als Japp fortging. »Er reist, er mißt Fußspuren, er sammelt Erde und Zigarettenasche. Er ist äußerst geschäftig und unbeschreiblich eifrig. Aber wenn ich das Wort Psychologie erwähnte, was würde er dann tun? Er würde lachen! Er würde vor sich hin sagen: ›Der arme Poirot! Er wird alt! Er wird senil!‹ Japp gehört zur ›jüngeren Generation, die an die Tür pocht‹, wie man so schön sagt, und die vor lauter Eifer gar nicht merkt, daß die Tür offen ist!«

»Und was werden Sie unternehmen?«

»Da wir *Carte blanch* haben, werde ich ein paar Pennys auf ein Telefongespräch mit dem *Ritz* verschwenden – wo unser Graf sich ja aufhält, wie Ihnen sicher nicht entgangen ist. Danach werde ich in meine Wohnung gehen und mir auf dem Spirituskocher eine *tisane* brauen; denn ich habe nasse Füße und bereits zweimal geniest.«

Ich sah Poirot erst am nächsten Morgen wieder, als er seelenruhig sein Frühstück beendete.

»Nun«, fragte ich eifrig, »gibt's was Neues?«

»Nichts.«

»Und Japp?«

»Ich habe ihn noch nicht wiedergesehen.«

»Der Graf?«

»Hat vorgestern das Hotel verlassen.«

»Dann besteht ja kein Zweifel mehr, und Rupert Carrington ist frei vom Verdacht.«

»Weil der Graf de la Rochefour das Hotel *Ritz* verlassen hat? Nicht so hastig mein Freund.«

»Jedenfalls sollte man den Grafen verfolgen, verhaften! Aber was für ein Motiv hätte er?«

»Juwelen im Werte von hunderttausend Dollar bilden ein ganz schönes Motiv für jeden. Aber ich frage mich höchstens: warum sie töten? Warum nicht einfach den Schmuck stehlen? Sie hätte schon keine Anklage erhoben.«

»Warum nicht?«

»Weil sie eine Frau ist, *mon ami.* Sie hat diesen Mann früher einmal geliebt. Daher würde sie den Verlust schweigend tragen. Und der Graf, der ein außerordentlich guter Frauenkenner ist – daher seine Erfolge –, würde das auch wissen! Und wenn wir annehmen, daß Rupert Carrington sie umgebracht hat, warum sollte er die Juwelen an sich nehmen? Die würden ihn doch nur stark belasten.«

»Eine Finte, um den Verdacht von sich abzulenken.«

»Vielleicht haben Sie recht. Aha, hier ist Japp! Ich erkenne ihn am Klopfen.«
Der Inspektor strahlte vor guter Laune.
»Morgen, Poirot. Gerade von der Reise zurück. Bin einen guten Schritt weitergekommen. Und Sie?«
»Ich? Ich habe meine Gedanken geordnet!« erwiderte Poirot seelenruhig.
Japp lachte herzhaft und flüsterte mir zu:
»Der alte Knabe kommt in die Jahre.« Laut sagte er: »Damit begnügen wir Jungen uns nicht.«
»Quel dommage!« meinte Poirot trocken.
»Nun, wollen Sie wissen, was ich getan habe?«
»Darf ich raten? Sie haben das Messer gefunden, mit dem das Verbrechen begangen wurde, und zwar neben dem Geleise zwischen Weston und Taunton. Ferner haben Sie den Zeitungsjungen interviewt, der mit Mrs. Carrington in Weston gesprochen hat.«
Japp machte ein ellenlanges Gesicht. »Woher wissen Sie denn das? Nun kommen Sie mir bloß nicht mit Ihren allmächtigen kleinen grauen Zellen!«
»Freut mich, daß Sie endlich mal zugeben, daß sie *allmächtig* sind! Sagen Sie mal, hat sie dem Zeitungsjungen einen Shilling Trinkgeld gegeben?«
»Eine halbe Krone sogar!« Japp hatte seine gute Laune wieder und grinste. »Ziemlich verschwenderisch, diese reichen Amerikaner!«
»Und infolgedessen hat der Junge sie nicht vergessen, wie?«
»Der nicht! Halbe Kronen regnen nicht jeden Tag für ihn vom Himmel. Sie rief ihn zu sich und kaufte zwei Zeitschriften. Das Titelbild des einen zeigte ein Mädchen in Blau. ›Das paßt ja zu mir!‹ sagte sie. O ja, er erinnerte sich noch ganz genau. Na, für mich war's genug! Nach Aussage des Arztes muß das Verbrechen vor Taunton begangen worden sein. Ich dachte mir, daß man das Messer sofort wegwerfen würde. Deshalb ging ich den Schienen nach, und siehe da, dort lag's! Ich versuchte, in Taunton die Spur des Mannes aufzunehmen. Aber es ist ein großer Bahnhof, wo er untertauchen konnte. Er ist dann wohl mit einem späteren Zug nach London zurückgekehrt.«
Poirot nickte. »Sehr wahrscheinlich.«
»Aber nach meiner Rückkehr habe ich noch etwas entdeckt!

Diese heiße Ware zirkuliert schon. Der große Smaragd wurde gestern abend versetzt – von einem, der zur Unterwelt gehört. Was meinen Sie wohl, wer das war?«
»Keine Ahnung. Ich weiß nur, daß es kein großer Mann war.«
Japp starrte ganz verblüfft. »Da haben Sie recht. Er ist klein genug. Es ist Rot-Narky.«
»Wer ist Rot-Narky?« fragte ich.
»Ein besonders raffinierter Juwelendieb, der auch vor einem Mord nicht zurückschreckt. Arbeitet gewöhnlich mit einer Frau zusammen – Gracie Kidd. Aber sie scheint diesmal nicht dabei zu sein, oder sie ist mit dem Rest der Beute nach Holland abgedampft.«
»Haben Sie Narky verhaftet?«
»Natürlich. Aber wohlgemerkt, es ist der andere, den wir fassen wollen, der Mann, der in Mrs. Carringtons Abteil war. Der hat nämlich den ganzen Anschlag geplant. Leider verrät Narky keinen seiner Genossen.«
Es fiel mir auf, daß Poirots Augen ganz grün geworden waren.
»Ich glaube«, sagte er leise, »ich wiß, wo Narkys Kollege steckt.«
»Mal wieder eine Ihrer kleinen Ideen, wie?« Japp warf Poirot einen scharfen Blick zu. »Geradezu wundervoll, wie Sie manchmal den Kram schmeißen! Und dazu noch in Ihrem Alter! Reines Glück natürlich.«
»Vielleicht, vielleicht«, murmelte mein Freund. »Hastings, meinen Hut. Und die Bürste. So! Meine Galoschen, wenn es noch regnet! Wir dürfen die gute Wirkung der *tisane* nicht aufheben. *Au revoir*, Japp!«
»Viel Glück, Poirot.«
Poirot nahm das erste Taxi, das uns begegnete, und nannte dem Fahrer die Adresse in der Park Lane.
Kaum hielten wir vor Hallidays Haus, da sprang er schon behende aus dem Wagen, bezahlte den Chauffeur und zog die Glocke. Mit dem Diener, der die Tür öffnete, verhandelte er im Flüsterton, und wir wurden sofort nach oben geführt. Wir kletterten bis ins oberste Stockwerk, wo man uns in ein kleines, sauberes Schlafzimmer brachte.
Poirots Blicke schweiften im Zimmer umher und blieben schließlich auf einem kleinen schwarzen Koffer haften. Er kniete davor nieder, prüfte die Schlösser und zog schließlich

einen kleinen, gebogenen Draht aus der Tasche.
»Fragen Sie Mr. Halliday, ob er die Güte haben will, zu mir heraufzukommen«, sagte er über die Schulter hinweg zum wartenden Diener.

Sobald der Diener gegangen war, hantierte Poirot mit geübter Hand am Schloß herum. In wenigen Minuten gab es nach, und er hob den Deckel. In großer Hast zog er ein Kleidungsstück nach dem anderen aus dem Koffer und warf alles kunterbunt auf den Fußboden.
Ein schwerer Schritt ließ sich auf der Treppe vernehmen. Im nächsten Augenblick trat Halliday ins Zimmer.
»Zum Teufel, was machen Sie da?« fragte er, und die Augen traten ihm vor Staunen fast aus dem Kopf.
»Monsieur, ich suchte – dies!« Damit zog Poirot einen Mantel und Rock aus hellblauer Wolle und ein kleines Barett aus weißem Fuchspelz hervor.
»Was machen Sie denn mit meinem Koffer?« ertönte eine Stimme aus dem Hintergrund. Ich drehte mich um und sah, daß Jane Mason soeben ins Zimmer gekommen war.
»Schließen Sie bitte die Tür, Hastings. Ja, und stellen Sie sich mit dem Rücken dagegen. Mr. Halliday, ich möchte Sie bekanntmachen mit Gracie Kidd, alias Jane Mason, die unter den Fittichen von Inspektor Japp dahin geführt wird, wo ihr Komplice Rot-Narky bereits ihrer harrt.«

Poirot machte eine abwehrende Handbewegung. »Es war höchst einfach.« Und er nahm eine zweite Portion Kaviar.
»Zuerst fiel mir auf, daß die Zofe von selbst das Gespräch auf die Kleidung ihrer Herrin brachte. Warum wollte sie mit aller Gewalt unsere Aufmerksamkeit darauf lenken? Dann fragte ich mich, ob der geheimnisvolle Mann im Abteil nicht ein Produkt ihrer Phantasie war; denn nur sie hatte ihn gesehen. Nach den Aussagen des Arztes konnte Mrs. Carrington ebensogut auf der Strecke vor Bristol ermordet worden sein. In diesem Falle lag es natürlich in ihrem Interesse, ihre Aussagen durch andere bestätigen zu lassen. Die Kleidung, die Mrs. Carrington trug, war sehr auffallend. Eine Zofe kann gewöhnlich ihre Herrin bei der Wahl ihrer Toilette sehr beeinflussen. Wenn nun jemand eine Dame in stahlblauem Mantel und Rock und weißer Pelzmütze bei Bristol gesehen hat, wird er

bereitwilligst schwören, daß es Mrs. Carrington gewesen ist. Ich begann, das Verbrechen zu rekonstruieren: Die Zofe beschafft sich zunächst mal dieselbe Kleidung wie ihre Herrin. Sie und ihr Komplice chloroformieren und erstechen dann Mrs. Carrington auf der Strecke zwischen London und Bristol, wahrscheinlich in einem für solche Zwecke günstigen Tunnel. Die Leiche wird unter den Sitz geschoben, und die Zofe spielt fortan die Rolle der Herrin. In Weston muß sie sich bemerkbar machen. Aber wie? Ein Zeitungsjunge ist am besten. Durch ein großes Trinkgeld macht sie einen tiefen Eindruck auf ihn. Außerdem sorgt ihre Bemerkung über das Mädchen des Titelblattes dafür, daß er sich die Farbe ihres Mantels gut einprägt. Hinter Weston wirft sie das Messer zum Fenster hinaus, um die Stelle zu markieren, an der das Verbrechen mutmaßlich stattgefunden hat. Dann zieht sie sich um oder knöpft einen langen Regenmantel über das andere Ensemble. In Taunton steigt sie aus und kehrt mit dem nächsten Zuge nach Bristol zurück, wo ihr Komplice schon das Gepäck zum Gepäckraum geschafft hat. Er händigt ihr den Gepäckschein aus und fährt selber nach London. Sie spielt ihre Rolle zu Ende, wartet auf dem Bahnsteig die Züge ab, sucht sich ein Nachtquartier im Hotel und kehrt morgens nach London zurück, genau, wie sie es erzählt hat.
Als Japp von seiner Expedition zurückkam, bestätigte er alle meine Schlüsse. Er erwähnte auch, daß ein wohlbekannter Dieb die Juwelen verkaufe. Ich wußte zuerst nicht, wer es war. Aber er mußte das Gegenteil von dem Manne sein, den Jane Mason beschrieben hatte. Als ich hörte, daß es Rot-Narky war, der stets mit Gracie Kidd arbeitete, na, da wußte ich, wo ich zu suchen hatte.«
»Und der Graf?«
»Je mehr ich darüber nachdachte, desto mehr war ich überzeugt, daß er nichts mit der Sache zu tun hatte. Mord ist ein großes Risiko, und der Graf trägt seine Haut nicht gern zu Markte. Das würde seinem ganzen Charakter widersprechen.«
»Ja, Monsieur Poirot«, sagte Halliday, »ich stecke tief in Ihrer Schuld, und der Scheck, den ich nach dem Essen ausschreiben werde, kann auch nicht annähernd meine Dankesschuld begleichen.«
Poirot lächelte bescheiden. »Der gute Japp soll nur die Lorbeeren ernten. Er ist gerannt, ich habe das Rennen gemacht!«

Köchin gesucht

Als ich mit meinem Freund Hercule Poirot eine Wohnung teilte, pflegte ich ihm die Schlagzeilen des Morgenblattes *Tages-Echo* vorzulesen.
Das *Tages-Echo* war ein Blatt, das jede Sensation nach allen Richtungen ausschlachtete. Raub und Mord lauerten nicht verborgen auf den letzten Seiten. Nein, gleich auf der ersten Seite sprangen sie in Riesenlettern dem Leser ins Auge.
BANKBEAMTER MIT EFFEKTEN IM WERTE VON FÜNFZIGTAUSEND PFUND DURCHGEBRANNT.
EHEMANN STECKT KOPF IN GASOFEN. UNGLÜCKLICHES FAMILIENLEBEN.
STENOTYPISTIN VERSCHWUNDEN. HÜBSCHES MÄDCHEN. 21 JAHRE ALT. WO IST EDNA FIELD?
»Da hätten wir ja eine ziemliche Kollektion, Poirot. Ein flüchtiger Bankbeamter, ein mysteriöser Selbstmord, ein verschwundenes Tippfräulein – greifen Sie hinein ins volle Menschenleben!«
Mein Freund war in lässiger Stimmung und schüttelte ruhig den Kopf.
»Nichts dabei, was mich besonders reizte, *mon ami*. Heute bin ich für einen geruhsamen Lebenswandel. Es müßte schon ein sehr interessantes Problem sein, das mich aus meinem Sessel locken könnte. Ich habe nämlich wichtige persönliche Angelegenheiten zu erledigen.«
»Und die wären?«
»Meine Garderobe, Hastings. Wenn ich nicht irre, ist auf meinem neuen grauen Anzug ein Fettfleck – zwar nur einer, aber er ärgert mich zur Genüge. Dann mein Wintermantel – den muß ich unbedingt einmotten. Und ich glaube – ja, ich glaube –, mein Schnurrbart ist zum Schneiden reif, und nachher muß ich mir Pomade aufs Haar schmieren.«
»Ein richtiges Programm!« sagte ich und schlenderte zum Fenster. »Aber ich möchte bezweifeln, ob Sie es durchführen können. Es klingelt nämlich gerade. Sie haben einen Klienten.«
»Nur eine Angelegenheit von nationaler Wichtigkeit kommt

heute für mich in Betracht«, erklärte Poirot mit Würde.
Im nächsten Augenblick stürmte in unsere stille Häuslichkeit eine korpulente Dame mit krebsrotem Gesicht, die so schnell die Treppe hinaufgeeilt war, daß sie hörbar keuchte.
»Sie sind Monsieur Poirot?« fragte sie ein wenig anmaßend, als sie in einen Sessel sank.
»Ich bin Hercule Poirot, jawohl, Madame.«
»Sie sehen aber gar nicht so aus, wie ich Sie mir vorgestellt habe«, sagte die Dame und beäugte ihn mit einigem Mißfallen. »Haben Sie etwa die Notiz in der Zeitung selbst bezahlt, wo es heißt, was für ein guter Detektiv Sie seien, oder hat die Zeitung es von sich aus gebracht?«
»Madame!« sagte Poirot, während er sich steif aufrichtete.
»Nichts für ungut! Aber Sie wissen doch, wie die Zeitungen heutzutage sind. Da fängt man einen vielversprechenden Artikel an ›Was eine jungverheiratete Frau ihrer naiven unverheirateten Freundin sagte‹, und dann stellt es sich heraus, daß nur von einem einfachen Haarwaschmittel die Rede ist, das man beim Drogisten kaufen kann. Nichts wie Schaumschlägerei! Aber Sie nehmen mir das doch nicht übel, wie? Ich will Ihnen auch gleich sagen, was Sie für mich tun sollen. Sie sollen mir meine Köchin finden!«
Poirot konnte sie bloß anstarren. Seine sonst so flinke Zunge ließ ihn diesmal im Stich. Ich drehte mich zur Seite, um ein Grinsen zu verbergen, das ich nicht zu unterdrücken vermochte.
»Schuld hat natürlich nur die elende Arbeitslosenunterstützung«, fuhr die Dame unbeirrt fort. »Setzt den Angestellten 'nen Floh ins Ohr. Wollen alle zu hoch hinaus: Vorzimmerdamen werden und, weiß der Teufel, was sonst noch. Schluß mit der Unterstützung, sage ich immer. Ich möchte wissen, was meine Angestellten zu klagen haben – einen Nachmittag und Abend in der Woche frei, dazu jeden zweiten Sonntag, Wäsche aus dem Hause, dasselbe Essen wie wir, kein Stückchen Margarine im Hause, nur die allerbeste Butter.«
Hier machte sie eine notwendige Atempause, und Poirot faßte die Gelegenheit beim Schopf. Er sprach in seiner hochmütigsten Art, indem er sich dabei erhob:
»Ich fürchte, Madame, Sie haben sich geirrt. Die Verhältnisse von Hausangestellten gehören nicht zu meinem Bereich. Ich bin ein Privatdetektiv.«

»Das weiß ich«, sagte unsere Besucherin. »Habe ich Ihnen nicht bereits erklärt, daß Sie meine Köchin für mich finden sollen? Marschierte am Mittwoch aus dem Hause, ohne mir ein Sterbenswörtchen zu sagen, und hat sich nicht wieder blicken lassen.«
»Es tut mir leid, Madame, aber mit solchen Dingen befasse ich mich nicht. Ich wünsche Ihnen einen guten Morgen.«
Unser Besuch schnaufte förmlich vor Empörung.
»Aha, so weht der Wind! Zu stolz, was? Befassen sich nur mit Regierungsgeheimnissen und gräflichen Juwelen. Aber ich kann Ihnen versichern: für eine Frau in meiner Lage ist eine Köchin genauso wichtig wie eine Tiara. Wir können nicht alle feine Damen sein und mit unseren Diamanten und Perlen im Auto spazierenfahren. Eine gute Köchin ist und bleibt eine gute Köchin – und wenn ich sie verliere, bedeutet das ebensoviel für mich wie die Perlen für eine Lady!«
Einen Augenblick lang schien es ungewiß, ob bei Poirot die Würde oder der Sinn für Humor die Oberhand behalten sollte. Schließlich lachte er und setzte sich wieder hin.
»Madame, Sie haben recht und ich unrecht. Ihre Bemerkungen sind gerechtfertigt und intelligent. Der Fall ist neu für mich. Noch nie habe ich nach einer verschwundenen Hausangestellten gefahndet. Weiß Gott, hier ist das Problem von nationaler Bedeutung, das ich gerade vor Ihrer Ankunft vom Schicksal verlangte. *En avant!* Sie sagen also, daß diese Perle von einer Köchin am Mittwoch ausging und nicht zurückkehrte. Das war vorgestern.«
»Ja, da hatte sie Ausgang.«
»Aber wahrscheinlich ist ihr ein Unglück zugestoßen, Madame. Haben Sie schon die Krankenhäuser angerufen?«
»Daran habe ich gestern auch gedacht. Aber heute morgen ließ sie ihren Koffer abholen. Was sagen Sie dazu, bitte? Und nicht eine Zeile für mich! Wenn ich zu Hause gewesen wäre, hätte ich ja den Koffer nicht aus der Hand gegeben – mich so zu behandeln! Aber ich war gerade auf einen Sprung zum Metzger.«
»Wollen Sie mir bitte Ihre Köchin beschreiben?«
»Sie ist eine Person in mittleren Jahren, korpulent, hat ergrauendes, schwarzes Haar – höchst respektabel. Auf ihrer letzten Stelle war sie zehn Jahre lang. Eliza Dunn ist ihr Name.«
»Und Sie hatten keine – Meinungsverschiedenheit?«

»Ganz und gar nicht! Das ist ja das Merkwürdige!«
»Wie viele Angestellte beschäftigen Sie, Madame?«
»Zwei. Das Hausmädchen Annie ist sehr nett. Etwas vergeßlich und den Kopf voller Männer, aber eine gute Kraft, wenn man ihr etwas auf die Finger schaut.«
»Vertrug sich die Köchin mit dem Hausmädchen?«
»Es gab natürlich kleine Reibereien – aber im großen und ganzen verstanden sie sich sehr gut.«
»Und das Mädchen kann kein Licht auf die Angelegenheit werfen?«
»Sie sagt nein – aber man kennt das ja – halten alle zusammen wie Pech und Schwefel.«
»Na, wir müssen die Sache mal prüfen. Wo wohnen Sie doch gleich?«
»In Clapham, Prince Albert Road 88.«
»*Bien*, Madame, ich wünsche Ihnen einen guten Morgen, und Sie können auf meinen Besuch im Laufe des Tages rechnen.«
Mrs. Todd – so hieß unsere neue Bekannte – verabschiedete sich darauf, und Poirot blickte mich etwas kläglich an.
»Na, Hastings, das ist ja mal etwas Neues. Das Verschwinden der Köchin von Clapham! Niemals, niemals darf unser Freund, Inspektor Japp, davon hören!«
Dann setzte er ein Bügeleisen auf und entfernte sorgfältig mit Hilfe eines Löschblattes den Fettfleck aus seinem grauen Anzug, während die Schnurrbartpflege zu seinem Bedauern vertagt werden mußte. Darauf machten wir uns auf den Weg nach Clapham.
Die Prince Albert Road bestand aus kleinen, peinlich schmucken Häusern, die sich alle glichen wie ein Ei dem anderen. Alle Fenster waren mit sauberen Spitzengardinen verhüllt, und blankpolierte Messingklopfer glänzten an jeder Tür.
Wir klingelten bei Nr. 88, und die Tür wurde von einem sauberen, hübsch aussehenden Mädchen geöffnet. Mrs. Todd erschien auch im Flur und begrüßte uns.
»Bleiben Sie nur hier, Annie!« rief sie. »Dieser Herr ist ein Detektiv und möchte gewiß einige Fragen stellen.«
In Annies Gesichtszügen kämpften Erschrecken und angenehme Erregung miteinander.
»Ich danke Ihnen, Madame«, sagte Poirot mit einer Verbeugung. »Ich möchte Ihr Mädchen sofort befragen – und zwar

allein, wenn Sie gestatten.«
Wir wurden in einen kleinen Salon geführt, und als Mrs. Todd das Zimmer, offenbar sehr ungern, verlassen hatte, begann Poirot sein Kreuzverhör.
»*Voyons*, Mademoiselle Annie, alles, was Sie uns sagen, ist von größter Bedeutung. Sie allein können Licht in diese dunkle Angelegenheit bringen. Ohne Ihren Beistand bin ich machtlos.«
Der Schreck wich aus dem Gesicht des Mädchens und machte der angenehmen Erregung völlig Platz.
»Sir, ich werde Ihnen alles sagen, was ich weiß. Ganz bestimmt.«
»Gut!« Poirot strahlte sie mit warmem Beifall an. »Nun, was ist zunächst einmal Ihre eigene Idee? Sie sind ein Mädchen von auffallender Intelligenz. Das sieht man sofort! Wie erklären *Sie* sich das Verschwinden der Eliza Dunn?«
Nach dieser Aufmunterung öffnete Annie die Schleusen ihrer Beredsamkeit und sprudelte aufgeregt hervor:
»Mädchenhändler, Sir, das habe ich gleich gesagt! Die Köchin warnte mich dauernd davor. ›Schnüffle kein Parfüm nicht, iß keine Süßigkeiten nicht – ganz egal, wie anständig der Kerl auch aussieht.‹ Das waren ihre eigenen Worte. Und nun haben sie sie selbst geschnappt. Ganz gewiß. Wahrscheinlich haben sie sie nach der Türkei verschleppt oder nach einem von diesen orientalischen Plätzen, wo sie ja für dicke Frauen schwärmen sollen.«
»Es ist in der Tat eine Idee. Aber hätte sie in diesem Falle ihren Koffer holen lassen?«
»Das weiß ich nicht, Sir. Aber sie braucht schließlich ihre Sachen – selbst in diesen ausländischen Orten.«
»Wer holte den Koffer – ein Mann?«
»Carter Paterson, der Spediteur.«
»Haben Sie den Koffer gepackt?«
»Nein, er war bereits gepackt und verschnürt.«
»Oh, wie interessant! Das weist darauf hin, daß sie bei ihrem Weggang am Mittwoch bereits die Absicht hatte, nicht zurückzukehren. Das sehen Sie doch ein, nicht wahr?«
»Ja, Sir.« Annie schaute etwas bestürzt drein. »Daran hatte ich nicht gedacht. Aber es könnten doch immerhin Mädchenhändler gewesen sein, nicht wahr?« fügte sie hinzu. Sie schien diese interessante Theorie ungern fallenzulassen.

»Zweifellos!« sagte Poirot ernsthaft. »Schliefen Sie mit ihr im selben Raum?«
»O nein, wir hatten getrennte Zimmer.«
»Und hat Eliza sich Ihnen gegenüber mal geäußert, als sei sie unzufrieden mit ihrem gegenwärtigen Posten? Fühlten Sie sich beide wohl hier?«
»Sie hat nie von Weggehen gesprochen. Die Stelle ist ganz leidlich –« Das Mädchen zögerte ein wenig.
»Sprechen Sie nur frei heraus«, sagte Poirot freundlich. »Ich werde Mrs. Todd nichts davon sagen.«
»Na, sie ist natürlich 'ne komische Alte, die Frau. Aber das Essen ist gut. Reichlich – nicht geknausert. Etwas Warmes zum Abendessen, viel Ausgang und so viel Fett, wie man will. Und überhaupt, wenn Eliza sich hätte verändern wollen, wäre sie niemals einfach so davongelaufen. Sie würde regelrecht gekündigt haben. Mein Gott, die Herrin könnte ihr hierfür einen ganzen Monatslohn abziehen!«
»Und die Arbeit? Nicht zu schwer?«
»Mrs. Todd ist ja ein bißchen eigen – stöbert immer in den Ecken herum, um noch ein Staubkorn zu finden. Dann ist da noch der Mieter oder zahlende Gast, wie er immer genannt wird. Aber der hat nur Frühstück und Abendessen, genau wie der gnädige Herr. Sie sind beide den ganzen Tag in der Stadt.«
»Gefällt Ihnen Ihr Herr?«
»Oh, der ist in Ordnung – sehr ruhig, allerdings ein bißchen knickerig.«
»Sie können sich wohl nicht mehr daran erinnern, was Eliza kurz vor ihrem Weggehen sagte?«
»O ja. Sie sagte: ›Wenn vom Pfirsichkompott noch etwas übrigbleibt, essen wir das zu Abend mit Speck und Bratkartoffeln.‹ Ganz verrückt auf Pfirsichkompott war sie. Sollte mich nicht wundern, wenn sie sie damit weggelockt hätten.«
»War Mittwoch ihr regelmäßiger Ausgangstag?«
»Ja, sie hatte Mittwoch frei und ich Donnerstag.«
Poirot stellte nur noch wenige Fragen und gab sich dann zufrieden. Annie marschierte ab, und Mrs. Todd kam eilends herein, vor Neugierde platzend. Sie hatte – das spürte ich – ihre Verbannung aus dem Zimmer während unserer Unterhaltung mit Annie bitterlich übelgenommen. Poirot bemühte sich jedoch, ihre aufgebrachten Gefühle taktvoll zu besänftigen.

»Es ist schwierig«, erklärte er, »für eine Frau von so ungewöhnlicher Intelligenz wie Sie, Madame, sich geduldig mit den umständlichen Methoden, die uns armen Detektiven aufgezwungen werden, abzufinden. Mit Dummheit Geduld zu haben, ist immer schwer für die Scharfsinnigen.«
Nachdem er auf diese Weise mit seinem Charme die letzte Spur von Groll bei Mrs. Todd weggehext hatte, brachte er das Gespräch auf ihren Gatten, und es stellte sich heraus, daß er bei einer Firma in der Stadt arbeitete und erst nach sechs Uhr zu Hause sein würde.
»Zweifellos ist er sehr aufgebracht und beunruhigt über diese unerklärliche Angelegenheit. Stimmt's?«
»Er machte sich nie Sorgen«, erklärte Mrs. Todd. »›Nimm dir eine andere, meine Liebe‹, war alles, was er sagte. Er ist so ruhig, daß es mich manchmal zur Verzweiflung treibt. ›Eine undankbare Person‹, sagte er, ›gut, daß wir sie los sind.‹«
»Und die anderen Mitbewohner, Madame?«
»Sie meinen Mr. Simpson, unseren zahlenden Gast? Solange der sein Frühstück und sein Abendessen richtig bekommt, macht er sich keine Sorgen.«
»Was ist er von Beruf, Madame?«
»Er arbeitet in einer Bank.« Sie erwähnte den Namen, und ich stutzte etwas, denn die Notiz im *Tages-Echo* fiel mir ein.
»Noch jung?«
»Achtundzwanzig, glaube ich; netter, ruhiger junger Mann.«
»Ich möchte kurz mit ihm sprechen, auch mit Ihrem Gatten, wenn Sie erlauben. Zu dem Zweck werde ich heute abend noch einmal vorsprechen. Darf ich Ihnen vorschlagen, Madame, sich ein wenig auszuruhen? Sie sehen angegriffen aus.«
»Na, ist das etwa ein Wunder? Zuerst die Aufregung wegen Eliza, dann gestern praktisch den ganzen Tag im Ausverkauf, und was das heißt, Monsieur Poirot, wissen Sie ja wohl! Dann dies und jenes, und viel zu tun im Haushalt, denn Annie kann natürlich nicht alles allein schaffen – und wahrscheinlich wird sie sowieso kündigen, weil sie aus ihrer Ordnung gekommen ist – wie gesagt, ich bin einfach erledigt.«
Poirot murmelte ein paar verständnisvolle Worte, und dann verabschiedeten wir uns.
»Merkwürdiger Zufall«, sagte ich, »aber der flüchtige Bankbeamte Davis war bei derselben Bank wie Simpson. Glauben Sie, es besteht da ein Zusammenhang?«

»Ein entflohener Bankbeamter – eine entschwundene Köchin. Es ist nicht so einfach, eine Beziehung zwischen beiden zu entdecken, es sei denn, Davis besuchte Simpson, verliebte sich in die Köchin und überredete sie, ihn auf seiner Flucht zu begleiten.«
Ich mußte lachen, aber Poirot blieb ernst.
»Das wäre nicht die schlechteste Idee gewesen«, sagte er mit leichtem Tadel. »Denken Sie daran, Hastings, wenn Sie mal in die Verbannung gehen: eine gute Köchin kann tröstlicher sein als ein hübsches Gesicht!« Nach einer kleinen Pause fuhr er fort: »Ein seltsamer Fall voller Widersprüche. Er interessiert mich – ja, ganz entschieden.«

Am selben Abend waren wir wieder in der Prince Albert Road und interviewten Todd und Simpson. Todd war ein melancholischer, hohlwangiger Mann, etwas über vierzig.
»O ja, ja«, sagte er etwas vage. »Eliza. Ja. Gute Köchin, glaube ich. Und sparsam. Ich lege großen Wert auf Sparsamkeit.«
»Können Sie sich denken, warum sie so plötzlich wegblieb?«
»Nun ja«, sagte Todd in seiner unbestimmten Art, »Dienstboten. Man weiß ja. Meine Frau macht sich zu viele Gedanken. Völlig kaputt vom ewigen Grübeln. Das ganze Problem ist doch höchst einfach. ›Nimm eine andere, meine Liebe‹, sage ich. ›Nimm eine andere.‹ Punktum. Was geschehen ist, ist geschehen. Nicht zu ändern.«
Mr. Simpson vermochte auch nicht zu helfen. Er war ein ruhiger, unauffälliger Mann mit Brille.
»Ich habe sie gewiß hin und wieder mal gesehen«, sagte er. »Ältere Frau, nicht wahr? Natürlich sehe ich meistens die andere, Annie. Nettes Mädchen. Sehr gefällig.«
»Haben sich die beiden gut vertragen?«
Mr. Simpson meinte, er könne es wahrhaftig nicht sagen, vermute es aber.
»Hat nicht viel zutage gefördert, mein Freund«, sagte Poirot, als wir das Haus verließen. Unser Abschied hatte sich verzögert durch einen lauten Ausbruch von Mrs. Todd, die alles, was sie am Morgen gesagt hatte, noch einmal und noch ausführlicher herunterrasselte.
»Sind Sie enttäuscht?« fragte ich. »Hatten Sie etwas Besonderes erwartet?«

Poirot schüttelte den Kopf.
»Da war natürlich eine Möglichkeit«, sagte er. »Aber eigentlich kaum wahrscheinlich.«

Die nächste Phase der Entwicklung war ein Brief, den Poirot am folgenden Morgen erhielt. Er las ihn, wurde dunkelrot vor Zorn und reichte ihn mir.

Mrs. Todd bedauert, Monsieur mitteilen zu müssen, daß sie von seinen Diensten doch keinen Gebrauch machen möchte. Nach Rücksprache mit ihrem Mann sieht sie ein, daß es töricht ist, wegen einer rein häuslichen Angelegenheit einen Detektiv zu Rate zu ziehen. Mrs. Todd fügt als Honorar eine Guinea bei.

»Ha«, rief Poirot wütend. »Denken die etwa, sie können Hercule Poirot so einfach loswerden! Als eine Gefälligkeit – eine große Gefälligkeit erkläre ich mich bereit, ihre miserable Drei-Groschen-Angelegenheit zu untersuchen – und sie schütteln mich ab, *comme ça!* Hier hat unverkennbar Mr. Todd seine Hand im Spiel. Aber ich sage nein – sechsunddreißigmal nein! Ich werde meine eigenen Guineas ausgeben, sechsunddreißighundert, wenn's sein muß, aber ich will der Sache auf den Grund kommen!«
»Ja«, sagte ich.»Aber wie?«
Poirot beruhigte sich ein wenig.
»Zunächst«, sagte er, »wollen wir in den Zeitungen annoncieren. Warten Sie mal – ja – ungefähr so:
Wenn Eliza Dunn sich mit dieser Adresse in Verbindung setzen will, wird sie etwas zu ihrem Vorteil erfahren. Rücken Sie das in alle nur erdenklichen Zeitungen ein, Hastings. Ich will inzwischen private Nachfragen halten. Gehen Sie, gehen Sie – höchste Eile tut not.«
Vor Abend sah ich ihn nicht wieder. Dann erzählte er mir gnädigst, was er getan hatte.
»Ich habe mich bei Todds Firma erkundigt. Er war am Mittwoch nicht abwesend, und er genießt einen guten Ruf. Soviel über Todd. Nun zu Simpson. Am Donnerstag war er krank und erschien nicht in der Bank, aber am Mittwoch war er da. Mit Davis stand er auf leidlich gutem Fuße. Aber keine besondere Freundschaft. In der Richtung ist anscheinend nichts zu

suchen. Nein. Wir müssen uns schon auf die Annonce verlassen.«

Die Anzeige erschien prompt in den wichtigsten Tageszeitungen. Auf Poirots Anordnung sollte sie eine Woche lang täglich erscheinen. Sein Eifer in dieser an sich uninteressanten Angelegenheit der entlaufenen Köchin war ungewöhnlich, aber es war mir klar, daß es für ihn Ehrensache war, bis zum Erfolg auszuharren. Mehrere ungemein interessante Fälle wurden ihm zu dieser Zeit angeboten, aber er lehnte sie alle ab. Jeden Morgen stürzte er sich auf seine Briefe, sah sie aufmerksam durch und legte sie mit einem Seufzer beiseite.

Unsere Geduld wurde jedoch schließlich belohnt. Am Mittwoch nach Mrs. Todds Besuch meldete unsere Wirtin eine Person namens Eliza Dunn.

»Endlich!« rief Poirot. »Holen Sie sie schnell herauf. Sofort. Unverzüglich!«

Unsere Wirtin eilte hinaus und führte ein paar Minuten später Miss Dunn ins Zimmer. Der Gegenstand unserer heftigen Verfolgung entsprach der Beschreibung: groß, wohlbeleibt und außerordentlich respektabel.

»Ich komme auf Ihre Anzeige hin«, erklärte sie. »Ich glaube, irgendwo muß ein Durcheinander sein, und Sie wissen vielleicht nicht, daß ich meine Erbschaft bereits angetreten habe.«

Poirot betrachtete sie aufmerksam und schob ihr schwungvoll einen Stuhl hin.

»Ich will Ihnen die Wahrheit sagen«, erklärte er. »Ihre frühere Herrin, Mrs. Todd, war sehr in Sorge um Sie. Sie befürchtete, es sei Ihnen ein Unfall zugestoßen.«

Eliza Dunn schien höchst überrascht zu sein.

»Hat sie denn meinen Brief nicht bekommen?«

»Nichts hat sie von Ihnen gehört.« Er wartete einen Augenblick und sagte dann mit sanfter Überredung: »Erzählen Sie mir doch den ganzen Vorgang, bitte.«

Das brauchte man Eliza Dunn nicht zweimal zu sagen. Sie stürzte Hals über Kopf in eine weitschweifige Erzählung.

»Ich kam gerade zurück am Mittwoch abend und war schon fast beim Hause. Da redete mich ein Herr an. Ein großer Mann mit Bart und Schlapphut. ›Miss Eliza Dunn?‹ fragte er. ›Ja‹, sagte ich. ›Ich habe mich schon bei Nr. 88 nach Ihnen erkundigt‹, fuhr er fort, ›und dort sagte man mir, ich würde Sie hier treffen, wenn Sie nach Hause kämen. Miss Dunn, ich komme extra aus Australien, um Sie aufzusuchen. Wissen Sie zufällig den Mädchennamen Ihrer Großmutter?‹ ›Jane Emmott‹, sagte ich. ›Richtig‹, sagte er. ›Nun, Miss Dunn, Sie mögen vielleicht nie davon gehört haben, aber Ihre Großmutter hatte eine gute Freundin, Eliza Leech. Diese Freundin ging nach Australien, wo sie einen sehr wohlhabenden Farmer heiratete. Ihre beiden Kinder starben sehr jung, und sie erbte den ganzen Besitz ihres Mannes. Vor einigen Monaten ist sie nun auch gestorben, und laut ihrem Testament erben Sie ein Haus in England und eine beträchtliche Geldsumme.‹

Ich war einfach platt!« fuhr Miss Dunn fort. »Dann wurde ich etwas mißtrauisch. Das muß er gemerkt haben; denn er lächelte und sagte: ›Ganz richtig von Ihnen, Miss Dunn, daß Sie auf der Hut sind. Aber hier ist mein Beglaubigungsschreiben.‹ Er reichte mir einen Brief von Rechtsanwälten in Melbourne, Hurst & Crotchet, und auch eine Karte. Er selbst war Mr. Crotchet. ›Es sind noch einige Bedingungen zu erwähnen. Unsere Klientin war nämlich etwas exzentrisch. Das Vermächtnis kann nur angetreten werden, wenn Sie morgen vor zwölf Uhr das Haus in Besitz nehmen – es ist in Cumberland. Die andere Bedingung ist belanglos. Sie besagt nur, daß Sie nicht in häuslichen Diensten stehen sollen.‹ Ich machte ein langes Gesicht. ›Oh, Mr. Crotchet‹, sagte ich, ›ich bin aber Köchin. Haben sie Ihnen das im Hause nicht gesagt?‹ ›Ach‹, erwiderte er, ›das hätte ich nicht gedacht. Ich hatte angenommen, Sie seien dort als Gesellschafterin oder Erzieherin beschäftigt. Das ist sehr bedauerlich – wirklich, höchst bedauerlich.‹

›Muß ich dann all das Geld verlieren?‹ fragte ich ein wenig ängstlich. Er dachte eine Weile nach. ›Es gibt immer Wege, das Gesetz zu umgehen, Miss Dunn‹, sagte er schließlich. ›Wir Rechtsanwälte wissen das. Auch für Sie gibt es einen Ausweg: Sie müssen einfach Ihre Stelle heute nachmittag verlassen.‹ ›Aber meine Kündigung‹, wandte ich ein. ›Meine liebe Miss Dunn‹, entgegnete er lächelnd, ›Sie können Ihren Arbeitgeber jederzeit verlassen, wenn Sie auf einen Monatslohn verzichten. Im Hinblick auf die Umstände wird Ihre Herrin schon Verständnis dafür haben. Viel schwieriger ist jedoch das Zeitproblem. Sie müssen unter allen Umständen den Zug um elf Uhr fünf nach dem Norden nehmen. Ich kann Ihnen etwa zehn Pfund für Reisespesen vorstrecken, und Sie können Ihrer Herrin ein paar Zeilen vom Bahnhof schreiben, die ich ihr persönlich überbringen und dabei alles Nähere auseinandersetzen werde.‹ Ich erklärte mich natürlich einverstanden, und eine Stunde später saß ich im Zug, war aber so verdattert, daß ich nicht wußte, was oben und was unten war. Als ich in Carlisle ankam, kam mir die ganze Sache beinahe wie einer der Gaunertricks vor, von denen man ja in der Zeitung liest. Aber ich ging zu der Adresse, die er mir angegeben hatte – es waren Rechtsanwälte, und alles war in schönster Ordnung. Ein nettes kleines Haus und ein Einkommen von dreihundert Pfund pro Jahr. Die Rechtsanwälte wußten nicht viel von der Sache. Sie hatten gerade einen Brief von einem Herrn in London bekommen mit Instruktionen, mir das Haus zu übergeben und hundertfünfzig Pfund für die ersten sechs Monate auszuzahlen. Mr. Crotchet schickte mir die Sachen nach. Aber kein Wort von meiner Herrin. Ich nahm an, daß sie zornig war und mir mein bißchen Glück mißgönnte. Auch meinen Koffer behielt sie zurück und schickte die Sachen in Postpaketen an Mr. Crotchet. Aber natürlich, wenn sie meinen Brief nicht bekommen hat, mußte sie mein Benehmen etwas unverschämt finden.«

Poirot hatte dieser langen Erzählung aufmerksam gelauscht. Dann nickte er, als sei er völlig zufrieden.

»Ich danke Ihnen, Mademoiselle. Wie Sie bereits sagten, irgendwo stimmt da etwas nicht. Gestatten Sie mir, Sie für Ihre Mühe zu entschädigen.« Damit überreichte er ihr einen Umschlag. »Sie kehren wohl sofort nach Cumberland zurück. Ein Wörtchen im Vertrauen: Vergessen Sie Ihre Kochkunst nicht! Es ist immer nützlich, etwas in petto zu haben, falls eine Sache mal schiefgeht.« Er nickte bedächtig.

»Leichtgläubig«, murmelte er, als unser Besuch fortging, »aber vielleicht nicht mehr als die meisten ihres Standes.« Sein Gesicht wurde ernst. »Kommen Sie, Hastings, wir haben keine Zeit zu verlieren. Besorgen Sie ein Taxi, während ich ein paar Zeilen an Inspektor Japp schreibe.«

Poirot wartete bereits auf den Eingangsstufen, als ich mit dem Taxi zurückkam.

»Wohin geht's?« fragte ich neugierig.

»Zunächst werden wir mal den Brief durch einen Boten bestellen lassen.«

Dies wurde erledigt, und als wir wieder ins Taxi stiegen, gab er dem Fahrer die Adresse:

»Prince Albert Road, Clapham.«
»Dahin fahren wir also!« rief ich.
»Aber selbstverständlich! Obschon ich befürchte, daß wir zu spät kommen. Unser Vogel wird davongeflogen sein, Hastings.«
»Wer ist unser Vogel?«
Poirot lächelte.
»Der unauffällige Simpson.«
»Was?« rief ich erstaunt.
»Na, na, Hastings, Sie wollen mir doch wohl nicht erzählen, daß Ihnen jetzt nicht alles klar ist?«
»Die Köchin hatte man aus dem Weg geräumt, das ist mir schon klar«, sagte ich, ein wenig gekränkt. »Aber warum? Warum sollte Simpson sie aus dem Hause haben wollen? Wußte sie etwas über ihn?«
»Überhaupt nichts.«
»Na, dann –«
»Aber er wollte etwas, das sie besaß.«
»Geld? Die australische Erbschaft?«
»Nein, mein Freund – etwas ganz anderes.« Nach einer kurzen Pause fuhr er ernsthaft fort: »Einen verbeulten Blechkoffer . . .«
Ich sah ihn von der Seite an. Seine Äußerung schien so phantastisch, daß ich den Verdacht hegte, er wolle sich über mich lustig machen. Er war jedoch völlig ernst und gemessen.
»Spaß beiseite«, sagte ich, »er hätte sich doch einen Koffer kaufen können, wenn er einen brauchte.«
»Einen neuen Koffer wollte er nicht. Er wollte einen Koffer mit Stammbaum. Einen Koffer von unzweifelhafter Achtbarkeit.«
»Nun aber langsam, Poirot! Sie wollen mich wohl zum Narren halten!«
Er sah mich an.
»Sie haben nicht das Gehirn und die Phantasie von Simpson, Hastings. Sehen Sie mal: Mittwoch abend lockt Simpson die Köchin weg. Eine bedruckte Karte und ein bedruckter Briefbogen sind leicht zu beschaffen, und er ist willens, hundertfünfzig Pfund und eine Jahresmiete für das Haus zu bezahlen, um den Erfolg seines Planes zu sichern. Miss Dunn erkennt ihn nicht – der Bart, der Hut, der leichte Kolonialakzent täuschen sie vollständig. So endet der Mittwoch, abgesehen von der

Lappalie, daß Simpson Effekten im Werte von fünfzigtausend Pfund in der Tasche hat.«
»Simpson – aber es war doch Davis –«
»Wenn Sie mich ausreden lassen wollten, Hastings. Simpson weiß, daß der Diebstahl Donnerstag nachmittag entdeckt wird. Er geht am Donnerstag nicht zur Bank, lauert aber Davis auf, als dieser zum Essen geht. Vielleicht gibt er den Diebstahl zu und sagt Davis, er wolle ihm die Wertpapiere zurückgeben – auf jeden Fall gelingt es ihm, Davis mit nach Clapham zu locken. Das Mädchen hat Ausgang, und Mrs. Todd ist beim Ausverkauf, also niemand im Hause. Wenn der Diebstahl entdeckt wird und Davis fehlt, kann nur der Schluß gezogen werden: Davis ist der Dieb! Mr. Simpson ist völlig sicher und kann am nächsten Tag zur Arbeit zurückkehren als der ehrliche Angestellte, für den man ihn hält.«
»Und Davis?«
»Unglaublich kaltblütig natürlich, aber gibt's eine andere Erklärung, *mon ami*? Das Hauptproblem eines Mörders ist: wohin mit der Leiche? Das hatte Simpson im voraus geplant. Eins fiel mir sofort auf: obwohl Eliza Dunn beim Weggehen offenbar die Absicht hatte, abends zurückzukehren (siehe ihre Bemerkung über das Pfirsichkompott), war der Koffer bereits fix und fertig gepackt, als er abgeholt wurde. Es war natürlich Simpson, der dem Spediteur Paterson Bescheid gegeben hatte, den Koffer abzuholen, und Simpson, der den Koffer Donnerstag nachmittag verschnürt hatte. Was für ein Verdacht konnte schon aufkommen? Ein Dienstbote geht aus dem Haus und läßt den Koffer abholen, der wahrscheinlich bereits auf ihren Namen an einen Bahnhof adressiert ist, der von London leicht zu erreichen ist. Sonnabend nachmittag holt Simpson den Koffer in seiner Verkleidung als Australier dort ab, klebt einen neuen Zettel mit neuer Adresse darauf und schickt ihn an einen anderen Bahnhof zur Aufbewahrung, bis er abgeholt wird. Wenn die Behörden aus wohlzuverstehenden Gründen Verdacht schöpfen und ihn öffnen, ja, dann kann eine Nachforschung nur ergeben, daß jemand aus den Kolonien ihn von einem Knotenpunkt bei London abgeschickt hat. Nichts wird den Koffer mit der Prince Albert Road in Verbindung bringen. Ah, da wären wir ja schon!«
Poirots Vorhersage erwies sich als richtig. Simpson war vor zwei Tagen abgereist. Aber er sollte den Folgen seines Ver-

brechens nicht entgehen. Über Funk wurde er an Bord der *Olympia* entdeckt.
Ein an Mr. Henry Wintergreen adressierter Blechkoffer erregte die Aufmerksamkeit von Eisenbahnbeamten in Glasgow. Er wurde geöffnet, und man fand die Leiche des unglückseligen Davis.
Mrs. Todds Scheck über eine Guinea wurde niemals eingelöst. Poirot ließ ihn einrahmen und hängte ihn in unserem Vorzimmer an die Wand.
»Für mich ist er ein kleiner Denkzettel, Hastings, der mich daran gemahnen soll, niemals das Triviale und Würdelose zu verachten. Eine verschwundene Köchin an einem Ende – ein kaltblütiger Mord am anderen. Für mich einer meiner interessantesten Fälle.«

Inhalt

Leseprobe aus Scherz-classic-Krimi 941

SIE KAMEN NACH BAGDAD

von Agatha Christie

»Guten Morgen, Captain Crosbie. Womit kann ich dienen?«
»Ist Mr. Dakin in seinem Zimmer? Schön, ich gehe hinauf.«
Crosbie ging durch eine Tür ein paar sehr steile Stufen hinauf und einen schmutzigen Gang entlang. Er klopfte an die Tür am Ende des Ganges, und eine Stimme rief »Herein«.
Es war ein hohes, kahles Zimmer. Das elektrische Licht brannte, und das Tageslicht war sorgfältig ausgesperrt. An einem schäbigen Schreibtisch saß ein etwas schäbiger Mann mit einem müden, unentschlossenen Gesicht – dem Gesicht eines Mannes, der in der Welt nicht weitergekommen ist, der das weiß und dem nichts mehr daran gelegen ist.
Die beiden Männer, der muntere, selbstsichere Crosbie und der melancholische, müde Dakin blickten einander an. Dakin sagte: »Hallo, Crosbie! Gerade von Kirkuk zurück?«
Der andere nickte und schloß sorgfältig die Tür hinter sich. Es war eine alte, schlecht gestrichene Tür, aber sie besaß einen unerwarteten Vorzug. Sie schloß tadellos, ohne Spalten und ohne Zwischenraum am unteren Rand. Sie war nämlich tatsächlich schalldicht.
Mit dem Schließen der Tür ging im Benehmen der beiden Männer eine ganz leichte Veränderung vor sich. Captain Crosbie wurde weniger aggressiv und selbstsicher, und Mr. Dakins Schultern strafften sich, er wurde weniger unsicher. Wäre ein Lauscher dabei gewesen, hätte er zu seinem Erstaunen gemerkt, daß Dakin der Vorgesetzte war. – »Irgendwelche Neuigkeiten, Sir?«
»Ja.« Dakin seufzte. Er hatte ein Schriftstück vor sich, das er eben dechiffriert hatte. »Sie soll in Bagdad stattfinden.« Er strich ein Zündholz an, zündete das Schriftstück an und sah zu, wie es verbrannte. Als es zu Asche verglommen war, blies er leicht hinein. Die Asche flog auf und zerstreute sich.
»Ja«, wiederholte er. »Sie haben sich für Bagdad entschieden. Am Zwanzigsten des nächsten Monats. Wir sollen es strengstens geheimhalten.«
»Sie sprechen im Souk schon seit drei Tagen davon«, sagte Crosbie.

»In diesem Fall macht das nichts. Wenn die Konferenz in Bagdad stattfindet, wird es bald veröffentlicht werden müssen. Und dann fängt der Spaß – unser Privatspaß – an.«

»Glauben Sie, daß sie überhaupt stattfinden wird, Sir?« fragte Crosbie skeptisch. »Hat Onkel Joe ernstlich die Absicht zu kommen?«

»Ich glaube diesmal ja, Crosbie«, sagte Dakin nachdenklich. »Ja, ich glaube es wirklich. Und wenn sie stattfindet und ungestört verläuft – nun, dann kann sie vielleicht alles retten. Aber wenn diese phantastische Geschichte von Carmichael wahr ist . . .« Er brach ab.

»Sie kann doch nicht wahr sein, Sir. Sie ist zu phantastisch!«

Dakin schwieg einen Augenblick. Er sah sehr klar ein ernstes, kummervolles Gesicht vor sich, hörte eine ruhige, schwer zu beschreibende Stimme phantastische, unglaubliche Dinge sagen. Er sagte sich, wie er sich damals gesagt hatte: »Entweder mein bester, mein verläßlichster Mann ist verrückt geworden, oder die Geschichte ist wahr . . .«

Er sagte mit der gleichen leisen, melancholischen Stimme: »Carmichael glaubte sie. Alles, was er herausbekommen konnte, bestätigte seine Annahme. Er wollte hingehen, um mehr herauszubekommen, um Beweise zu bringen. Ob es klug von mir war, ihn gehen zu lassen, weiß ich nicht. Wenn er nicht zurückkommt, so bleibt nur mein Bericht über das, was Carmichael sagte, was wieder eine Geschichte ist, die jemand *ihm* erzählt hat. Genügt das? Ich glaube kaum. Es ist, wie Sie sagen, eine so phantastische Geschichte . . . Aber wenn der Mann selbst am Zwanzigsten hier in Bagdad ist, um seine eigene Geschichte zu erzählen, die Geschichte eines Augenzeugen, und Beweise zu bringen –«

»Beweise?« fragte Crosbie scharf.

Der andere nickte: »Ja, er hat Beweise.«

»Woher wissen Sie das?« . . .

Bitte lesen Sie weiter in Band 941

der Scherz-classic-Krimis:

SIE KAMEN NACH BAGDAD

von Agatha Christie

Sterne lügen nicht!

430 Seiten
Leinen

Scherz

Was die Sterne über unsere Männer, Frauen, Liebsten, Kinder, Vorgesetzten, Angestellten und über uns selbst zum Vorschein bringen.

»Die bekannte Astrologin hat hier die Menschen mit viel Sac kenntnis, sprühendem Witz und psychologischem Finge spitzengefühl bis in die verstecktesten Winkel ihrer Seele u tersucht. Man findet sich selbst und seine Mitmenschen n einer unglaublichen Bildhaftigkeit und äußerst präzise g spiegelt.«

Hessischer Rundfunk